JN198590

行く春を
近江の人と
惜しみける

芭蕉

「行く春」戸田勝久画　242x409mm キャンバスにアクリル

許六筆　奥の細道行脚図

天理大学附属天理図書館　蔵

私の中の芭蕉

心で読む『おくのほそ道』

影印・全訳注

瀬川照子

大盛堂書房

表紙、扉／「月花を」　芭蕉自画賛　元禄二年春　個人蔵

序

いくど読んでも飽きない本、読むたびに新しい感興が湧く本があります。芭蕉の『おくのほそ道』もその一つです。いつしか共に旅をしているような気分になり、好きな箇所を暗誦するまでになってきます。

ところが、ただの読者にすぎない身には、読むうちに「はてな」という不明に幾度かぶつかります。その都度、手元にある解説書を繰り、ああそうなのかと納得して前に進んだり、学者や研究家の解説が更なるむつかしさを招いたりすることがあります。

本書の「まえがき」に「芭蕉には関心はあるが、古典の解説に少しばかり壁を感じておられる方々の声を柱にして」とあります通り、俳諧古典への壁が生じるのです。

それに古文書の字は読めない、精神性の高みにある俳諧の先人芭蕉、とても私たちには近づけないという先入観がはだかり、ついつい俳諧文芸から足が遠のくというのが私や私の仲間たちの本音です。

そんな私たちに、同じ目の高さで芭蕉に接し、平易なことばで解釈をして下さったのが瀬川照

子さんの労作ともいえる本書です。

瀬川照子さんは長く俳諧資料館・柿衞文庫の学芸員としてあまたの俳諧資料や俳諧の学者研究者に接し、在職中に芭蕉の足跡を幾度も尋ねてこられました。その出立ちを見送り、ときにみちのくの土産話を耳にするたびに、嬉々とした語り口やその繊細な感受を形あるものにして見せてほしいと思っておりました。それだけに、本書の刊行をなによりと喜んでおります。

たしかに芭蕉はむつかしいのですが、本書の影印とその下段の本文は、目を上下させながら読んでおもしろく、わかりやすく、本文に付された総ルビもありがたく思われます。ついで瀬川さん流の「解釈」を読むうちに、いつしか三月の終りに江戸を出立して、八月半ばに大垣に着くという芭蕉と曾良の旅程に同道しているような気分にさせられます。「松嶋は扶桑第一の好風にして」ではじまる「松嶋・瑞巌寺」の描写の妙、「出羽三山」の神秘を「三山順礼の句々短冊に書」で「語られぬ」ことを私たちにも納得させたところなど、まことに味わいのある紀行です。

瀬川さんは巻末の「芭蕉の履歴書」に「『おくのほそ道』は単なる旅の記録ではなく、芭蕉の人生哲学の書です。」と書いておられます。通読すればおのずからそこのところがわかるのが

『おくのほそ道』の心髄ではあるのですが、まずは教条的に構えずに、旅の道々の風景を楽しみ、折々遭遇する人々や出来事や故事、そのあたりを見てゆく、これも楽しみとしたいところです。
おおくの方々が本書を手にして、めいめいが「自分の芭蕉に会えた」と思って下さればなによりと、そう願っております。

宇多　喜代子
日本芸術院会員
現代俳句協会特別顧問
俳誌草樹会員代表

私の中の芭蕉　心で読む『おくのほそ道』　目次

解説

まえがき

「月日は百代の過客にして行きかふ年も又旅人也」。『おくのほそ道』の冒頭は壮大なスケールで始まります。詩人芭蕉が、生涯の総まとめとして書き下ろした『おくのほそ道』は、時代を越えて愛読され、それに伴い優れた解説書も多く出版されています。

本書は、芭蕉に関心はあるが、古典の解説に少しばかり壁を感じておられる方々の声を柱に、少しでも芭蕉の魅力を感じとっていただきたいとの思いで、構成いたしました。

恩師岡田柿衞先生のご縁で、日本三大俳諧コレクションと称される「柿衞文庫」の学芸員として三十二年間の在職の中で、「おくのほそ道」の俳跡を細かく訪ねたこと、また、櫻井武次郎・尾形仂・堀信夫諸先生より多大な学恩を蒙り、日々、芭蕉の自筆に触れ、入館者の皆様の声を聞くことによって、「私の中の芭蕉」が少しばかり形となって見え始めてまいりました。

多くの方々のご教示をもとに、「芭蕉は難しい」と距離を感じておられる方々や、私と共に「おくの細道」を勉強しておられる「佛教大学生涯学習センター」「NHK文化センター」「毎日文化センター」の受講者の方々に、少しでも解り易い、実感のともなった解説書になるよう心掛け、国文学的解釈を避けて、人間芭蕉の心に寄り添うような姿勢で語訳と解釈を試みました。入門書と

して利用していただければこの上ない幸せです。

尚、本書の出版にあたり、俳句雑誌「草樹」に「私の中の芭蕉―心で読むおくのほそ道」の連載の機会を与えて下さり、このような形で出版することへの後押しをして下さった宇多喜代子先生からは、身に余る序文をいただきました。

本書表紙は、画家戸田勝久氏に本書のために筆を執って頂いたものです。口絵にも作品の掲載を頂きました。現代画家の戸田先生の作品には、芭蕉が「笈の小文」の序において西行・宗祇・雪舟・利休ら、分野は違いますが「その貫通するもの一なり」と述べたことと重なり、氏の作品に時代を越えた芭蕉の心を感受し、ご協力をお願いしたものです。また、写真家松井宏友氏から、芭蕉が「おくのほそ道」の旅が終わり、またまた、「行秋ぞ」と吟じて伊勢へ出船したその日に当たる旧暦九月六日の揖斐川秋景写真を賜りました。なつかしい我が故郷の川です。

芭蕉の魅力が少しでも多くの方々に届きますことを願って、まえがきとさせていただきます。

二〇一九年三月吉日

瀬川照子

凡例

一、本書影印は、愛知県立大学長久手キャンパス図書館蔵『おくのほそ道』明和版を掲載した。

1　影印の丁の途中で切ることになったものは、その部分をぼかして載せた。

2　京井筒屋庄兵衛跋・素龍跋（元禄七年四月）・去来跋（元禄八年九月）・蝶夢跋（明和七年十月）は省いた。

一、本文の校訂については、原本の表記を正確につたえるものとしたが、読みやすくするために、次の処置をおこなった。

1　内容の把握のため、章を設けて章題を付した。

2　原本には句読点・濁点・振仮名等は付していないが、読みやすくするために適宜これを補い、会話等に「　」を付けた。

3　原本のカタカナ・変体仮名はすべて平仮名表記に統一した。

4　誤記と考えられているものは訂正した。

5　作字が必要な難解な字体は、現行の字体に改めた。

一、解釈にあたり、なるべく解りやすく平易を試み、本文の訳のみならず、理解の補足となるべく事柄をも加えて独自の解釈とした。その解釈において、尾形仂稿『おくのほそ道評釈』（日本古典叢書）・久富哲雄全訳注『おくのほそ道』・堀信夫氏による講義内容を参考にした。

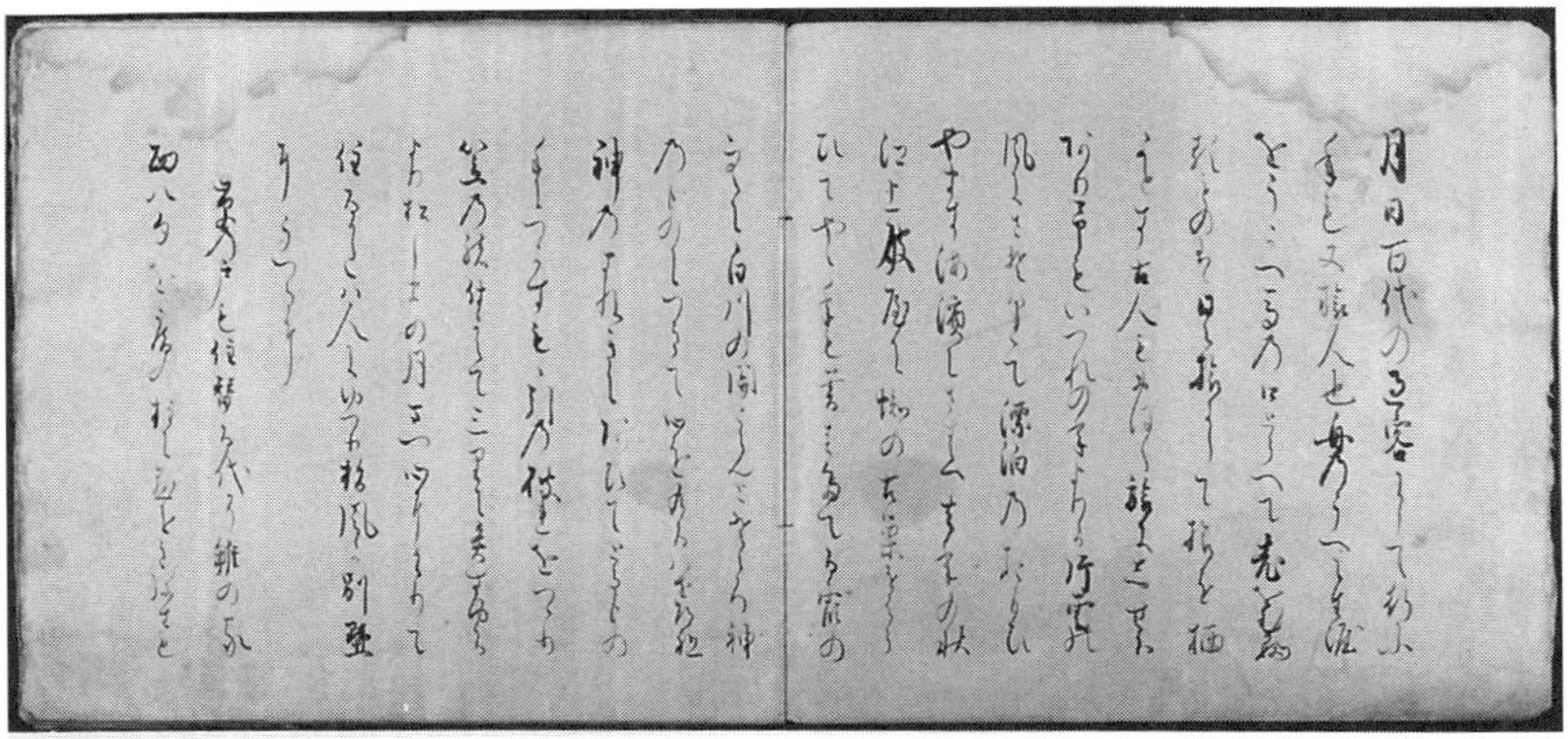

素龍筆 柿衞本（兵庫県伊丹市　柿衞文庫 所蔵）

『おくのほそ道』諸本と明和版について

芭蕉は元禄二年（一六八九）の秋、「おくのほそ道」の旅を終えた。その後何年もの推敲が重ねられ、芭蕉自筆草稿本が成った。この草稿本は、近年発見され話題となったもので、七十四か所もの貼り紙による訂正などがあり、芭蕉の推敲の過程を物語る。この草稿本を弟子が忠実に書写し、芭蕉も筆をいれた曽良本（曽良が所蔵していた）が成り、それを当時の能筆家素龍《そりょう》に清書させて、元禄七年に「おくのほそ道」清書本が完成した。この年の秋、芭蕉は没している。清書本は現在の本の所蔵者の名前をとって「西村本」と「柿衞《かきもり》本」の二冊が伝わる。「西村本」は芭蕉の遺言により去来《きょらい》に譲られ、去来によって元禄十五年（一七〇二）に版木に彫られて「元禄版《げんろくはん》」として流布した。のち「元禄版」の版木をそのまま用いて新たに跋文を加えて出版されたのが「明和版《めいわばん》」である。其の後版木が傷んだのか、「明和版」の本のかぶせ彫りで新たに版木が作られて作製された「寛政版《かんせいはん》」等がある。その後も何度も版を重ね、注釈書も出版され、我が国のベストセラーとして愛読され続けて、現在におよんでいる。

本書掲載『おくのほそ道』明和版

所蔵　愛知県立大学長久手キャンパス図書館

刊年書肆《しょし》　京寺町二条上ル町井筒屋庄兵衛板

明和七年（一七七〇）

形態　枡型本《ますかたほん》（一六・七×一四・三センチ）

丁数《ちょう》　五七丁

跋　京寺町二条上ル町井筒屋庄兵衛跋・元禄七年初夏素龍書・元禄八乙亥年九月十二日於嵯峨落柿舎書写亐門人去来拝・明和七寅年十月翁忌の日湖南義仲寺の廟前にて蝶夢書之

芭蕉の百回忌が近づく頃、芭蕉顕彰の気運が全国的に盛り上がった。その功労者であった俳人蝶夢《ちょうむ》が、元禄版の版木をそのまま使い、元禄版で外されていた清書者素龍の跋文を加え、さらに去来の由緒書を付け、自ら跋文を書いて、明和七年の芭蕉の忌日に出版したもの。

明和版表紙
（愛知県立大学
長久手キャンパス図書館 所蔵）

『おくのほそ道』影印・本文・現代語解釈

一　旅への思い　出発

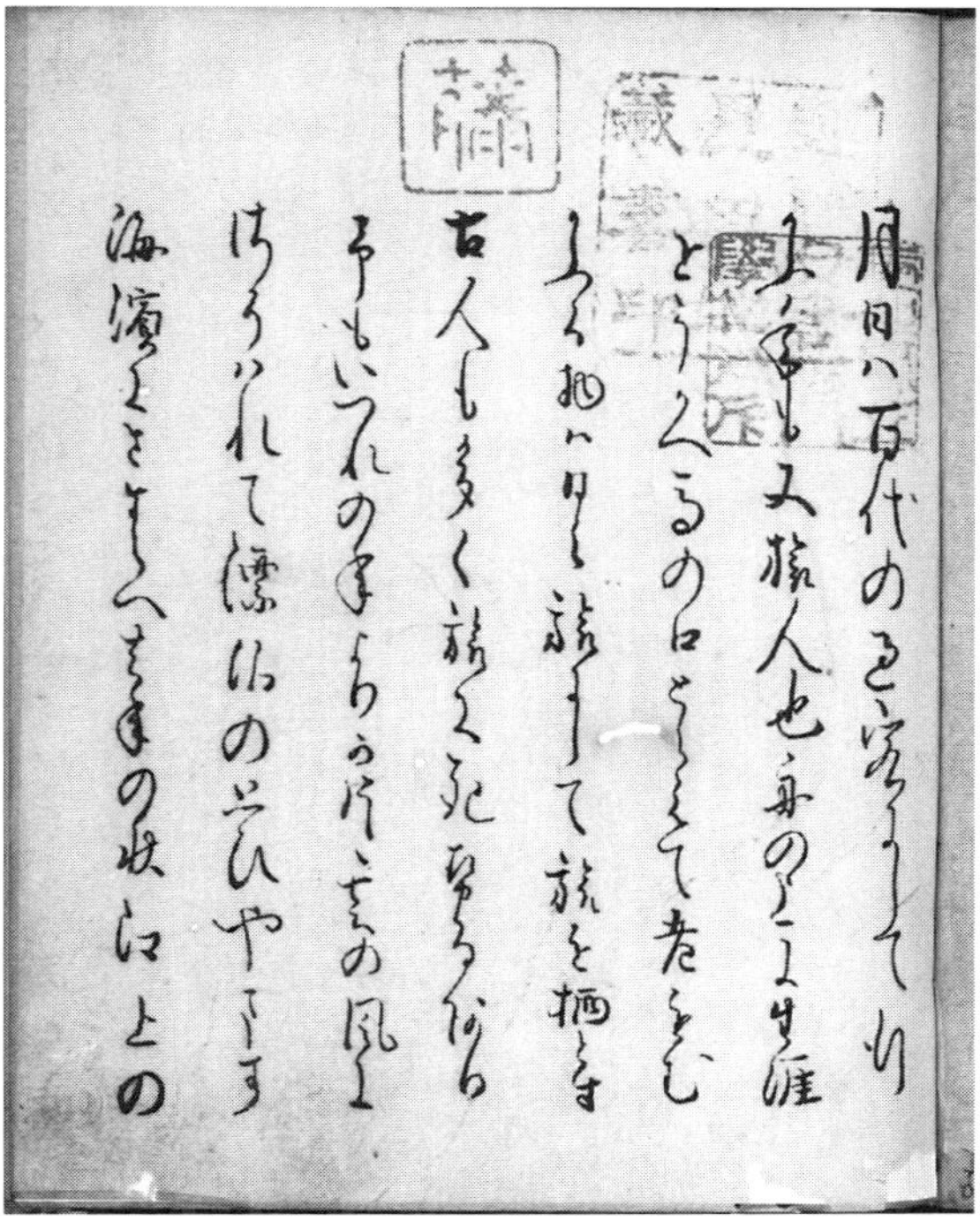

月日《つきひ》は百代《はくたい》の過客《くわかく》にして、行《ゆき》かふ年も又旅人也《たびびとなり》。舟の上に生涯《しやうがい》をうかべ、馬の口とらえて老《おい》をむかふる物は、日々旅にして旅を栖《すみか》とす。古人《こじん》も多く旅に死せるあり。予《よ》も、いづれの年よりか、片雲《へんうん》の風《かぜ》にさそはれて、漂泊《へうはく》の思ひやまず、海濱《かいひん》にさすらへ、去年《こぞ》の秋**江上**《かうしやう》の

「月日は百代の過客」　中国唐代の詩人李白の「春夜に桃李園に宴するの序」の「夫れ天地は万物の逆旅なり。光陰は百代の過客なり」を引用。

「江上の破屋」　隅田川の畔の芭蕉庵。

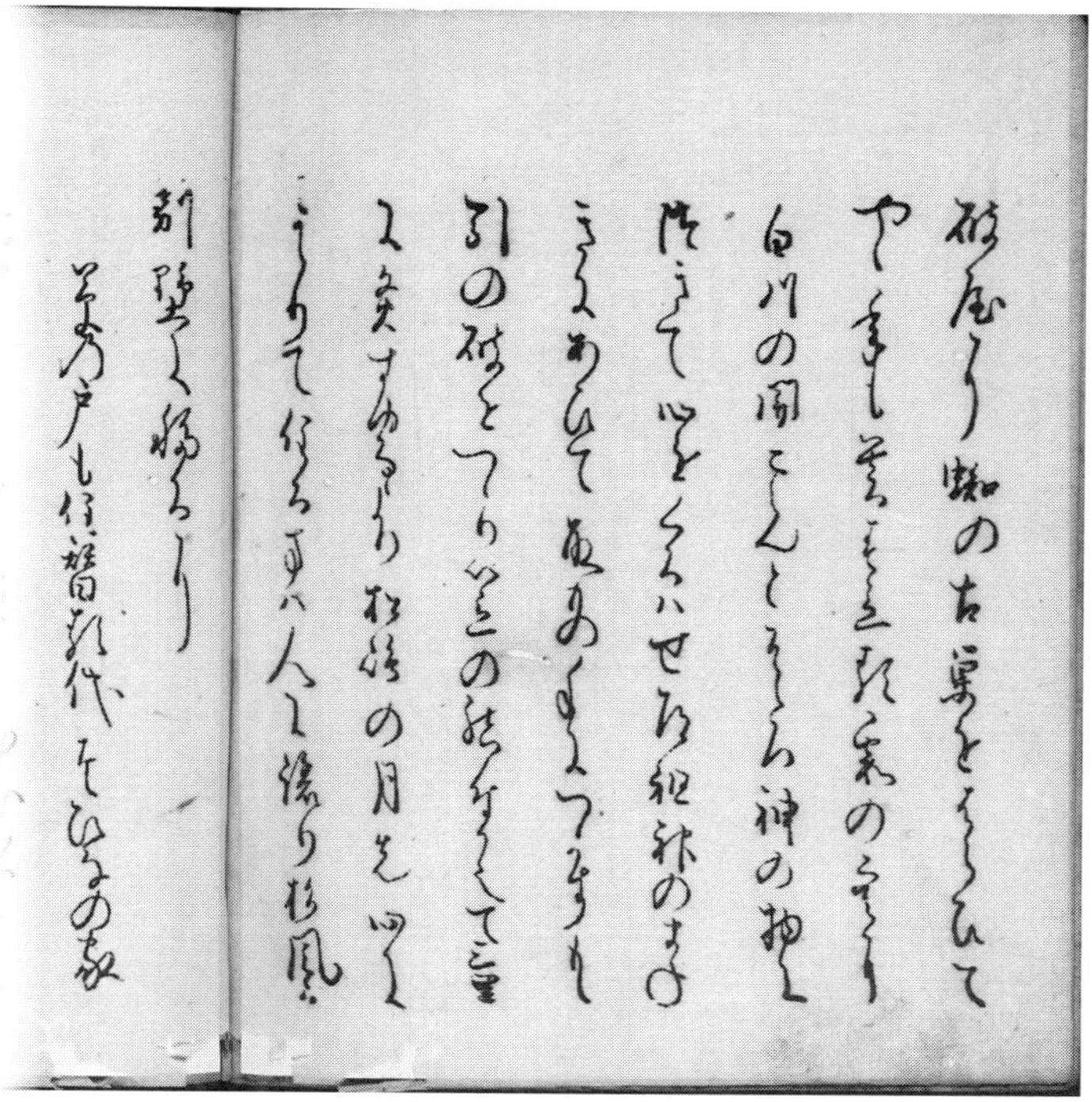

破屋《はをく》に蜘《くも》の古巣《ふるす》をはらひて、やゝ年も暮《くれ》、春立《たて》る霞《かすみ》の空に、白川《しらかわ》の関こえんと、そゞろ神《がみ》の物につきて心をくるはせ、道祖神《だうそじん》のまねきにあひて取《とる》もの手につかず、もゝ引《ひき》の破《やぶれ》をつゞり、笠《かさ》の緒付《をつけ》かえて、三里《さんり》に灸《きう》すゆるより、松嶋の月先《まづ》心にかゝりて、住《すめ》る方《かた》は人に譲り、杉風《さんぷう》が別墅《べつしよ》に移るに、

　草《くさ》の戸《と》も住替《すみかは》る代《よ》ぞひなの家

「杉風」　芭蕉の弟子。芭蕉の経済的援助者。稼業は魚問屋。

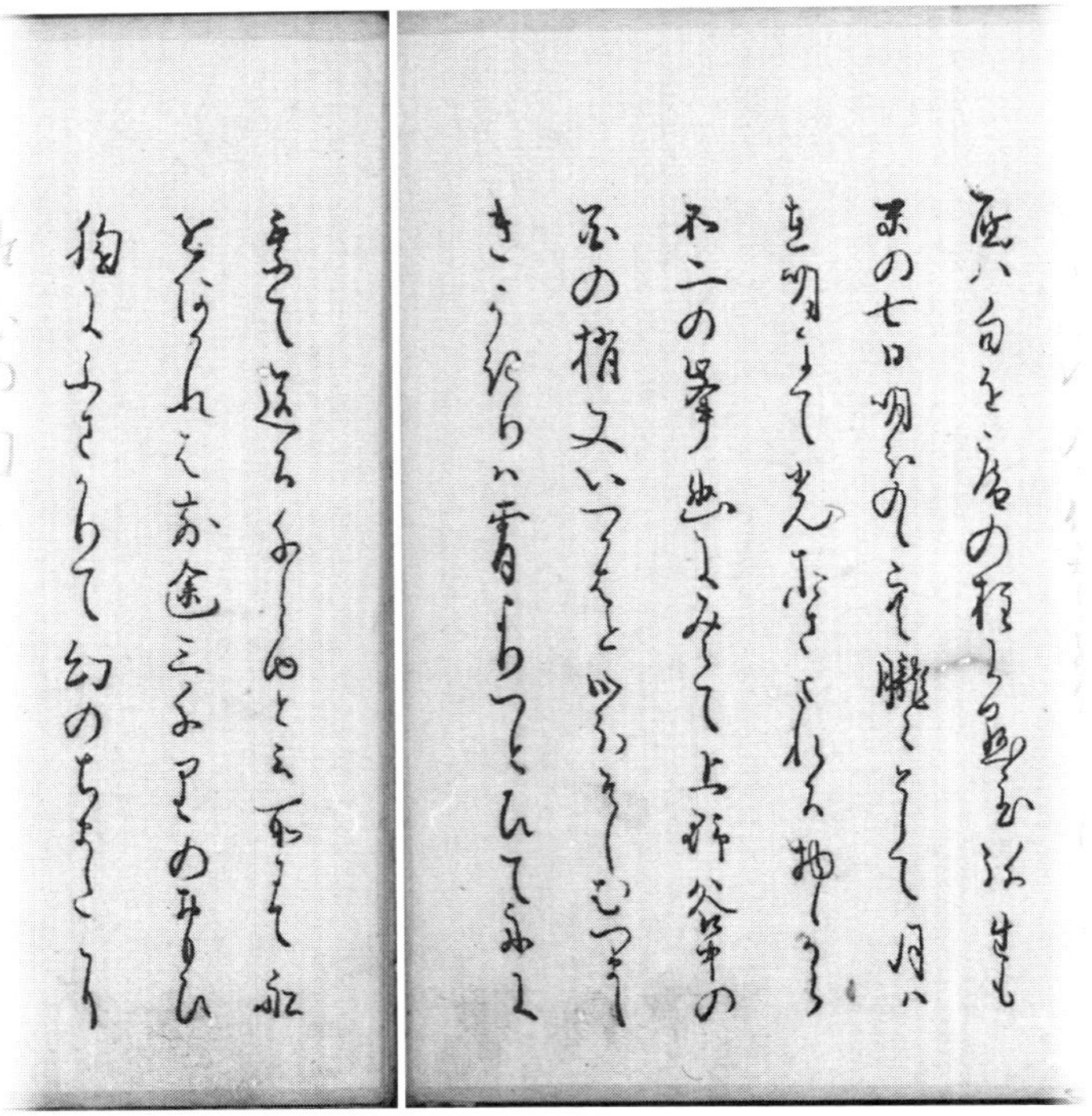

面《おもて》八句《はちく》を庵《あん》の柱に懸置《かけおく》。弥生《やよひ》も末の七日、明《あけ》ぼの、空朧々《ろうろう》として、月は在明《ありあけ》にて光おさまれる物《もの》から、不二《ふじ》の峯幽《みねかすか》にみえて、上野《うへの》・谷中《やなか》の花の梢《こずゑ》、又いつかはと心ぼそし。むつましきかぎりは宵《よひ》よりつどひて、舟に乗《のり》て送る。千《せん》じゆと云《いふ》所にて船をあがれば、前途《ぜんと》三千里のおもひ胸にふさがりて、幻《まぼろし》のちまたに

「面八句」　数人で楽しむ百韻連句を記録した懐紙の一枚目の表《おもて》。八句記録する決まり。

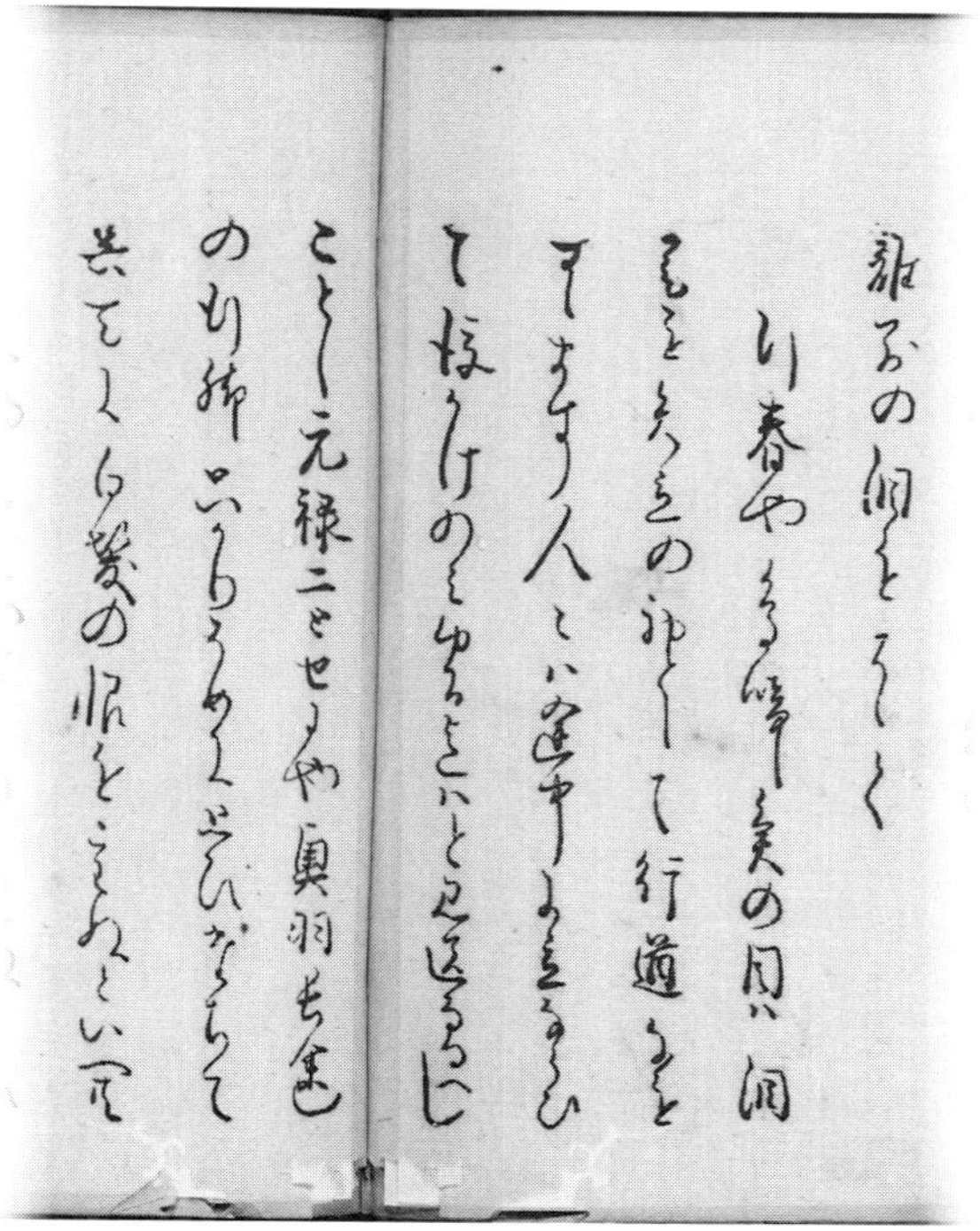

離別《りべつ》の泪《なみだ》をそゝぐ。
　行春《ゆくはる》や鳥啼《とりなき》魚の目は泪《なみだ》
是《これ》**を矢立**《やたて》の初《はじめ》として行《ゆく》道なを
す、まず。人々は途中《みちなか》に立《たち》ならび
て、後《うしろ》かげのみゆる迄《まで》はと見送《みおくる》なるべし。
ことし元禄二《げんろくふた》とせにや、**奥羽長途**《あううちやうど》
の行脚《あんぎや》只《ただ》かりそめに思ひたちて、
呉天《ごてん》**に白髪**《はくはつ》**の恨**《うらみ》を重ぬといへ共《ども》、

「矢立」　綿に墨を含ませた墨壺に、筆を入れる筒をつけた携帯の筆記用具。

「奥羽」　陸奥《むつ》と出羽《でわ》の略。今の福島・宮城・岩手・青森・秋田・山形の東北六県にあたる。

「呉天に白髪の恨」　呉天は中国の呉の国で、都長安からは遥か遠い辺境の地。異郷の空の下で苦労のため白髪になるということ。この表現は謡曲「竹雪《たけのゆき》」などで引用されている。

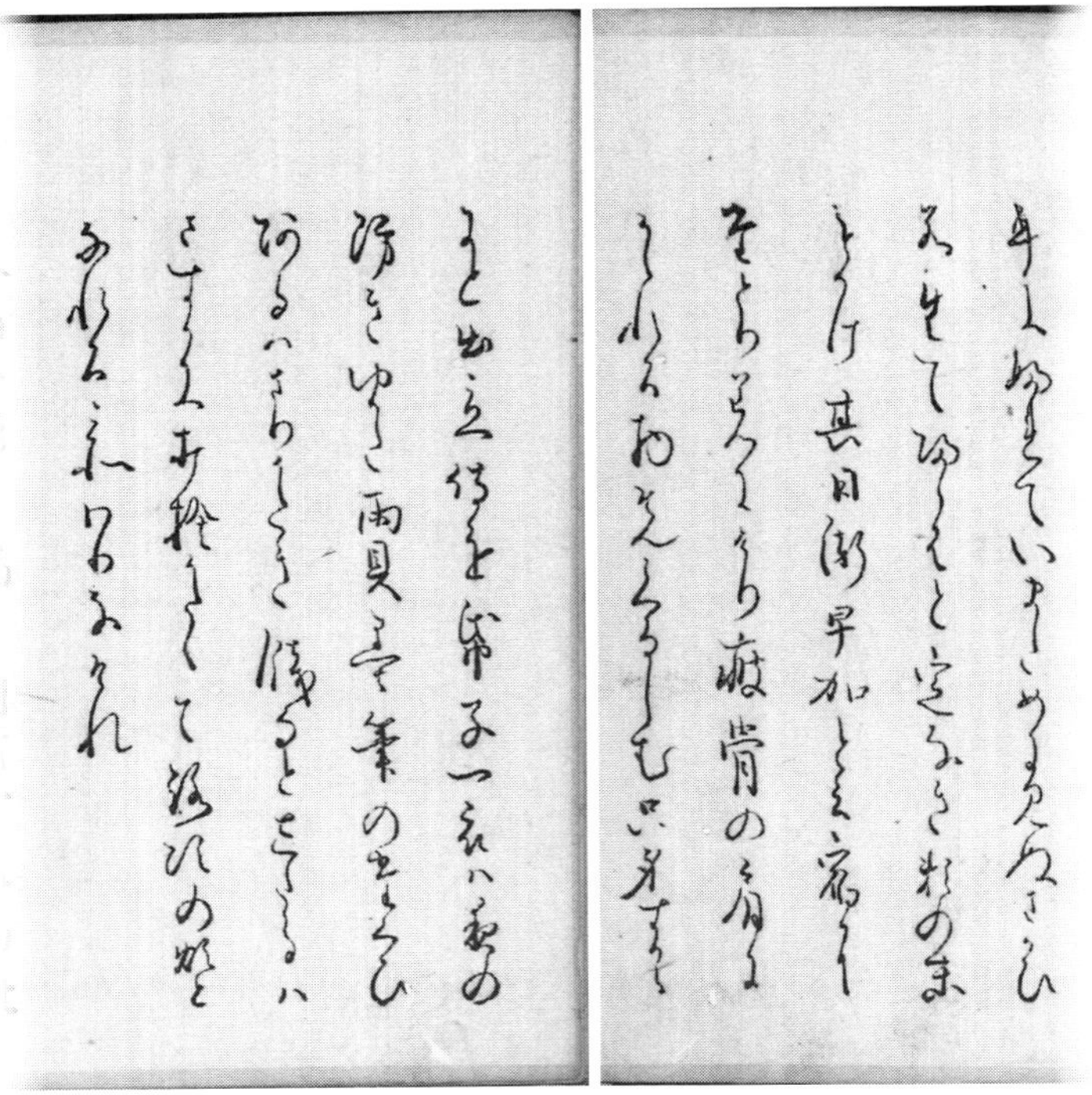

耳にふれていまだめに見ぬさかひ、若生《もしいき》て帰らばと、定《さだめ》なき頼《たのみ》の末をかけ、其日《そのひ》漸《やうやう》早加《さうか》と云《いふ》宿《しゅく》にたどり着《つき》にけり。痩骨《そうこつ》の肩にかゝれる物先《まづ》くるしむ。只《ただ》身すがらにと出立《いでたち》侍《はべる》を、帋子《かみこ》一衣《いちえ》は夜の防ぎ、ゆかた・雨具《あまぐ》・墨《すみ》・筆《ふで》のたぐひ、あるはさりがたき餞《はなむけ》などしたるは、さすがに打捨《うちすて》がたくて、路次《ろし》の煩《わづらひ》となれるこそわりなけれ。

解釈

我々をとりまくこの大宇宙、月と太陽。昇っては沈み、また新たに昇ってくる月と太陽は、遥か昔からその活動を続け、決して留まることはない。言いかえれば歩みを止めない永遠の旅人の様なものだ。そして春夏秋冬と季節を変えて行き交う年も、歩みを止めずにひたすら時間を刻む旅人だ。宇宙の根本原理は変化の中にある旅人のようなものだ。さて人の世はどうだろう。旅に旅を重ねた私だが、心に残る人たちがいる。旅において私を助けてくれた人たち。生涯を船の上で暮らす船頭や、旅人を乗せて馬の手綱を曳く馬子らは、日々を旅の中で暮らし、雲の流れや風の音を聞きながら、自然を友として、旅そのものを自分の住家としている。多分、世間では船頭や馬子は注目されない労働者ではあるが、彼らは自然と調和した生き方をしている。私が共鳴する中国の思想家「荘子《そうし》」は、我らを取り巻く宇宙間の全てのものは計り知れない力で営まれ、この天地に存在するものは全て完全な大調和の中にあるという。木も水も動物も人間もそれぞれに大きな存在意味があり価値がある。人間社会における貧富や階級の差別は偏狭な世俗知にすぎないと説く。私には船頭や馬子の、自然を友とした旅人のような生き方が羨ましい。大昔から、多くの人が旅の中で命を落としたではないか。旅の中で生涯を終えるということは、さほど特別なことではない。私もいつのころからか、ちぎれ雲が風に誘われて流れるように、漂泊の旅に出たいとしきりに思うようになった。去年は、江戸を出発して、東海道を下り、関西方面と、須磨明石の海辺をさすらう「笈《おい》の小文《こぶみ》」の旅をして、秋にこの隅田川のほとりの貧しい庵に戻り、留守のうちにあちこちに張った蜘蛛の巣を払って、やっと庵生活を取り戻し、しだいに歳も暮れ、新しい年を迎えた。それなのに、新しい年の春霞の空を仰いでいると、ああこの空の下で白河の関を越える旅に出たいと、心をそぞろにする神に取り付かれたように自制心を無くしてしまい、旅人の守り神である道祖神が、さあ旅に出ておいでと招いているようで、取るものも手につかない。とりあえず股引の破れを繕い、旅の必需品の笠の緒をつけかえて、健脚になるように願って膝頭の下の窪んだところに灸をすえて旅の支度をしていると、松島の月の美しさはどんな風であろうかと、そればかりが心にかかって、いやはや旅狂いの私である。旅にとりつかれた人間、それが私。去年の秋に戻ったばかりなのにとは思うものの、ふつふつと湧き上がる漂泊への思いは理性では抑えられない。ああ風狂の我が身よ。この度は未知の地奥州への命がけの旅であるから、無事に帰庵出来るかどうかも分からない。簡素な草庵、この庵も弟子の杉風や、知人・門人の心使いで提供してもらっているのであるが、人に譲ってしまい、きっぱりと旅に出よう。旅を栖としよう。戻る所の無い私は、本当の意味で漂泊の人生を生きようとしている。草庵は人に譲ってしまったので、出発まで、弟子の杉風の別荘に厄介になることにした。

草《くさ》の戸《と》も住替《すみかは》る代《よ》ぞひなの家

私が住んでいた鄙びた庵も、住人が住み替わって、時節柄子供の為に雛を飾る賑やかな家になることだろうよ。変化するという事が世の真理なのだから。

この句を発句にした連句の八句までを書いた懐紙の一枚を、この庵の柱にひっかけて住み慣れた庵を去ることにしよう。これも風流というものだ。

三月も下旬の二十七日、出発の朝、夜がほのかに明けようとしている空は朧《おぼろ》にかすみ、今は有明月の時なので、その月が白く淡い光を放っており、芭蕉庵から望むいつもの富士の峰がかすかに霞んで見える。この見慣れた風景とも暫くお別れだ。寛永寺がある上野や、それに続く谷中《やなか》、これらは桜の名所として名高いが、毎年、この芭蕉庵からの遠く美しい桜の梢を眺めては楽しんだ。「花の雲鐘は上野か浅草か」とも詠んだが、あの桜の花の梢を、またいつの日にか再び眺めることが出来るのだろうか。覚悟の上の旅とはいえ、心細い気持ちがこみあげてくる。親しい友人や弟子たちが前の晩から集まって別れを惜しんでくれているが、今朝は、奥州街道第一番の宿駅の千住《せんじゅ》（東京都足立区千住）まで、我らと一緒に舟に乗り込んで門出を見送ってくれている。千住で舟を上がると、友ともお別れ。いよいよ前途は三千里とも思われる異郷への長い旅に行くのだと思うと、胸がいっぱいになる。現世は幻のようにはかないものと常々思い、また、生きとし生けるもの全てに別れはつきものと悟ってはいるものの、実際にこの千住での別れ道に立つと、やはり涙がこみあげてくる。

行春《ゆくはる》や鳥啼《とりなき》魚の目は泪《なみだ》

春が過ぎ行こうとしている。ああ名残惜しいことよ。自然界の生き物も、去りゆく春を惜しむ心があるのであろう。鳥は悲しげに啼き、魚は目に涙をあふれさせているよ。時が移りゆくのは大自然の摂理、人に別れがあるのも生きる本質。でも、やっぱり切なさに涙を流してしまう。

この句を旅の第一句として、携帯用の筆の矢立の使いはじめとして、行脚に踏み出したが、後ろ髪を引かれる思いでなかなかはかどらない。友人たちが道中《みちなか》に立ち並んで、我々の後ろ姿が見える限りは立去らずに見送ってくれている。

今年は確か元禄二年であろうか、奥州への長い行脚を軽率にも思い立ったのだが、かの中国の長安から、遠い呉の国への長旅の苦渋に、髪がいっぺんに白髪になる話があるが、今回の旅もきっとそんな旅であろうと思うものの、万葉集や古今和歌集などに歌われており、愛唱し、耳では聞いているものの、実際には見たことのない歌の名所を、自らの目で確かめて歌の心を感じ取ってみたいと強く思うのである。運よく生きて帰ることが出来たならば、これ以上の幸せはないと、あてにもならないことを頼みに思い、その日はようよう草加（埼玉県草加市）という宿駅にたどり着いた。痩せて骨ばった肩にかかる旅の荷物の重さがこたえて出発早々苦しい思いをした。ただ身ひとつで身軽に出発したのだが、柿渋紙を柔らかくもみあげた紙衣《かみこ》は夜の寒さを防ぐ寝具で大切。浴衣、雨具、墨や筆などは旅の必需品。また、断り難い餞別品は情がこもったもので、さすがに打ち捨てがたくて、だんだん荷物が膨らんで重くなり、これらが道中の苦労の種になったのは、いやはやなんともいたしがたいことである。

二　室《むろ》の八嶋《やしま》・佛五左衛門《ほとけごさえもん》

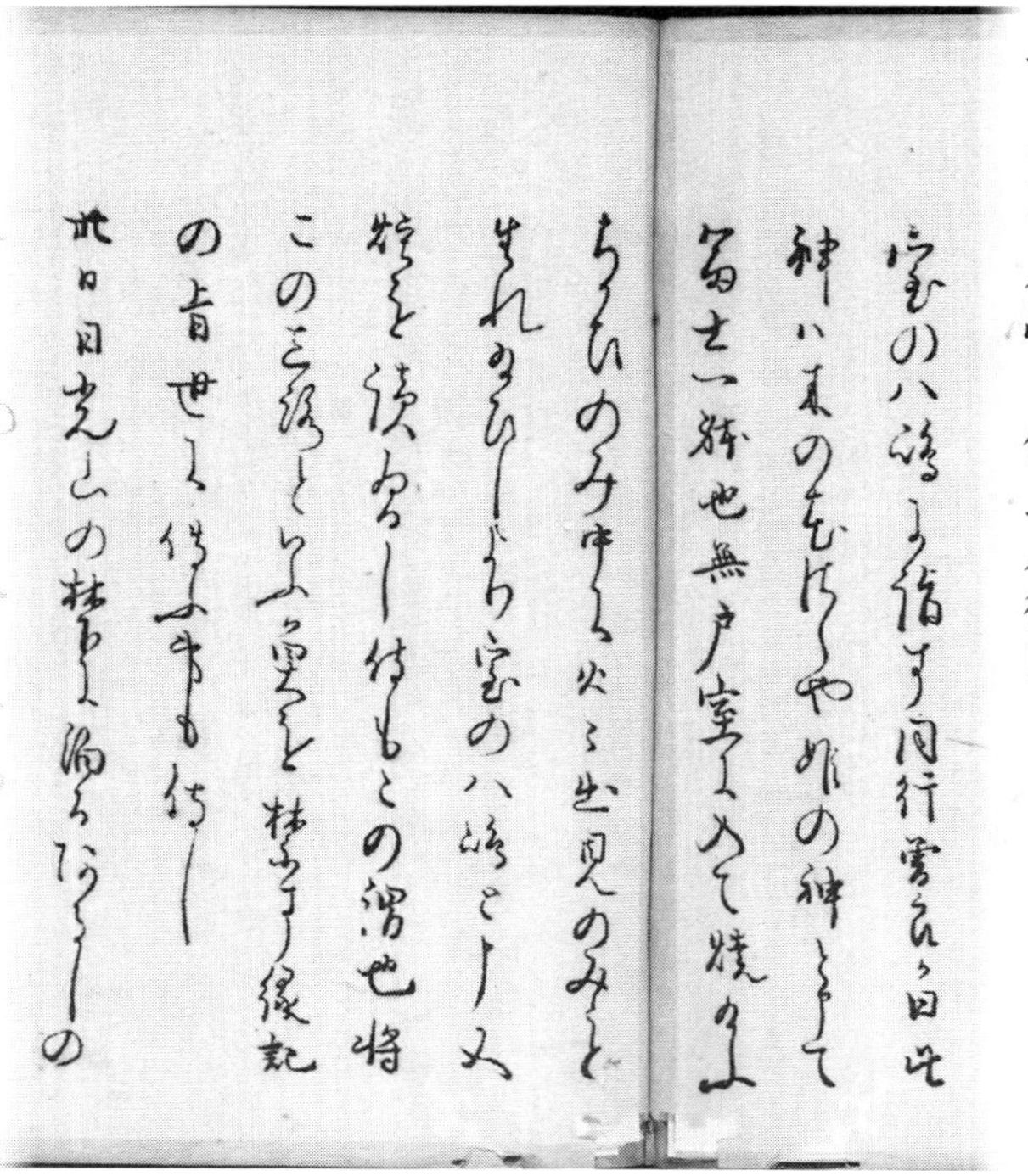

室《むろ》の八嶋《やしま》に詣《けい》す。同行曽良《どうぎやうそら》が曰《いはく》、「此《この》神は木《こ》の花《はな》さくや姫《ひめ》の神と申《まうし》て、富士一躰也《ふじいつたいなり》。無戸室《うつむろ》に入《いり》て焼給《やきたま》ふ、ちかひのみ中《なか》に、火々出見《ほほでみ》のみこと生《うま》れ給《たま》ひしより、室の八嶋と申《まうす》。又煙《けむり》を読習《よみならは》し侍《はべる》もこの謂也《いはれなり》。将《はた》このしろといふ魚《うを》を禁《きん》ず。縁記《えんぎ》の旨《むね》、世《よ》に傳ふ事《こと》も侍《はべり》し。」卅日《みそか》、日光山《につくわうざん》の梺《ふもと》に泊《とま》る。あるじの

「このしろといふ魚を禁ず」　別名コハダ。鮨の材料。焼くと火葬の匂いがするという。伝説に、国の役人の強引な求愛に困った娘の親が、この魚を焼き、娘を火葬したと偽り、恋人の元に逃がしたとある。依って「子の代」とも書く。様々な伝説が入り混じり、この地方では、鮗を食すことを禁じた。

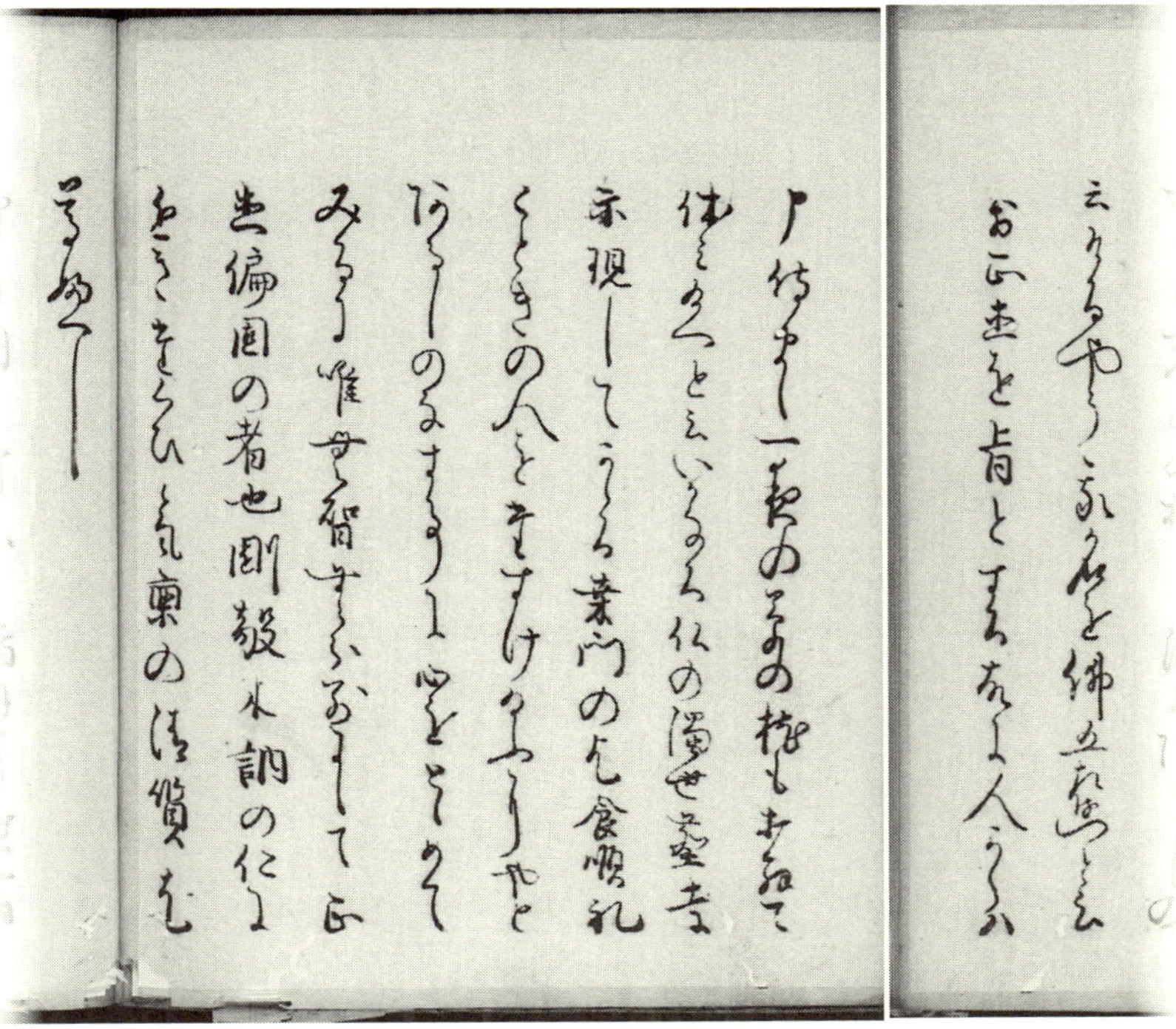

云《いひ》けるやう、「我名《わが》を佛五左衛門《ほとけござえもん》と云《いふ》。万《よろづ》正直《しやうぢき》を旨《むね》とする故《ゆゑ》に、人かくは申侍《まうしはべる》まゝ、一夜《いちや》の草《くさ》の枕《まくら》も打解《うちとけ》て休み給《たま》へ」と云《いふ》。いかなる仏《ほとけ》の濁世塵土《ぢよくせぢんど》に示現《じげん》して、かゝる桑門《さうもん》の乞食順礼《こつじきじゆんれい》ごときの人をたすけ給ふにやと、あるじのなす事《こと》に心をとゞめてみるに、唯無智無分別《ただむちむふんべつ》にして正《しやう》直偏固《ぢきへんこ》の者也《ものなり》。剛毅木訥《がうきぼくとつ》の仁《じん》に近きたぐひ、気稟《きひん》の清質《せいしつ》尤《もつとも》尊《たうと》ぶべし。

解釈

室の八嶋の大神《おおみわ》神社（栃木市惣社町《そうしゃちょう》）に参詣した。旅を一緒にしている曽良《そら》が言うには、「この室の八嶋のご祭神は木《こ》の花咲《はなさ》くや姫《ひめ》と申しまして、あの富士山の麓《ふもと》にある浅間神社《せんげんじんじゃ》のご神体と一緒です。木の花咲くや姫が、一夜にしてご懐妊なさったので、夫の瓊瓊杵尊《ににぎのみこと》から、懐妊の子は我が子ではないのではないかと疑われました。姫は我が身の潔白をはらすために、四面を土で塗ふさいだ出口の無い室の中に籠り、お腹の子が尊《みこと》の御子ならば、神の子ですから、たとえ火の中でも無事に生まれるでしょうと、誓いを立て、出口の無い室に火をつけ、我が身を火でお焼になり、誓いの中で無事に火〻出見《ほほでみ》の尊《みこと》をお産みになったということです。この神話から、ここを室の八嶋と申すのです。また、八嶋とは八つの嶋ですが、竈《かまど》という意味もあります。室の八嶋を和歌で詠むときは必ず煙を詠みこむのが習わしになっているのは、このお話の由縁《ゆえん》です。また、「このしろ」という魚は焼くと人を焼いた様な臭いがするので、この土地ではこの魚を焼いて食べることを禁じています。この他、これとよく似た縁起が世間に言い伝えられています。」と説明してくれた。

三月三十日、日光山(栃木県日光市)の梺の門前町に泊まった。宿の主人が言うには、「町の人たちは、私のことを佛の五左衛門と呼びます。万事につけて正直を第一としていますので、世間の人がそう呼ぶのでしょう。ですから今宵一夜の旅寝も、打ち解けてごゆっくりお休みください」と言う。いったいどの様な仏が、この濁って塵に汚れた人間世界に、人を救うために姿をお変えになって現れて、こんな僧体の乞食坊主で巡礼者ごときの私たちを優しく助けてくださるのか。自分のことを仏と名のる宿の主人の行動を注意深く観察する。すると仏というようなものではなく、ただ世間でいうところの小賢しい知恵が全く無く、また分別臭さも持たない正直一点ばり人柄のようだ。中国の春秋時代の思想家で儒家の祖孔子《こうし》の書「論語《ろんご》」では「剛《ごう》毅朴訥《きぼくとつ》は仁《じん》に近し」というではないか。気がしっかりと固くて全く飾り気の無いたぐいの人間は、一見ごつごつと不器用なようではあるが、最高の徳を持った人間だという。宿の主人の正直さ、清らかさが、先天的に天から授かった気質であるならば、これは最も尊いことであるよ。生まれついての気質の良さはすばらしいもので、人為的に会得できるものではない。旅の初めの、この日光の地で「佛五左衛門」のように、心底正直で素朴な人柄の人物に出会ったことは、旅の幸いというものだよ。出会いこそ、旅の宝というものだ。

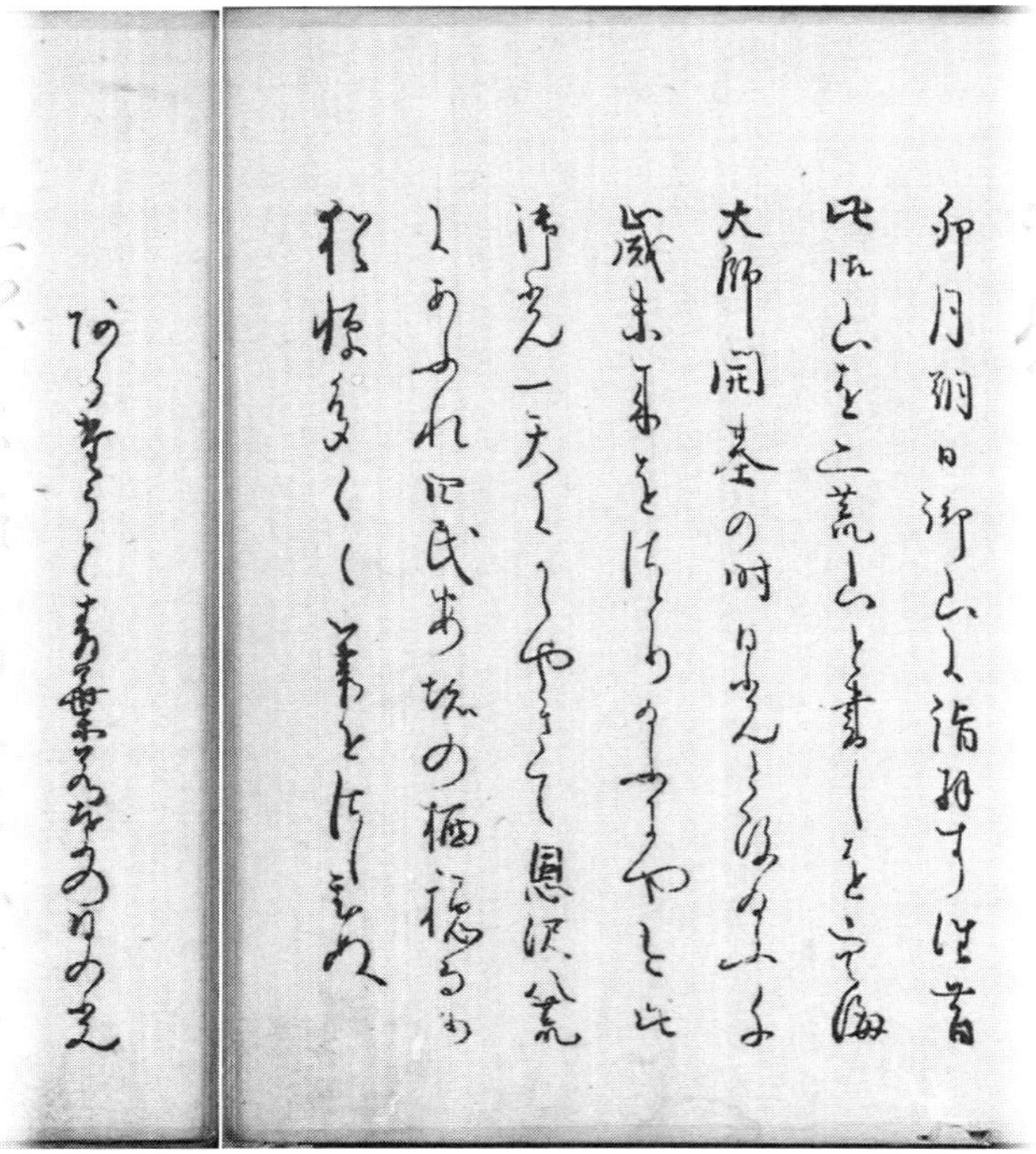

三　日光山《にっこうざん》・裏見《うらみ》の滝

卯月朔日《うづきついたち》、御山《おやま》に詣拝《けいはい》す。往昔《そのかみ》此《この》御山を二荒山《にくわうさん》と書《かき》しを、空海《くうかい》大師《だいし》開基《かいき》の時、日光と改《あらため》給ふ。千歳《せんざい》未来《みらい》をさとり給ふにや、今此《いまこの》御光《みひかり》一天にかゞやきて、恩沢八荒《おんたくはつくわう》にあふれ、四民安堵《しみんあんど》の栖《すみか》穏《おだやか》なり。猶憚《なほはばかり》多くて筆をさし置《おき》ぬ。

あらたうと青葉若葉の日《ひ》の光《ひかり》

「空海大師」　平安初期の僧。弘法大師。唐で修行、真言密教を国家仏教として定着させた。

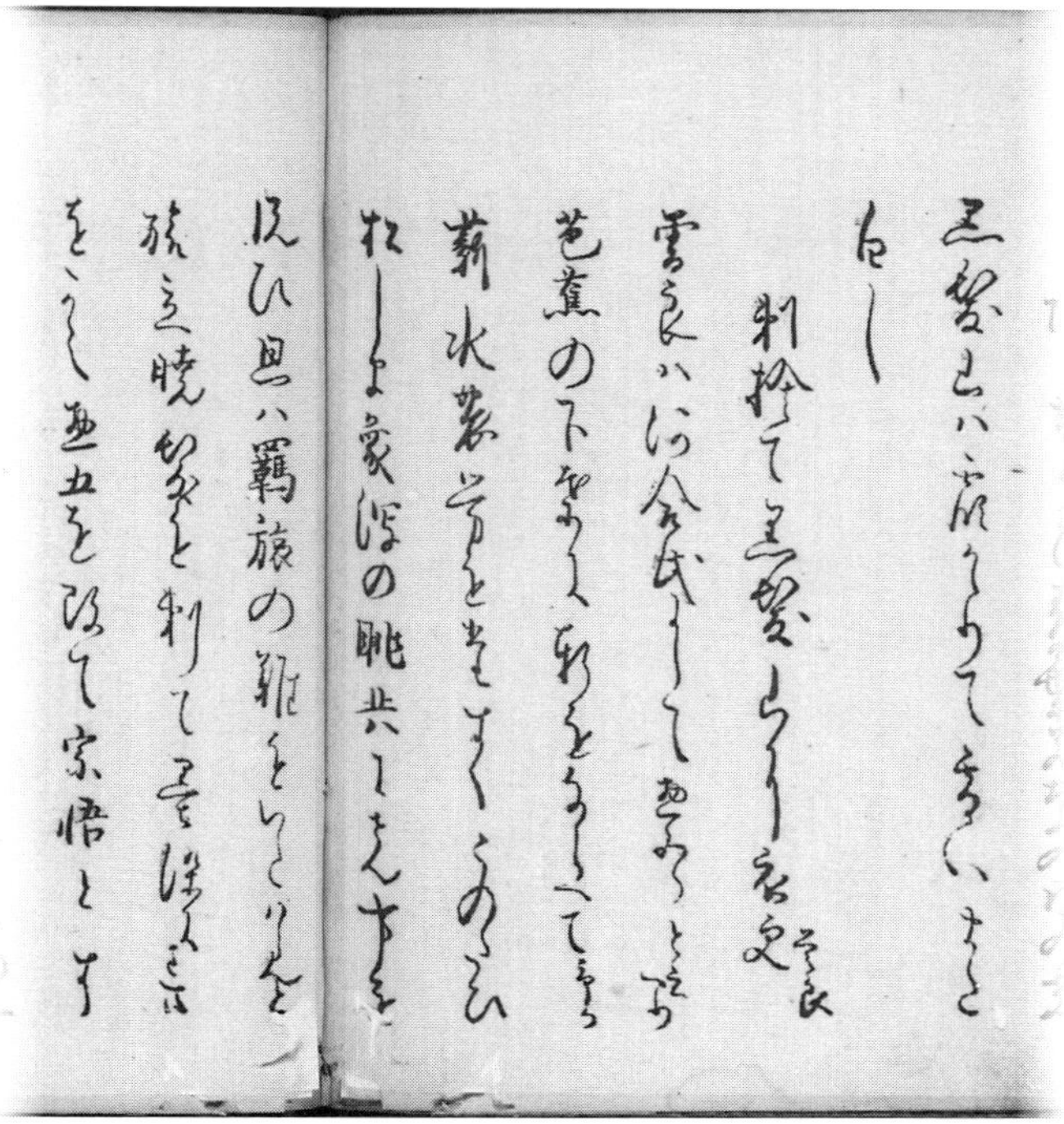

黒髪山《くろかみやま》は霞《かすみ》かゝりて、雪いまだ白し。

剃捨《そりすて》て黒髪山に衣更《ころもがへ》　曽良《そら》

曽良は河合氏《かはひうぢ》にして、惣五郎《そうごらう》と云《い》へり。芭蕉の下葉《したば》に軒をならべて、予《よ》が薪水《しんすゐ》の労をたすく。このたび松しま・象潟《きさかた》の眺《ながめ》共《とも》にせん事《こと》を悦《よろこ》び、且《かつ》は羇旅《きりょ》の難《なん》をいたはらんと、旅立《たびたつ》暁《あかつき》髪を剃《そり》て墨染《すみぞめ》にさまをかえ、惣五《そうご》を改《あらため》て宗悟《そうご》とす。

「曽良」　河合氏。信州上諏訪の人。長嶋藩に仕官、致仕後芭蕉に入門し、芭蕉庵近くに住み、芭蕉の生活を助けた。

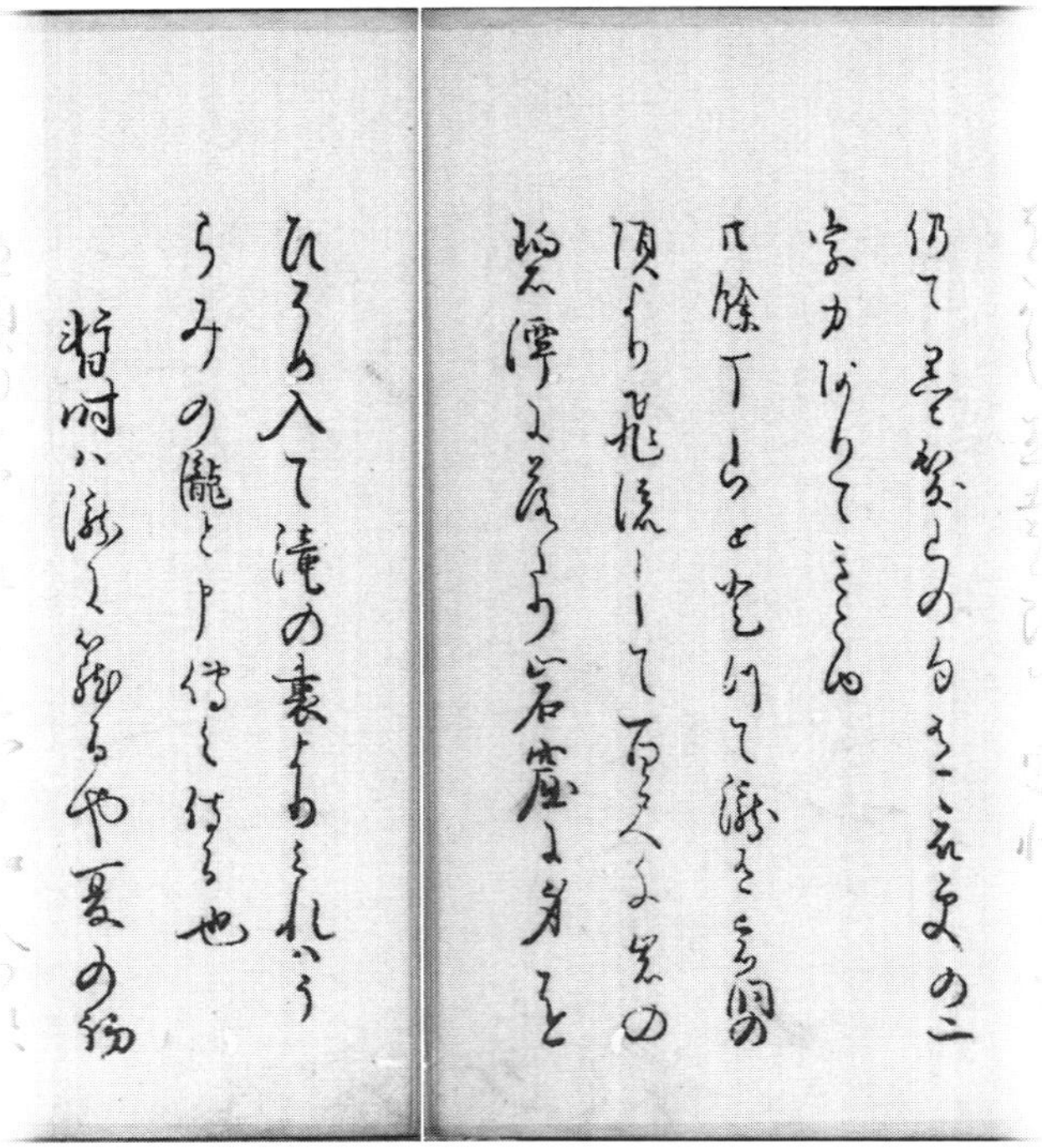

仍《よつ》て黒髪山の句有《あり》。衣更《ころもがへ》の二
字、力ありてきこゆ。
廿余丁《にじふよちやう》山を登つて瀧《たき》有。岩洞《がんとう》の
頂《いただき》より飛流《ひりう》して百尺《はくせき》、千岩《せんがん》の
碧潭《へきたん》に落《おち》たり。岩窟《がんくつ》に身を
ひそめ入《いり》て滝の裏よりみれば、う
らみの瀧と申伝《もうしつた》え侍《はべ》る也《なり》。
暫時《しばらく》は瀧に籠《こも》るや夏《げ》の初《はじめ》

「夏の初」　夏行・夏籠りの初めの日。僧侶が外出せずに、一所に籠り、夏季の修行をすること。四月十六日から三ヶ月間行う。

解　釈

四月一日、霊山日光のお山に参詣した。このお山は、山岳信仰によって開かれたお山で、昔は二荒山《にこうさん》と書いていたのを、真言密教をお開きになった平安時代の高僧空海大師が、ここに寺を創建された時に、「二荒《にこう》」を「日光《にっこう》」とお改めになったという。荒々しい「二荒」よりも、日の光を意味する「日光」のほうが、暖かい神の御威光が感じられ、さすがに、空海大師は民衆の心をつかんでおられ、千年先の今の日光山の繁栄を見通しておられたのであろう。今、この日光には家康公を祀った東照宮大権現があり、その御威光は天下に輝き、お恵みは津々浦々まで浸透してあふれている。士農工商すべての人民が身を寄せている日本の国が、穏やかで安心して暮らしを立てていられる国であるのも、徳川幕府のお陰様といえよう。このご時勢、日光を訪れて、東照宮の参拝は欠かせない。今の日光の繁栄は、東照宮あってのもの。しかしそれはここ数年来のこと。視野を広げ、眼前に広がる大自然の霊山日光の御山を仰ぎ見よう。その昔から山岳信仰の霊場で、山自体がご神体である日光山。万人に日の光を投げかけ恩恵を与えてきた日光山の大自然の中にあると、畏敬の念が湧き上がり、心から有難いと思えるのだ。

しかし、神仏の霊域にこれ以上言葉を加えることは、あまりにも恐れ多いことなので、このくらいで筆を差し控えることにしよう。

あらたうと青葉若葉の日の光

ああ何と尊いことであろうか。この季節の日光山は常緑樹の深い青葉や新緑の木々の若葉が入り混じり、そこに有難い日の光が降りそそぎ、ことさらに美しい。この美しい大自然に囲まれ日光山は神霊の威光に満ちあふれている。

黒髪山は（日光火山群の主峰男体山）霞がかかり、頂上にはいまだに雪が白く残っている。

剃捨て黒髪山に衣更　曽良

師の旅にお伴をするにあたり、黒髪を剃り捨て、俗衣を墨染の法衣に着替えて、旅の覚悟を決めて、この黒髪山までやって来た。剃り捨てた黒髪の名を持つこの山の麓で、冬衣を夏衣にかえる衣更えの日を迎えるなんて、いやはや縁があるというか、出発時に、俗衣を法衣に更えた時の決意を思い出すというか、面白味と決意が入り混じった思いです。

曽良

ここで同行者曽良を紹介することにしよう。曽良は、通称河合惣五郎という。深川の隅田川の畔の私の草庵は、軒先に植えられた芭蕉の葉が生い茂っていたが、曽良は、その芭蕉の下蔭に私と軒を並べて住み、薪を割ったり水を汲んだりして私の台所仕事や生活を助けてくれていた。この度、松島や象潟の美しい景色を、私と一緒に眺めることを喜びとし、また旅の苦労を分かち合おうと、私に同行してくれた。旅立つ朝、髪を剃って墨染の法衣に着替え、名前も俗名の惣五《そうご》を宗悟《そうご》と僧らしい名に改めて、心新たな決心で私の旅に臨んでくれた。そんな事情で、この黒髪山の句を曽良が詠んだのだが、単なる季節の衣更に加えて、出家遁世という人生の衣更の感慨もこもっていて、衣更という二字が力強く、ことさらに意味深く効果的に感じられることであるよ。

二十余丁あまり（約二、二キロ）山を登って行くと瀧がある。その瀧は、瀧裏に岩の洞屈があり、その頂上より、百尺もあるかと思われる程の高さから滝壺に向かって水が一気に流れ落ちている。瀧のまわりは幾層にも岩が重なり、その岩をぬって滝水は青々とした滝壺に流れ落ちている。瀧裏にまわりこんで、岩窟に身をかがめて、瀧を裏から眺めることが出来るので、「裏見の瀧」と言い伝えられている。表からの眺めと違い、瀧の懐に抱かれるようで、水音も胸にせまり、珍しい感覚を覚える。

暫時は瀧に籠るや夏の初

しばらくの間、岩窟に身を入れて瀧に籠って、心身を清め清浄な気分に浸ろう。折から僧侶が夏籠りの修行を始める季節だ。私も旅の途中なのでひと時ではあるが、瀧に籠って、身と心をひきしめて、明日からの旅の心構えをしよう。

四　那須野《なすの》・黒羽《くろばね》

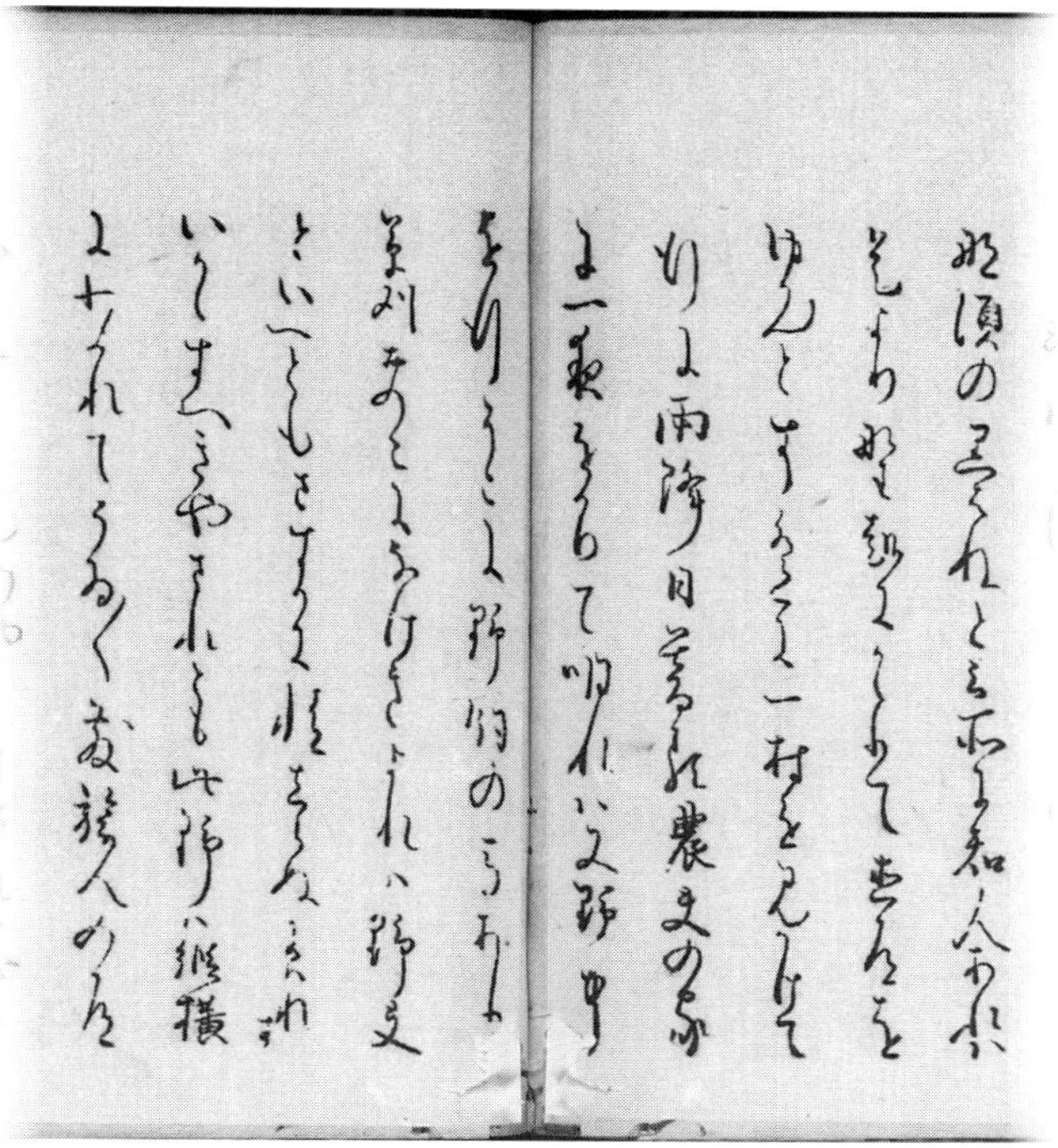

那須《なす》の黒《くろ》ばねと云《いふ》所に知人《しるひと》あれば、是《これ》より野越《のこえ》にかゝりて、直道《すぐみち》をゆかんとす。遥《はるか》に一村《いつそん》を見かけて行《ゆく》に、雨《あめ》降《ふり》日《ひ》暮《くる》る。農夫《のうふ》の家に一夜《いちや》をかりて、明《あく》れば又《また》野中《のなか》を行《ゆく》。そこに野《の》飼《がひ》の馬あり。草刈《くさかる》おのこになげきよれば、野夫《やふ》といへどもさすがに情《なさけ》しらぬには非《あら》ず、「いかゞすべきや、されども此《この》野は縦横《じゆうわう》にわかれて、うゐ〳〵敷《しき》旅人の道

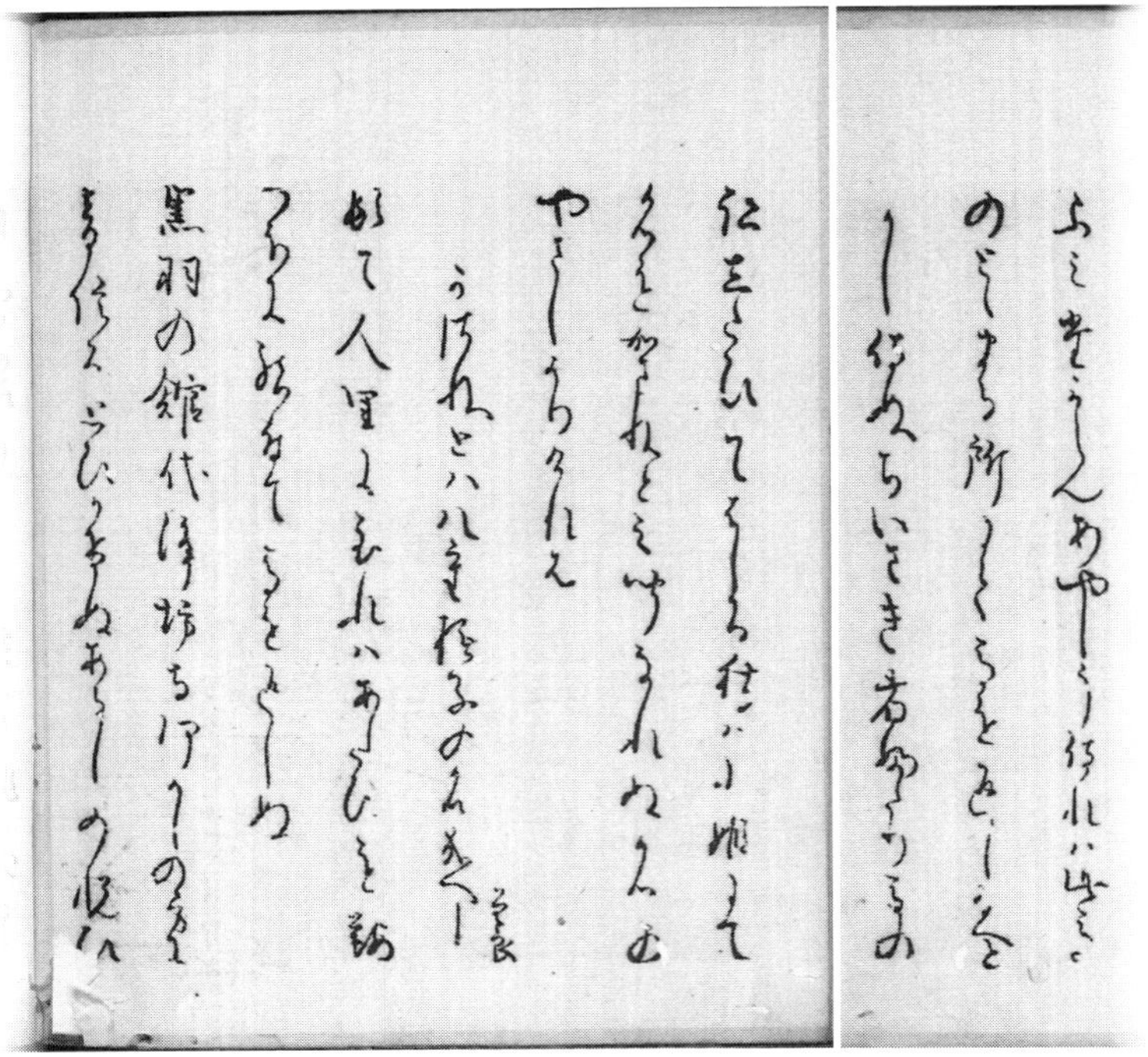

ふみたがえん、あやしう侍《はべ》れば、此《この》馬のとゞまる所《ところ》にて馬を返し給《たま》へ」とかし侍《はべり》ぬ。ちいさき者《もの》ふたり、馬の跡《あと》したひてはしる。独《ひとり》は小《こ》姫《ひめ》にて、名をかさねと云《いふ》。聞《きき》なれぬ名のやさしかりければ、

　かさねとは八重《やへ》撫子《なでしこ》の名《な》成《なる》べし　曽良

頓《やが》て人里《ひとざと》に至《いた》れば、あたひを鞍《くら》つぼに結付《むすびつけ》て馬を返しぬ。

黒羽《くろばね》の館代《くわんだい》浄《じやう》坊《ぼう》寺《じ》何《なに》がしの方《かた》に音信《おとづ》る。思ひがけぬあるじの悦《よろこ》び、

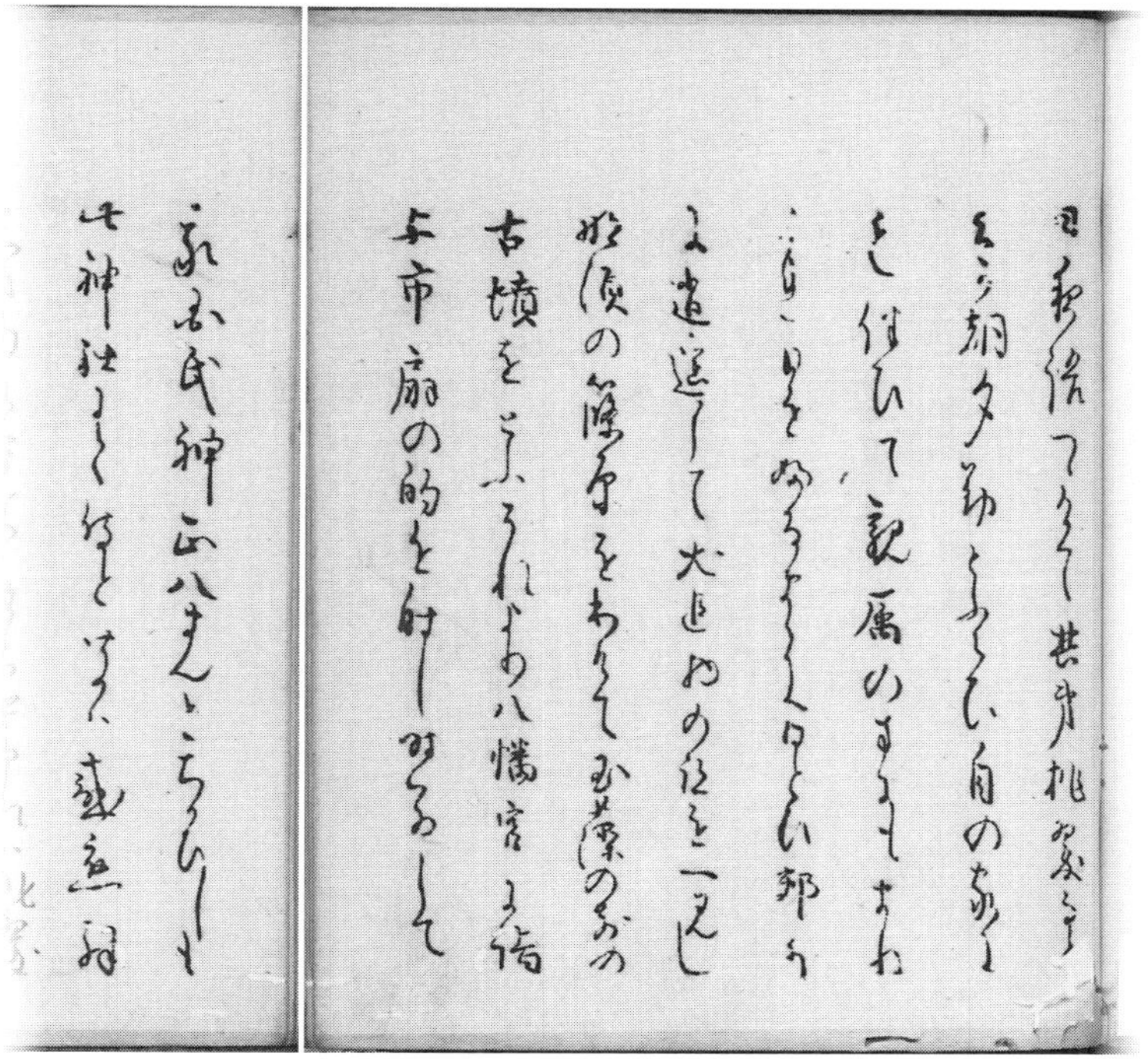

日夜《にちや》語《かたり》つゞけて、其弟《そのおとうと》桃翠《たうすゐ》など云《いふ》が、朝夕勤《てうせきつとめ》とぶらひ、自《みづから》の家にも伴《ともな》ひて、親属《しんぞく》の方にもまねかれ、日をふるまゝに、日《ひ》とひ郊外《かうぐわい》に逍遥《せうえう》して犬追物《いぬおふもの》の跡《あと》を一見《いつけん》し、那須《なす》の篠原《しのはら》をわけて玉藻《たま も》の前《まへ》の古墳《こふん》をとふ。それより八幡宮《はちまんぐう》に詣《まうづ》。与市《よいち》扇《あうぎ》の的《まと》を射《い》し時、「別《べつ》して我国氏神正八《わがくにうぢがみしやうはち》まん」とちかひしも此《この》神社にて侍《はべる》と聞《きけ》ば、感応《かんおう》殊《ことに》

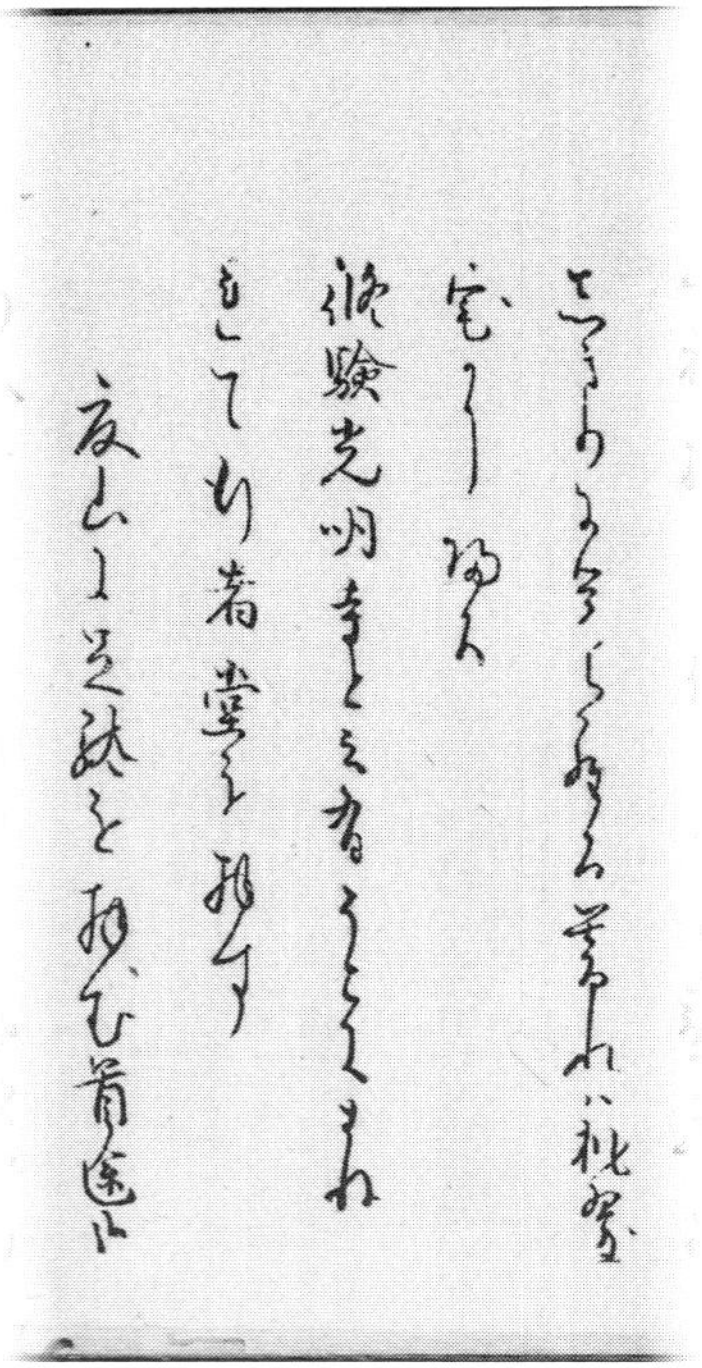

しきりに覚えらる。暮《くる》れば桃翠
宅に帰る。
修験《しゆげん》光《くわう》明《みやう》寺《じ》と云有《いふあり》。そこにまね
かれて行者堂《ぎやうじやだう》を拝《はい》す。

夏山《なつやま》に足駄《あしだ》を拝《おが》む首途《かどで》哉《かな》

「行者堂」　修験道の開祖役行者（えんのぎょうじゃ）を祀った堂。手に独鈷（どっこ）・錫杖（しゃくじょう）を携え大きな高下駄を履く像が伝わる。

解　釈

那須の黒羽（栃木県那須郡黒羽町）に知り合いがいる。そこに行くために、広大な那須野越にかかり、近道をしたいと思い、真っ直ぐな道を行こうとした。遥かに見える一村をめがけて行くうちに、雨が降り出し、日も暮れてしまった。農夫の家に一夜の宿を借り、夜が明けると、また那須野の広野を歩き続けた。すると、そこに放し飼いの馬がいた。飼い主であろう草刈りをしていた農夫に、野道の苦しさを嘆き、馬を借りたいと頼み込めば、野良仕事をするむくつけき男であっても、さすがに人情を知らないわけではなく、「どうしたら良いかなあ、私には仕事があり、馬を引いて案内する暇がない。しかし、この那須野は、道がむやみやたらに分かれており、初めての旅人はきっと道を間違えるにちがいない。心配だなあ。そうだ、この馬だけを貸してあげよう。この広野のことを知り尽くした馬だから、乗っていって、馬が止まった所で馬を返してください。賢い馬は、おのずとここへ帰ってくるでしょうから」といって、親切にも馬を貸してくれた。農夫にとって、馬は家族なみに大切なものなのに、有難いことだ。小さい子供が二人、馬の跡を追って走ってくる。農夫の子であろう。曽良が名前を聞くと、一人は女の子で名前を「かさね」という。ひなびた田舎には聞きなれない名前で、清楚で優雅な響きがある。

かさねとは八重撫子の名成べし　曽良

可愛い少女をよく撫子にたとえられますが、「かさね」とは、八重の撫子のことです。薄桃色で可憐ながらも優美さをもった八重の撫子の花は、まさに、この小さな女の子にぴったりですね。　曽良

やがて、人里に出たので、馬を借りたお礼を馬の鞍壺にくくりつけて、約束通り馬を返した。那須野の広野で困り果てていたが、農夫の情に助けられた。野良仕事にあけくれる体力仕事の人でも、細やかな情けがあるものなのだ。大切な馬を見ず知らずの私たちに委ねてくれた素朴な純情さに、人の温かさを感じずにはいられない。また、あの可愛い子供たちの綺麗な目。苦しい旅ではあるが、なんとすがすがしい那須野の出会いであろうか。

黒羽（栃木県那須郡黒羽町）の城代家老で、本名は伏せて浄坊寺何がしとしておきますが、

そのお方を訪問した。思いがけない私たちの来訪に、主人の悦びは大変なもので、昼も夜も歓談を続けるありさま。多忙な城代にかわり、その弟の桃翠が朝夕に気を配って私どもを訪ねて世話をしてくれ、さらに自分の家にも連れていってくれたり、その親戚の方からもご招待を受けたりして、何やかやと歓待のうちに数日を過ごした。そのある日、黒羽の郊外に散策して、まず犬追物の跡を見学した。犬追物とは、その昔、平安から鎌倉時代に盛んに行われた騎馬の競技で、馬上から弓で犬を追い射るというものである。本当は狐を射るのだが、狐と犬は似ているというので、狐の代わりに犬を放って狐狩りの練習としたものだ。今は競技場の跡のみが残っている。次に歌枕としてよく詠まれる「那須の篠原」をかき分けて、玉藻の前の古墳を尋ねた。玉藻の前とは婦人の名前で、謡曲《ようきょく》「殺生石《せっしょうせき》」で知られている。その昔天竺《てんじく》（中国）の妖怪狐が、わが国を滅ぼそうと、玉藻の前という美しい女性になりすまして宮中に入り、鳥羽院《とばいん》の后となった。ある時清涼殿《せいりょうでん》の御会で、狐の化身の后は、身より怪しい光を放って帝を苦しめた。帝はその為に病に伏した。しかし、安倍泰成《あべのやすなり》に正体を見破られて調伏《ちょうぶく》され、九尾《きゅうび》の狐となり、この那須野に逃げた。帝は二人の武将に、九尾の妖狐の退治を命じて那須野に派遣したのである。その狐退治の練習が、「犬追物」の始まりで、退治された妖狐の塚というのが「玉藻の前の古墳」

である。那須野に伝わるなんとも怪しげな興味深い話である。それから金丸八幡宮（大田原市南金丸馬場那須惣社金丸八幡宮那須神社）に詣でた。この八幡宮は、源義経の家臣那須与一《なすのよいち》（与市とも）の一族の氏神として崇敬された神社である。義経の奥州での足跡を訪ねるのも、この旅の楽しみの一つ。那須与一の武勇伝は平家物語「屋島《やしま》の合戦」で、人々に良く知られる話である。義経の軍盛に圧された平家軍の船団から女性を乗せた小舟が一艘《そう》進み出た。優雅な女性が紅《くれない》に金の日の丸を描いた扇を掲げている。この扇を矢で討ってみよとの合図。そこで義経は、矢の名手那須与一に扇の的を射ることを命じた。年のころ二十歳ばかりの若者与一は、馬の手綱をひき海に歩みを進め、目を閉じて「南無八幡大菩薩…中でも我が故郷の我が家の氏神那須大明神、願わくばあの扇の真中射させてください」と祈念した。すると瞬時海は波をひそめ、与一は今とばかりに弓矢を放ち、見事に扇の的を射止めた。その祈念の神社が、まさにここであると聞けば、与一の痛切なる思いと、神徳の有難さがひとしお身にしみて、心が震える思いである。日が暮れたので、世話になっている桃翠宅にもどった。なんと興味深い一日であったことか。次の日、修験光明寺にまねかれて、役《えん》の行者像《ぎょうじゃぞう》を拝した。そこで次の句を作った。

夏山に足駄を拝む首途哉

仰ぎ見る陸奥の夏の山々よ。その夏山に向かって旅を進める我が身。数々の困難な山々を踏破なさった役の行者よ。その屈強な高足駄《たかあしだ》の足を拝んで、我らの旅も無事に踏破できるように願をかけて、これを旅の首途《かどで》としよう。さあ心新たに出発しよう。

五　雲巌寺《うんがんじ》・殺生石《せつしょうせき》・遊行柳《ゆぎょうやなぎ》

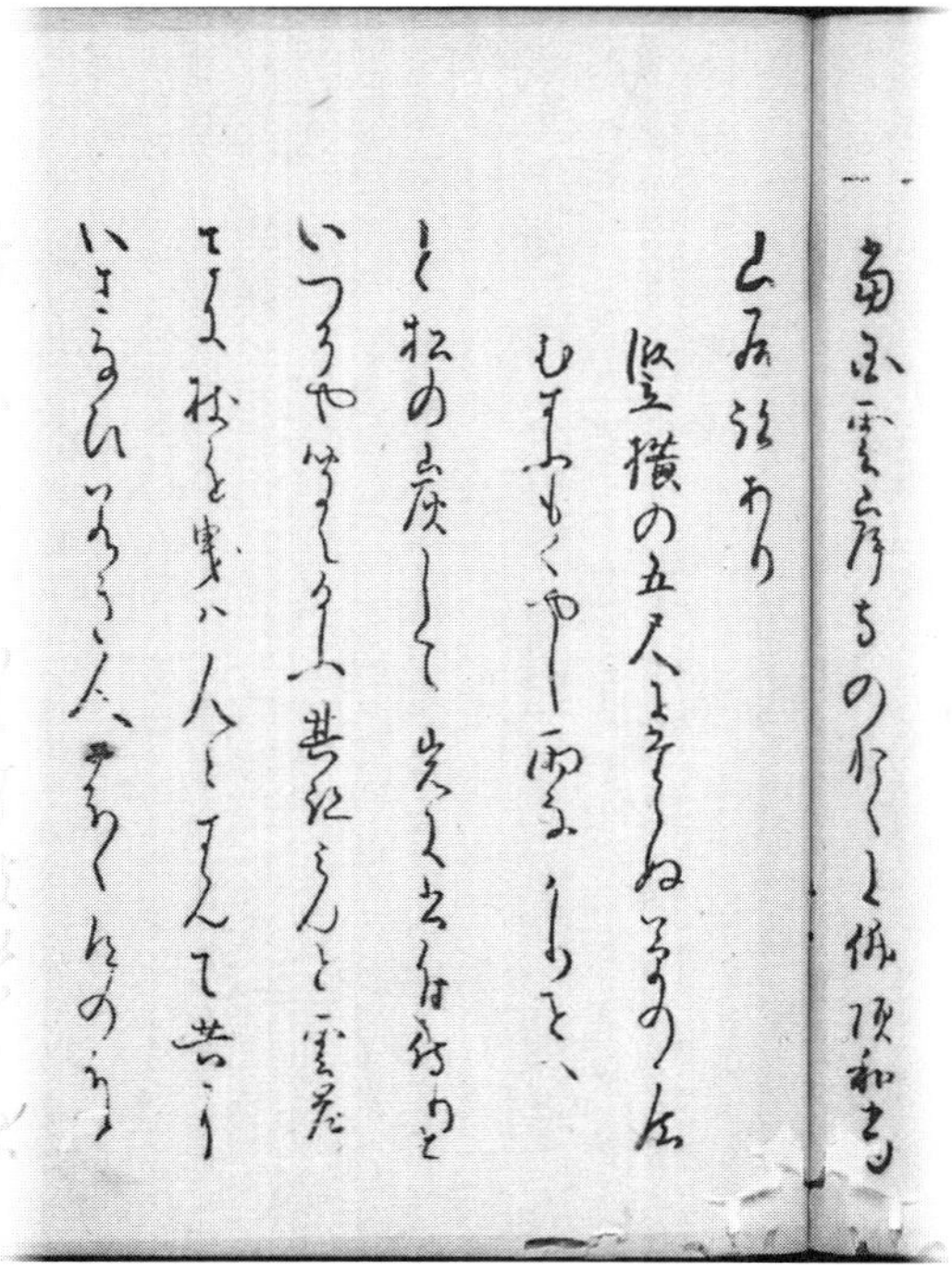

当国《たうこく》雲岸寺《うんがんじ》のおくに佛頂《ぶつちやう》和尚《をしやう》
山居跡《さんきよあと》あり。

「竪横《たてよこ》の五尺《ごしやく》にたらぬ草《くさ》の庵《いほ》
　むすぶもくやし雨なかりせば
と松《まつ》の炭《すみ》して岩に書付侍《かきつけはべ》り」と、

いつぞや聞《きこ》え給《たま》ふ。其跡《そのあと》みんと雲岸寺に杖《つゑ》を曳《ひけ》ば、人々《ひとびと》すゝんで共《とも》にいざなひ、若き人おほく道のほど

「雲岸寺」　正しくは雲巌寺。臨済宗妙心寺派の禅寺。

「佛頂和尚」　（一六四二〜一七一五）禅僧。鹿島根本寺二十一世。一時、江戸深川の臨川庵に滞在し、その折に芭蕉と交渉。芭蕉参禅の師。

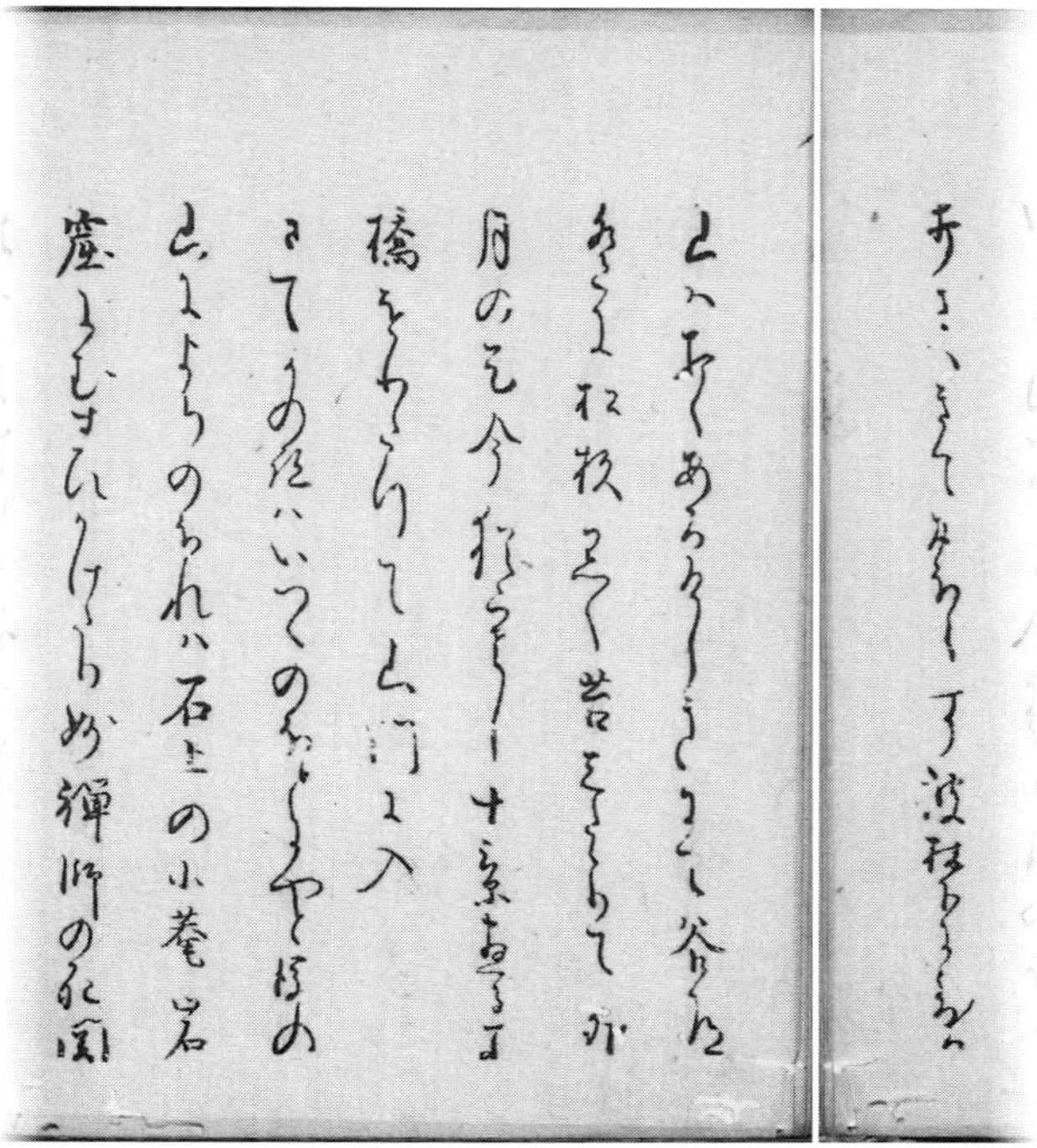

打《うち》さはぎて、おぼえず彼梺《かのふもと》に到《いた》る。

山はおくあるけしきにて、谷道《たにみち》遥《はるか》に、松《まつ》・杉《すぎ》黒く、苔《こけ》したゞりて、卯月《うづき》の天今猶《てんいまなほ》寒し。十景尽《じつけいつく》る所、橋をわたつて山門《さんもん》に入《いる》。

さて、かの跡はいづくのほどにやと、後《うしろ》の山によぢのぼれば、石上《せきしやう》の小菴岩《せうあんがん》窟《くつ》にむすびかけたり。妙禅師《めうぜんじ》の死関《しくわん》・

「十景」　雲巌寺の十か所の景勝。
「妙禅師」　中国南宋の臨済宗の高僧。杭州天目山の洞窟に「死関」という扁額を掲げて十五年間籠り、毎日学徒を指導し続けた。

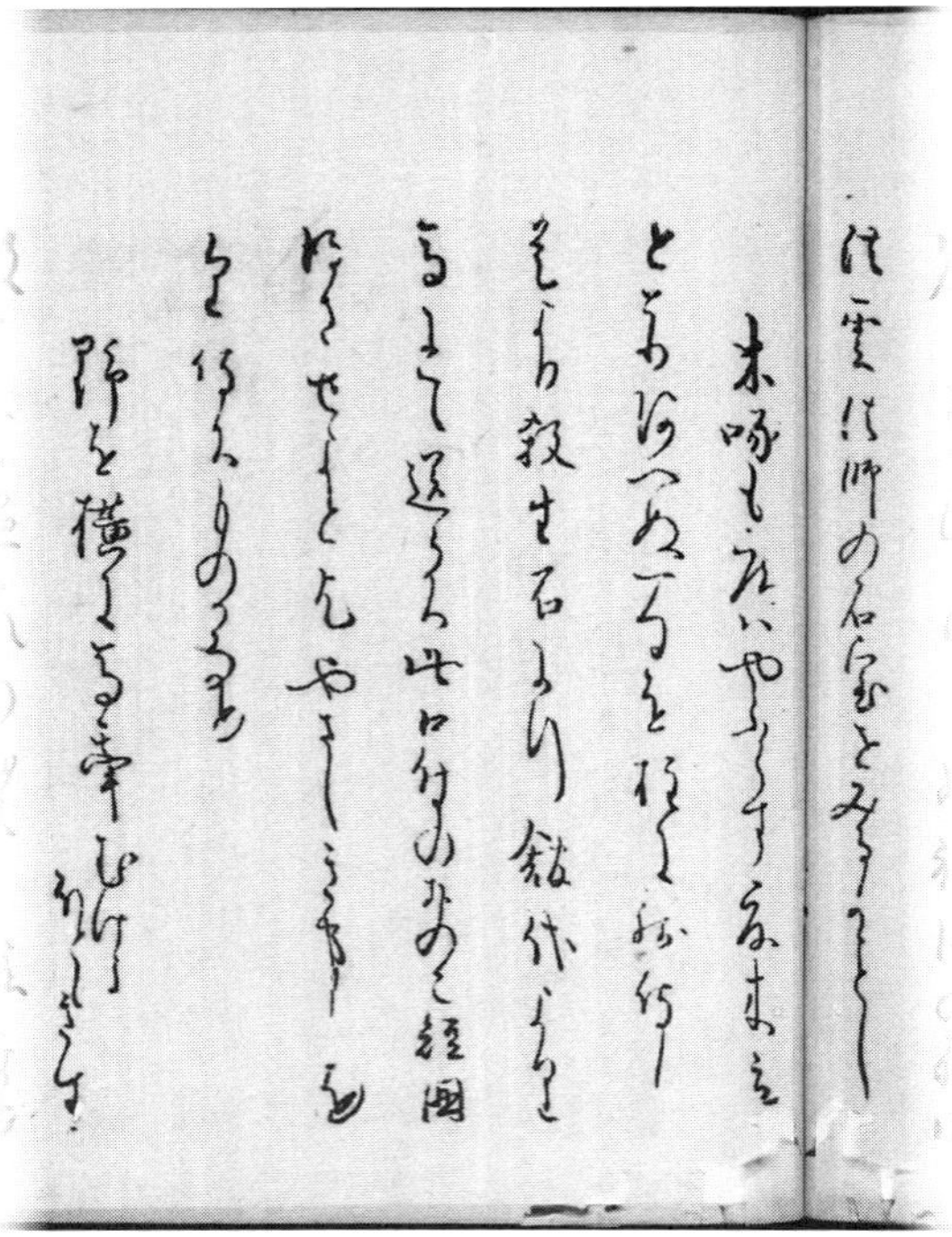

法雲法師《ほふうんほふし》の石室《せきしつ》をみるがごとし。

木啄《きつつき》も庵《いほ》はやぶらず夏木立《なつこだち》

と、とりあへぬ一句を柱に残侍《のこしはべり》し。

是《これ》より殺生石《せつしやうせき》に行《ゆく》。館代《くわんだい》より馬にて送らる。此口付《このくちづき》のおのこ、「短冊《たんじやく》得させよ」と乞《こふ》。やさしき事《こと》を望侍《のぞみはべ》るものかなと、

野を横に馬牽《うまひき》むけよ　ほとゝぎす

「法雲法師」　妙禅師の高弟で、自らの草庵を「幻住庵」と称す。ひたすら死を覚悟で修行することを信条とする臨済宗幻住派の祖。

「殺生石」　謡曲「殺生石」で知られる名所。鳥羽院の寵姫玉藻の前、実は金毛九尾の妖狐で、この那須野で成敗された。その妖狐の怨念が毒気となって噴き出し、人や動植物に害を与えているという伝説の地。那須火山帯のいわゆる地獄谷。

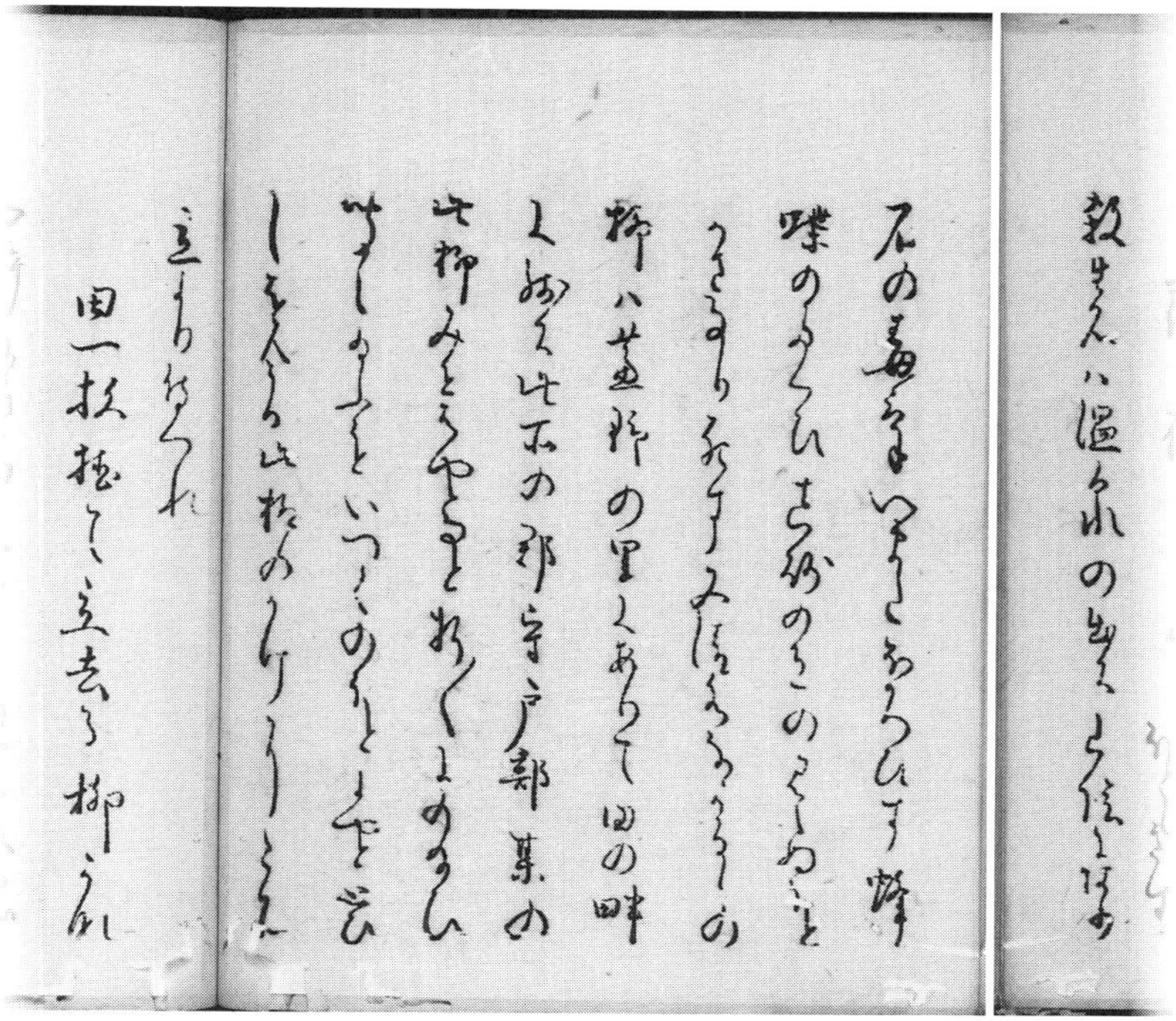

殺生石《せつしやうせき》は温泉《いでゆ》の出《いづ》る山陰《やまかげ》にあり。石の毒気《どくき》いまだほろびず、蜂《はち》・蝶《てふ》のたぐひ真砂《まさご》の色の見えぬほどかさなり死す。又清水《またしみづ》ながる、の柳《やなぎ》は、蘆野《あしの》の里《さと》にありて、田の畔《くろ》に残る。此所《このところ》の郡守《ぐんしゆ》戸部《こほう》某《なにがし》の「此《この》柳みせばや」など、折〳〵《をりをり》にの給《たま》ひ聞《きこ》え給ふを、いづくのほどにやと思ひしを、今日《けふ》此《この》柳のかげにこそ立《たち》より侍《はべり》つれ。

田一枚植《たいちまいうゑ》て立去《たちさ》る柳かな

解釈

この国（下野の国）の雲巌寺（栃木県那須郡黒羽町字雲巌寺）の奥に、私の禅の師である佛頂和尚が、山住まいされた時の庵の跡があるという。私は、江戸深川に芭蕉庵を結んでいたが、佛頂和尚も深川臨川庵に滞在の時があったので、時折和尚を訪ねて禅の教えをうけたものだ。いつだったか雲巌寺の小庵にいたころの話をされたのだが、「縦も横も五尺（二畳ばかり）に足りない小さな庵に住んだが、もし雨が降りさえしなかったら、そんな小さな庵さえも結ばずに、一所不住の信念を貫くことができるのに残念なことだ、と歌を詠み、松明《たいまつ》の燃えさしの消し炭で、庵のそばの岩にその歌を書付けたものです」とおっしゃったことがある。佛頂和尚は、雨露を凌ぐ庵を結んでいる事さえ不本意と思われ、また墨硯といったものも持たず、質素で己に厳しい修行をなさっていたのだ。なんと心打たれる潔い生き方であろうか。その跡を見ようと、雲巌寺に出かけることにした。すると黒羽の人々が、芭蕉さんと一緒に行こうと勇み立って誘い合い、大勢が参加した。若者も多かったので思いのほか道中賑やかで談笑しながら、知らない間に寺のある山の桙にたどり着いてしまった。山は奥深い様子で、谷沿いの道が遥かに続き、松や杉が黒々と茂り、苔からは水が滴り落ちている。明るいはずの四月の空もここでは鬱蒼とした木々に遮られて、今なお寒々としている。雲巌寺の十か所もある景勝を見尽くした所に橋があり、その橋を渡って山門に入る。さて、あの佛頂和尚の山居の跡はどのあたりかと、寺の裏山によじ登ると、石の上に小さな庵が岩窟にもたせ掛けて造ってある。ああ、これが話に聞いていた佛頂和尚の庵なのだ。眼前に敬愛する和尚の修行の庵を見ていると、しみじみと感動が広がってくる。書物で読んだり話に聞いたりしたことがある中国の二人の高僧のことが思われる。俗世を離れ杭州天目山に籠り、庵に「死関」と書かれた扁額を掲げて、死を覚悟して十五年間も山中の庵に籠って、日々彼を慕って山を訪れる僧俗に教えを説き続けたという臨済宗の高僧妙禅師の庵も、この様な庵であったのだろう。また、弧岩の上に庵を結んで、ひたすら修行に打ち込んだという有名な法雲法師の庵もこんな感じの庵だったのであろうかと、想像がひろがり、遠い中国の高僧の庵を目の当たりに見る思いがする。佛頂も彼らの流れをくむ臨済宗の禅僧である。捨て身行脚の僧の修行の真摯な生き方は、「旅に倒れ臥すとも」という思いで挑んだ私の文学行脚と共感するところが多く、苦しい旅を克服する力を与えてくれるものである。

木啄も庵はやぶらず夏木立

この深山の木啄鳥よ、静かな深い山の奥から、木を突く音が響いて聞こえてくるよ。寺破りという異名をもつ木啄だが、さすがにこの有難い佛頂和尚の庵は突き破らず残しておいてくれたようだ。和尚が住み捨てられてから何年もたつが、今私の目の前の鬱蒼《うっそう》とした夏木立のなかに、当時を忍ばせる庵がひっそりと残っているよ。

と、その場の気持ちをそのまま一句にして、佛頂和尚の山居の柱に掛けおき、旅の記念とした。

黒羽から殺生石（栃木県那須郡那須野町湯本の温泉神社の裏山）を見物に出かけた。謡曲「殺生石」の舞台となった伝説の地。美女玉藻の前に化けて、天皇を苦しめた妖狐は、正体をあばかれ、この那須野に逃れたが成敗される。しかし、妖狐の怨念は消えず殺生石となり、岩間から毒を放って人々を苦しめていたという話である。那須火山の有毒ガスがたえず岩間から噴き出している地獄谷である。親切にも、世話になった黒羽の城代家老が馬を用意してくださった。私を乗せて馬の手綱を引く男が、「記念に芭蕉さんの短冊を頂かせてください」と頼む。馬子のような者は風流には関心が無いと思っていたが、風雅なことを望むものだと嬉しくなり、次の句を短冊に書いて馬子に与えた。

野を横に馬牽《ひき》むけよほとゝぎす

馬の手綱《たづな》を引くおのこよ。この広い那須野をほととぎすが鳴いて飛んでいった。ほら、ほととぎすが鳴き過ぎた横手のほうに馬の首を引き向けてください。私と一緒に、暫くの間、ほととぎすが鋭い声で鳴き過ぎて消えていった方を眺めて、ほととぎすを楽しもうではないか。風流な心を持つ馬子よ。

殺生石は温泉の湧き出る湯元から山手に入った所にあった。石の毒気はいまだ衰えていず、蝶や蜂などの虫たちが、地面の砂が見えなくなるほど、重なりあって死んでいる。地獄谷に籠る妖狐の怨念なのか。

次に西行が「清水ながるる柳かげ」と詠まれ、また謡曲「遊行柳」で名高い柳の古木を訪ねた。能や謡曲は、伝説や古典、また歴史上の人物を巧に演じで興味を抱かせてくれる。そんな能の世界の舞台となった場所を実見することは、心躍る楽しみである。この話は、諸国を行脚する遊行上人が白河の関を越えたところで翁に出会った。翁は古道を案内して、西行が歌に詠みこんだと伝わる老木の柳の下に連れてゆく。昔この地を訪れた西行が「道のべに清水ながるゝ柳かげ、しばしとてこそ立ちどまりつれ」(新古今和歌集)と詠んだ柳がこれである、と上人に告げる。その翁は、じつは柳の精であった、という謡曲で、西行の歌を広く世に知らしめたその柳は、今も芦野の里(栃木県那須郡那須町芦野)の水田の畦道に残っている。また、この地の領主民部何がしが、私に「西行が立ち寄ったという柳をぜひ貴方に見せたいものだ」と折りにふれてお話になるのを聞いては、その柳はどのあたりにあるのだろう、見たいものだと常々思っていたのだが、まさに今日、西行が「しばしとてこそ立ちどまりつれ」と詠んだ柳の陰に、実際に立ちどまっているのだ。

田一枚植て立去る柳かな

ああ、これが私の敬愛する西行が立ち寄ったという柳なのだ。初夏の風が青々と豊かな柳の葉を揺らせ、心地よい木陰をつくっている。足元には清水がきらきらと光を放って流れている。今私はまさにこの柳のもとにいるのだ。瞼を閉じると西行の詩情が心に蘇ってくる。感慨にふけってぼんやりと時を過ごした。気が付くと、眼前の田で田植えをしていたこの白河の地の早乙女達がいつのまにか一枚の田を植え終わって立去ってしまっていた。どれ程の時を私はここにいたのだろう。さあ、私も現実に立ち戻り、腰を上げてこの柳のもとを立ち去ろう。

「西行」　平安末・鎌倉初期の歌僧。元は鳥羽上皇に仕えた北面の武士。新古今和歌集には九十四首が収載され、名声を博した。家集『山家集』・説話集に『撰集抄』がある。能因や実方の足跡を追って陸奥・出羽の歌枕を探訪。芭蕉は深く西行を慕い、西行の歌の発想に風雅の理想を見出した。

六　白河《しらかわ》の関・須賀川《すかがわ》

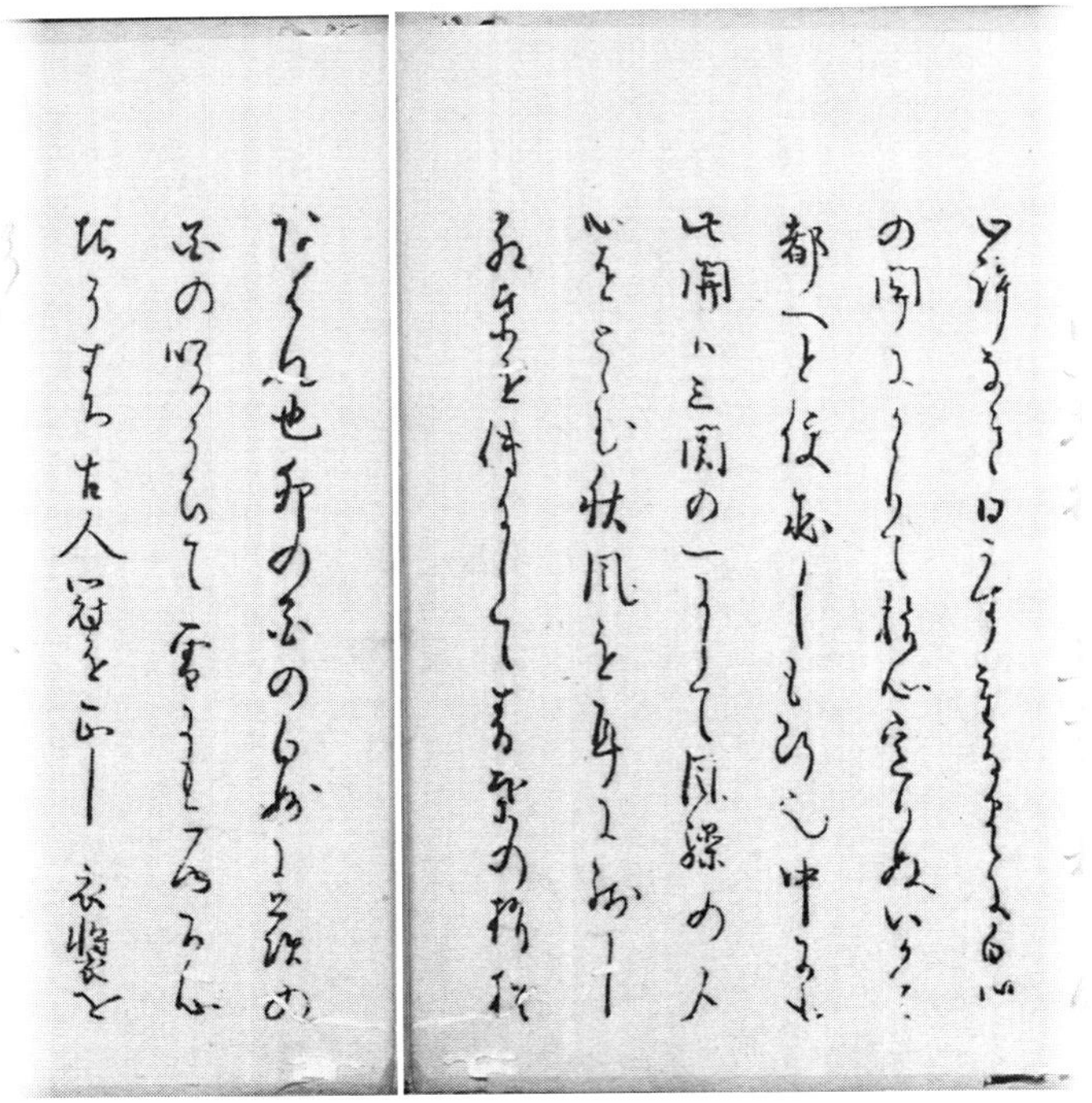

心許《こころもと》なき日かず重《かさな》るまゝに、白川の関にかゝりて旅心《たびこころ》定《さだま》りぬ。「いかで都《みやこ》へ」と便《たより》求《もとめ》しも断《ことわり》也《なり》。中《なか》にも此関《このせき》は三関《さんせき》の一《いつ》にして、風騒《ふうさう》の人《ひと》心をとゞむ。秋風《あきかぜ》を耳に残し、紅葉《もみぢ》を俤《おもかげ》にして、青葉の梢《こずゑ》猶《なほ》あはれ也《なり》。卯《う》の花《はな》の白妙《しろたへ》に、茨《むばら》の花の咲《さき》そひて、雪にもこゆる心《ここ》地《ち》ぞする。古人《こじん》冠《かんむり》を正《ただ》し衣装《いしやう》を

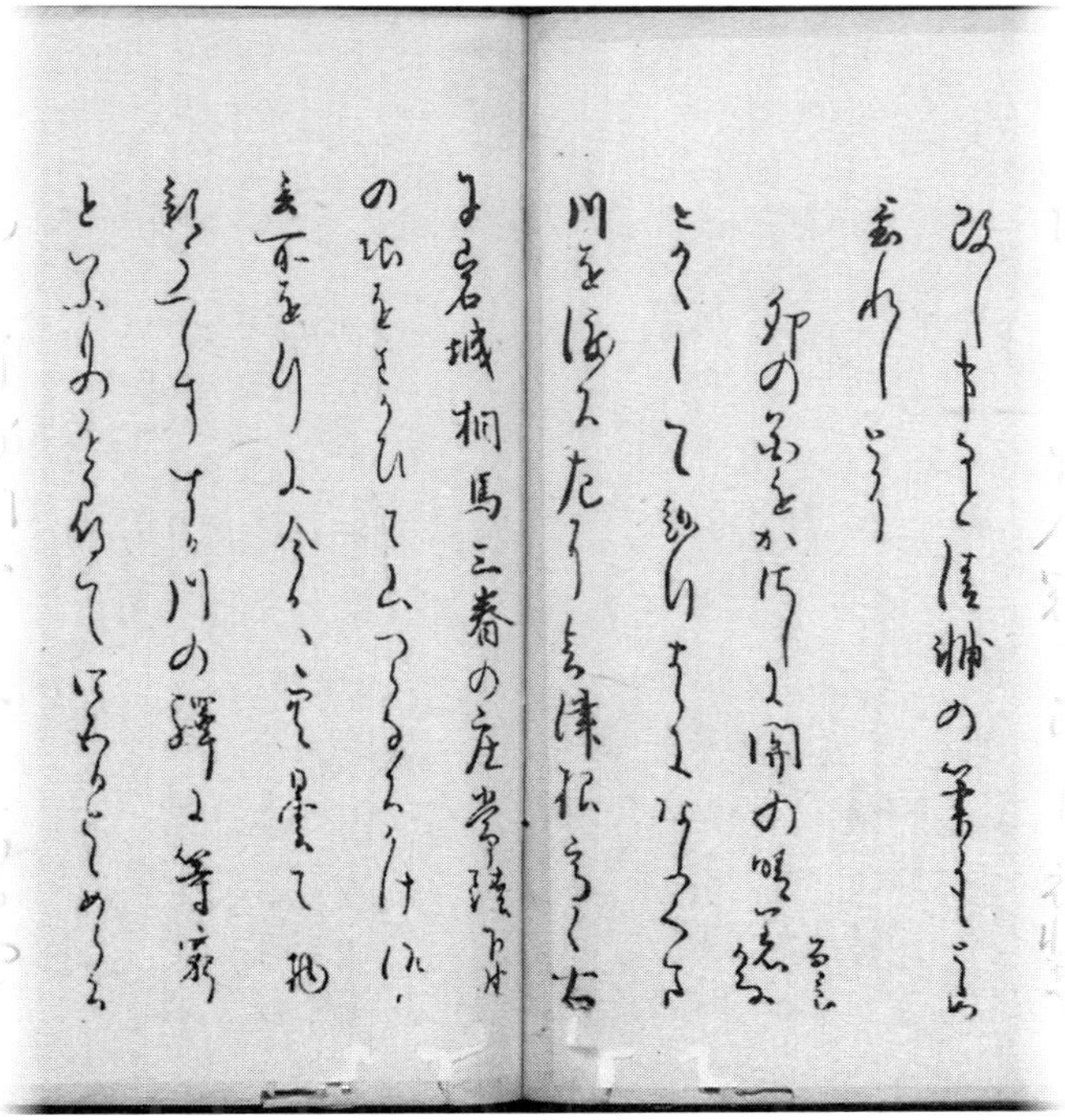

改《あらため》し事《こと》など、清輔《きよすけ》の筆にもとゞめ置《おか》れしとぞ。

卯の花をかざしに関の晴着《はれぎ》かな　曽良

とかくして越行《こえゆく》まゝに、あぶくま川を渡る。左に会津根《あひづね》高く、右に岩城《いはき》・相馬《さうま》・三春《みはる》の庄《しやう》、常陸《ひたち》・下野《しもつけ》の地をさかひて山つらなる。かげ沼と云《いふ》所を行《ゆく》に、今日《けふ》は空曇《くもり》て物《もの》影《かげ》うつらず。すか川の驛《えき》に等窮《とうきゆう》といふものを尋《たづね》て、四五日とゞめらる。

「清輔の筆」　藤原清輔、平安時代末期の歌学者で、筆とは著書『袋草紙』に書かれた文章の意。古歌に多く詠まれる名所などを紹介。

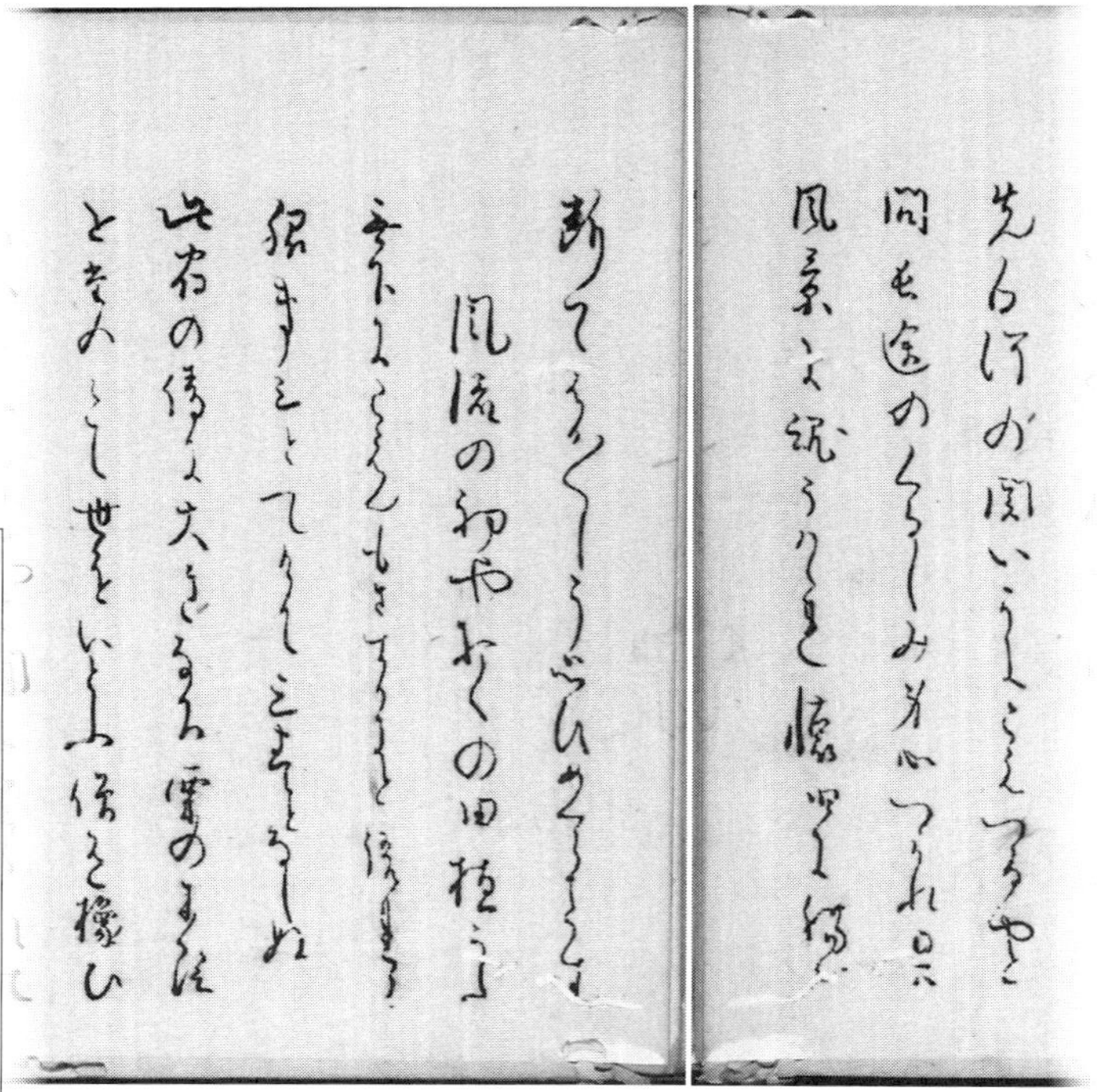

先《まづ》「白河《しらかは》の関いかにこえつるや」と
問《とふ》。「長途《ちやうど》のくるしみ身心《しんじん》つかれ、且《かつ》は
風景に魂《たましひ》うばゝれ、懐旧《くわいきう》に腸《はらわた》を
断《たち》て、はか〲しう思ひめぐらさず。
風流《ふうりう》の初《はじめ》やおくの田植《たうゑ》うた
無下《むげ》にこえんもさすがに」と語れば、
脇《わき》・第三とつゞけて三巻《みまき》となしぬ。
此宿《このしゆく》の傍《かたはら》に、大きなる栗《くり》の木陰《こかげ》
をたのみて、世をいとふ僧有《あり》。橡《とち》ひ

「世をいとふ僧」　俗世間を避けて隠れ住む僧で、「可伸」という実在の僧。俳号「栗斎」。『金蘭集』に元禄二年四月二十四日として「軒の栗歌仙」を収載。

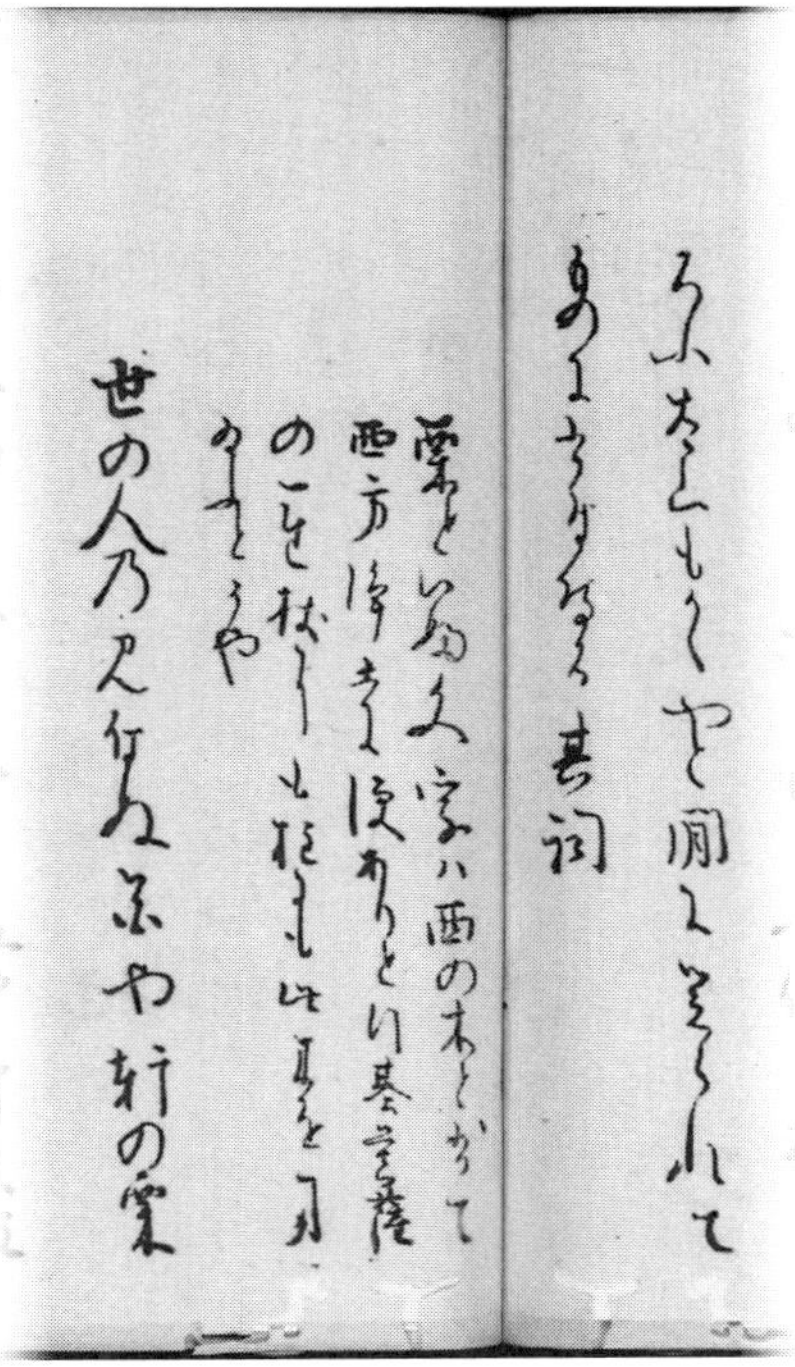

ろふ太山《みやま》もかくやと、閒《しづか》に覚《おぼ》られて、
ものに書付侍《かきつけはべ》る。其詞《そのことば》

栗といふ文字《もじ》は西の木と書《かき》て
西方浄土《さいはうじやうど》に便《たより》ありと、行基菩薩《ぎやうぎぼさつ》
の一生《いつしやう》杖《つゑ》にも柱《はしら》にも此《この》木を用《もちゐ》
給《たま》ふとかや。

世の人の見付《みつけ》ぬ花や軒《のき》の栗

「行基菩薩」　奈良時代、聖武天皇の頃の高僧。諸国を順礼して、池堤設置や寺院建立など社会事業に尽力。

解　釈

次の目的地を気にしつつ、不安と心せかれる思いをしながらも旅の日数ばかりが積もっていくうちに、やっと白河の関（福島県白河市旗宿）にたどり着いた。関の小高い丘に立つと「これからが本格的な奥州長途の旅が始まるのだ」という思いが湧き上がり、心許なさが消えて旅に徹する心に落ち着いてきた。その昔、平兼盛《たいらのかねもり》が「みちの国の白川の関越え侍りけるに、便《たよ》りあらばいかで都へ告げやらむけふ白河の関は越えぬと」（『拾遺和歌集』）と詠まれた。この関は蝦夷《えぞ》からの守りを固めるために設けられたのだが、今は荒廃してその跡を留めるものは何もない。しかし、古人が遥々《はるばる》と旅をしてここにたどり着いたとき、もし便りの伝手《つて》があるのなら、無事に白河の関に着いた事を、心配をしている都の家族に知らせたいものだ、という思いになるのは、もっともだと実感した。私の友人もきっと我らが無事白河の関を越えたかどうか心配してくれているであろう。多くの旅人が、色々な思いを感じて関所というものは越えるものだが、中でもこの白河の関は東国三関（出羽《でわ》の国念珠《ねず》の関・陸奥《むつ》の国白河の関・陸奥の国勿来《なこそ》の関）の一つで、古来風雅を愛した詩人や歌人が関心をよせて詩歌を残している。実際にこの関跡に立っていると、能因《のういん》法師が詠まれた歌「都をば霞とともにたちしかど秋風ぞ吹く白川の関」(『後拾遺和歌集』)が心に浮ぶ。目を閉じてこの歌に心を寄せると、秋風の音が耳に聞こえるようだ。また源頼政《よりまさ》公の歌「都にはまだ青葉にて見しかども紅葉散りしく白河の関」(『千載和歌集』)と詠まれた紅葉の情景も目に浮かぶ。古歌の情趣に浸りつつ、眼前の初夏の白河の関を眺めると、青葉の梢も一段と趣深い。今、この白河の関には、卯の花が白く咲き乱れている。また茨の白い花も咲き交じり、雪景色の白さよりも白さが勝っているような心地がする。昔、竹田大夫国行がこの関を越えるとき、能因の名歌に敬意を払い、冠をかぶり直し、衣装を正装に着替えてお通りになったと、平安末期の歌学者藤原清輔《ふじわらきよすけ》が著した歌学書『袋草紙《ふくろそうし》』に書き留められている。

卯の花をかざしに関の晴着かな　曽良

今私には、古人がなさったように、冠を正し、晴着に着替えてこの関をわたることは出来ない。質素な墨染の旅姿ではあるが、せめてこの関に咲いている美しい卯の花を折って、頭上にかざして、冠や晴着のかわりとし、古人に敬意を

はらい、この関を粛々と越えることにしよう。　曽良

あれこれと思いを馳せながら白河の関を越えて進んで行くうちに、歌枕として知られる阿武隈川を渡った。行く手左の方には会津磐梯山《ばんだいさん》が高くそびえ、右の方には岩城(福島県いわき市)・相馬（福島県相馬市）三春（福島県田村郡三春町）の地方があり、後方を振り返れば常陸（茨城県）下野（栃木県）の国を境とでもするように山々が連なっている。蜃気楼《しんきろう》が見えるという影沼という所を通ったが、今日はあいにく空が曇っていて、残念ながら物影は写っていない。

須賀川（福島県須賀川市）の宿駅に等窮（本名等躬、須賀川の駅長）という人を訪ねて、四五日引き止められて世話になった。等窮は我々に会うとすぐに、「白河の関では、どんな句を詠まれてお越えになりましたか。」と尋ねる。「長い旅の苦しさで身も心も疲れ、又風景の美しさに魂をうばわれて、その上、古人がどんな思いでこの白河の関を越えられたかと思うと、古歌の詩情に胸がいっぱいになり、思うように句を案じることが出来ませんでした。

風流の初やおくの田植うた

白河の関を越えて陸奥の地への第一歩に、私を迎えてくれたのは、この土地の早乙女が歌う鄙びた田植歌であった。この歌が奥州への旅の最初の風流と、感慨もひときわ深いものであった。多くの古歌は、都を遠く離れたという思いが詩情になっているが、私は陸奥の風土に生きている農民の働く姿、眼前の田植歌を歌う素朴な早乙女の姿に、風流の趣を実感したのだ。

古人の多くが歌を残したこの関を、句も作らずに越すというのもどうかと思い、不出来ながら一句を詠みました。」と話せば、さすが詩心のある等窮、この句を発句にして脇句を詠んだので、曽良が第三句と続け、とうとう滞在中に連句の歌仙三巻が出来上がった。(五七五の発句に七七の脇句を付け、次に五七五の第三句を付けるというように、五七五の長句に七七の短句を交互に付け合い、三十六句で歌仙一巻とする。)

この宿駅の傍らに、大きな栗の木陰を頼りにして、世俗を避けて静かに暮らす僧がいた。あの西行法師が「山深み岩にしただる水とめむかつがつ落つる橡拾ふほど」と山家集で詠んでおられる、深山での橡の実と、岩間からしたたり落るほどの少しの水を頼りにするという西行の簡素生活も、このような様子であったのかと思われ、清閑な暮らしぶりに感動したので、手控えの紙に次のように書きとめた。その詞は、

栗という文字は上下に分けると、西の木と書く。西方には、極楽浄土があるというので、西にゆかりのある栗の木を行基菩薩は一生涯頼りになさり、自らの杖や寺の柱にも栗の木をお使いになったということである。

世の人の見付ぬ花や軒の栗

地味で目立たない栗の花は、世間の人が全く目にもとめない花である。栗を愛し、栗の木の陰に庵をおいて生活している僧は、栗の花のように、目立たない簡素な暮らしをしているのであろう。なんとゆかしい人柄であることよ。ほのぼのとした気分が満ちてくる。旅先で、このように世間の実利主義や束縛から離れて、質素ではあっても心の自由を確保しつつ静かに目立たず暮らす人の生きざまに会うと、心から共感を覚え、苦しい旅ではあるが、しみじみと悦びを

感じるのである。

「能因」　平安中期の歌人。三十六歌仙の一人。二度の奥州行脚を試みる。歌学書『能因歌枕』を著す。

七 安積山《あさかやま》・信夫《しのぶ》の里《さと》

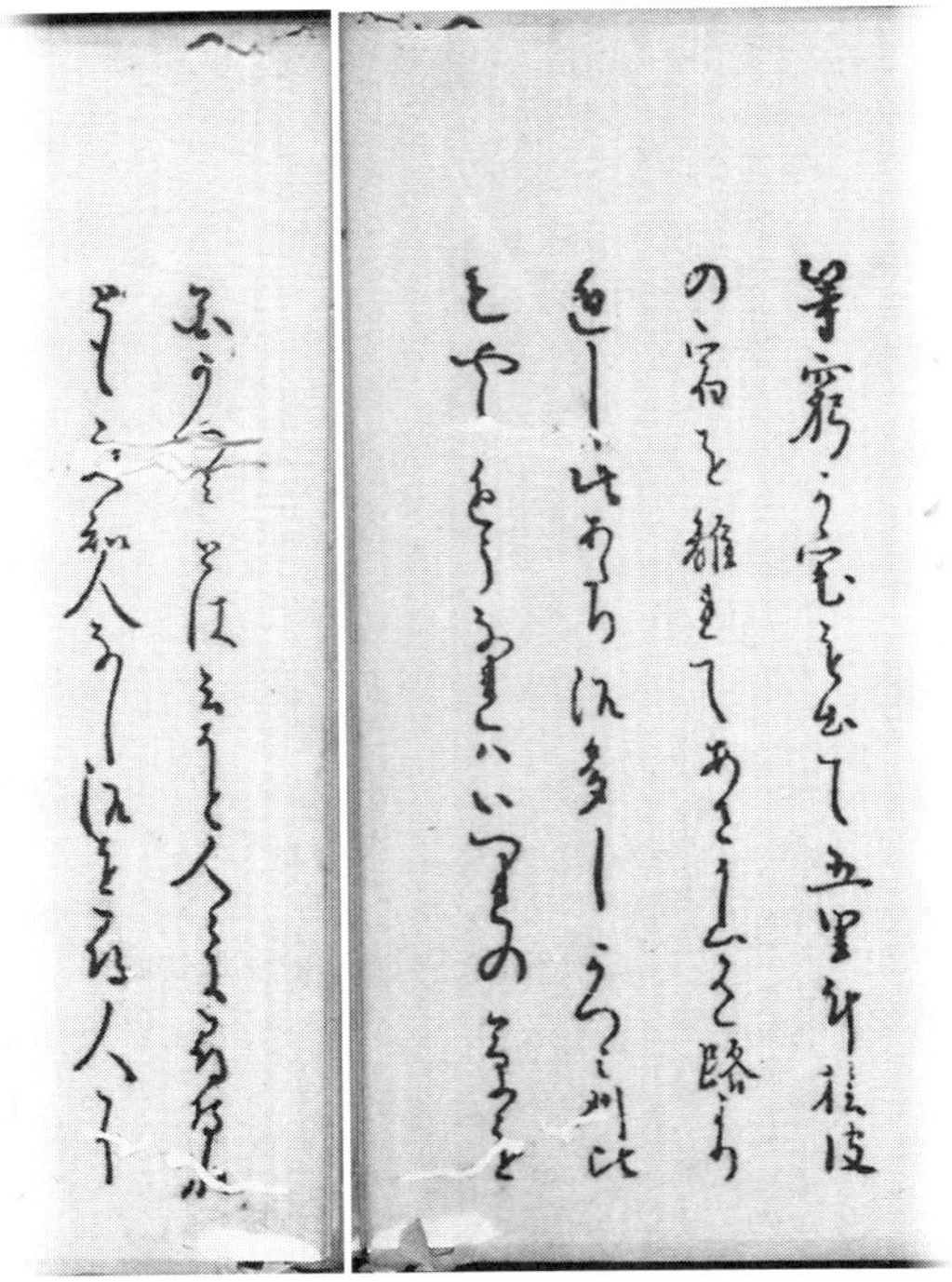

等窮《とうきゅう》が宅《たく》を出《いで》て五里計《ばかり》、檜皮《ひはだ》の宿《しゅく》を離れて、あさか山有《やまあり》。路《みち》より近し。此《この》あたり沼《ぬま》多し。かつみ刈比《かるころ》もや、近うなれば、「いづれの草を花がつみとは云《いふ》ぞ」と人々に尋侍《たづねはべ》れども更知人《さらにしるひと》なし。沼を尋《たづね》、人に

「かつみ」　藤中将実方が、「みちのくのあさかの沼の花がつみかつ見る人に恋やわたらむ」（『古今和歌集』恋四）と伝えられた花がつみを、端午の節句に葺く菖蒲のかわりに、土地の人に刈らせた真菰草。

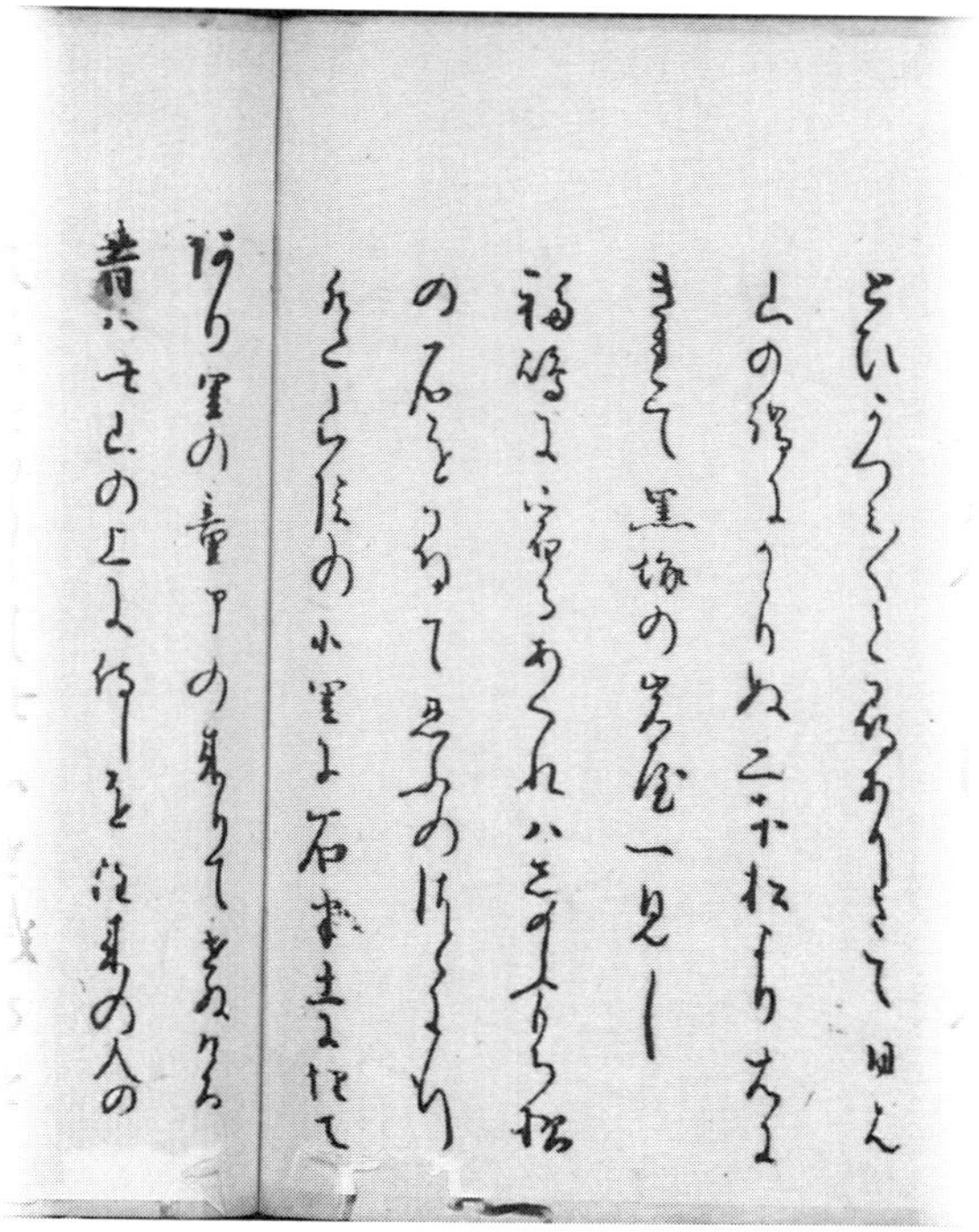

とひ、「かつみ〳〵」と尋《たづね》ありきて、日は山《やま》の端《は》にかゝりぬ。二本松《にほんまつ》より右にきれて、黒塚《くろづか》の岩屋《いはや》一見《いつけん》し、福嶋《ふくしま》に宿る。あくれば、しのぶもぢ摺《ずり》の石を尋《たづね》て、忍ぶのさとに行《ゆく》。遥山陰《はるかやまかげ》の小里《こざと》に、石半《いしなかば》土に埋《うづもれ》てあり。里の童部《わらべ》の来《きた》りて教《おしへ》ける、「昔は此《この》山の上に侍《はべり》しを、往来《ゆきき》の人の

「黒塚の岩屋」　安達ケ原説話に知られる鬼の住む岩窟。境内の真弓観音堂の岩窟に老いた鬼女が棲みついており、ここで一夜を明かす旅人を殺して、その血肉を食らったが、高僧の呪法により退治された。謡曲「安達ケ原」・「黒塚」に脚色され名高い。

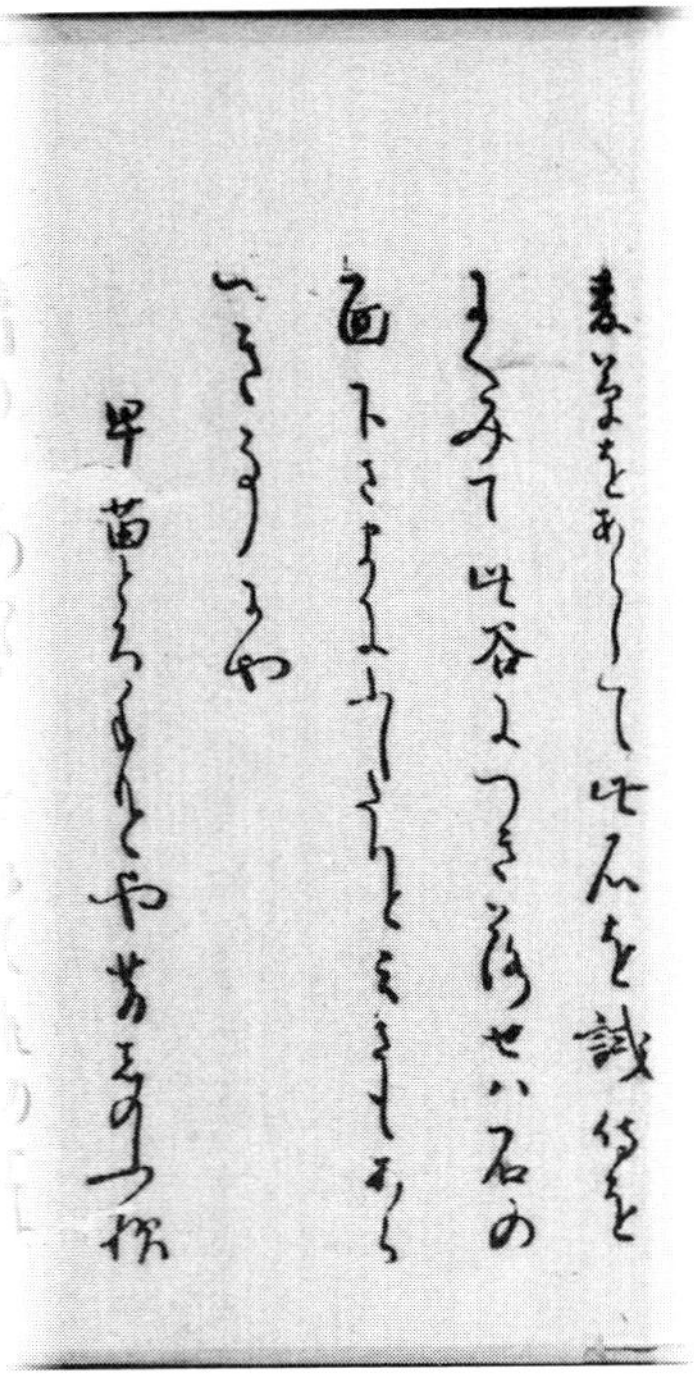

麦草《むぎくさ》をあらして此《この》石を試《こころみ》侍《はべる》を
にくみて、此谷《この》につき落《おと》せば、石の
面《おもて》下《した》ざまにふしたり」と云《いふ》。さもある
べき事《こと》にや。

早苗《さなへ》とる手もとや昔しのぶ摺《ずり》

解釈

世話になった須賀川宿の駅長等窮《とうきゅう》の家を出て五里ばかり行ったところに桧皮《ひわだ》（福島県郡山市安積町）という宿駅がある。そこを少し行った所に歌枕で名高い浅香山《あさかやま》があり、街道からは近い。また、このあたりは沼が多い。昔、藤原実方《ふじわらさねかた》が陸奥守《むつのかみ》としてこの地に下った時、風流人実方は、宮中《きゅうちゅう》の行事と同じように端午《たんご》の節句に菖蒲《しょうぶ》を軒に葺くようにと命じた。ところがこの地方では、菖蒲を葺く習慣がなく菖蒲も生えていないという。そこで実方は、あさかの沼には、古歌でよく詠まれている花かつみ（真菰草《まこもくさ》）という植物がある。菖蒲に似ているのでそれを軒に葺くようにと命じたという。この事より、この地方では、端午の節句に、菖蒲の代わりに花かつみを軒に葺いたという。この逸話は鴨長明《かものちょうめい》の『無名抄《むみょうしょう》』にも載っている。古今和歌集に「みちのくのあさかの沼の花かつみかつみる人にこひやわたらむ」と詠まれ、和歌や文学では、「あさかの沼の花かつみ」はよく知られた話である。そこで、節句も近く、かつみ刈るころなので、どの草を花かつみというのかと興味を持って土地の人々に尋ねまわったが、だれも知る人がいない。古歌では有名なこの土地の植物なのに、どうしたことなのだろう。沼のあたりを尋ね廻り、

「かつみ草はどれでしょうか、かつみ草を知りませんか」と人にも尋ねて歩き廻るうちに、日は山の端にかかり、日暮れになってしまった。面白い詩材に巡り合うと思ったが残念であった。次に、二本松（福島県二本松市）より街道を右にそれて、謡曲「安達ケ原《あだちがはら》」で有名な、人食い鬼女が住んだといわれている黒塚《くろづか》の岩屋を急いで訪れた。真弓山観音寺境内観音堂の裏手にあり、大きな奇石怪石の積み上がった岩窟である。岩陰に鬼女が潜むようなおどろおどろしさがある。この岩屋をざっと見て、福島で宿に泊まった。翌日は「しのぶもじ摺の石」を尋ねて信《しの》夫《ぶ》の里（福島市）に行った。「陸奥《みちのく》の忍ぶもぢずり誰ゆゑに乱れむと思ふ我ならなくに」（『古今和歌集』）で名高い歌枕の「もじずり石」である。その昔、草の汁をこの石にこすり、その上に布をあてて摺りこむと、石のでこぼことしたもじり（ねじれ）の面により面白いねじれ模様の布が染まったという。もじずりの染布はこの地の産物となった。また、そのねじれた模様が思い乱れる恋心にたとえられ、また、石の表面が愛《いと》しい方の俤《おもかげ》の様にもみえたという伝説の石でもある。遥かな山陰の小さな村里に、この石は半分ほど土中に埋もれてしまっていた。どうしてこのようになってしまったのかと思っていると、村の子供が来て、「昔はこの山の上にあったのだけれど、通行人が、畑の麦の葉を取って石の上に摺りつけ、恋しい人の俤が浮びあがるか試してみたりして大切な麦畑を荒らすので、村人が怒って石を憎み、この石さえ無ければとこの谷に突き落としたので、このように石が逆さまになって転がっているのです」と話してくれた。そんなこともあるのだ。時が移れば有名な歌枕も、かつみ草のように忘れられ、またこの石のように、生活のために邪魔になり捨てられる。これが時の流れというもの、現実というものなのだ。この世は無常変化、仕方のないことだ。

早苗とる手もとや昔しのぶ摺

早乙女たちが苗代から早苗をとって、田に植え替えている。若々しい働く乙女の手。その手つきを見ていると、昔このあたりでしのぶ摺りをしていたという娘の作業の手つきもあんなようなものであったのだろうかと思われる。恋しい人の俤を忍びつつ摺りものをする手さばき。早乙女の手つきから、昔のことが忍ばれてゆかしいことだ。

「藤原実方」　平安時代中期の貴族・歌人。一条天皇の御前で、藤原行成と歌について口論となり、怒った実方が行成の冠を奪って投げすてる無礼を働いたことで、天皇の怒りを買い、「歌枕を見てまいれ」と命じられ、陸奥に左遷された。

八　飯塚《いいづか》の里《さと》・笠島《かさしま》

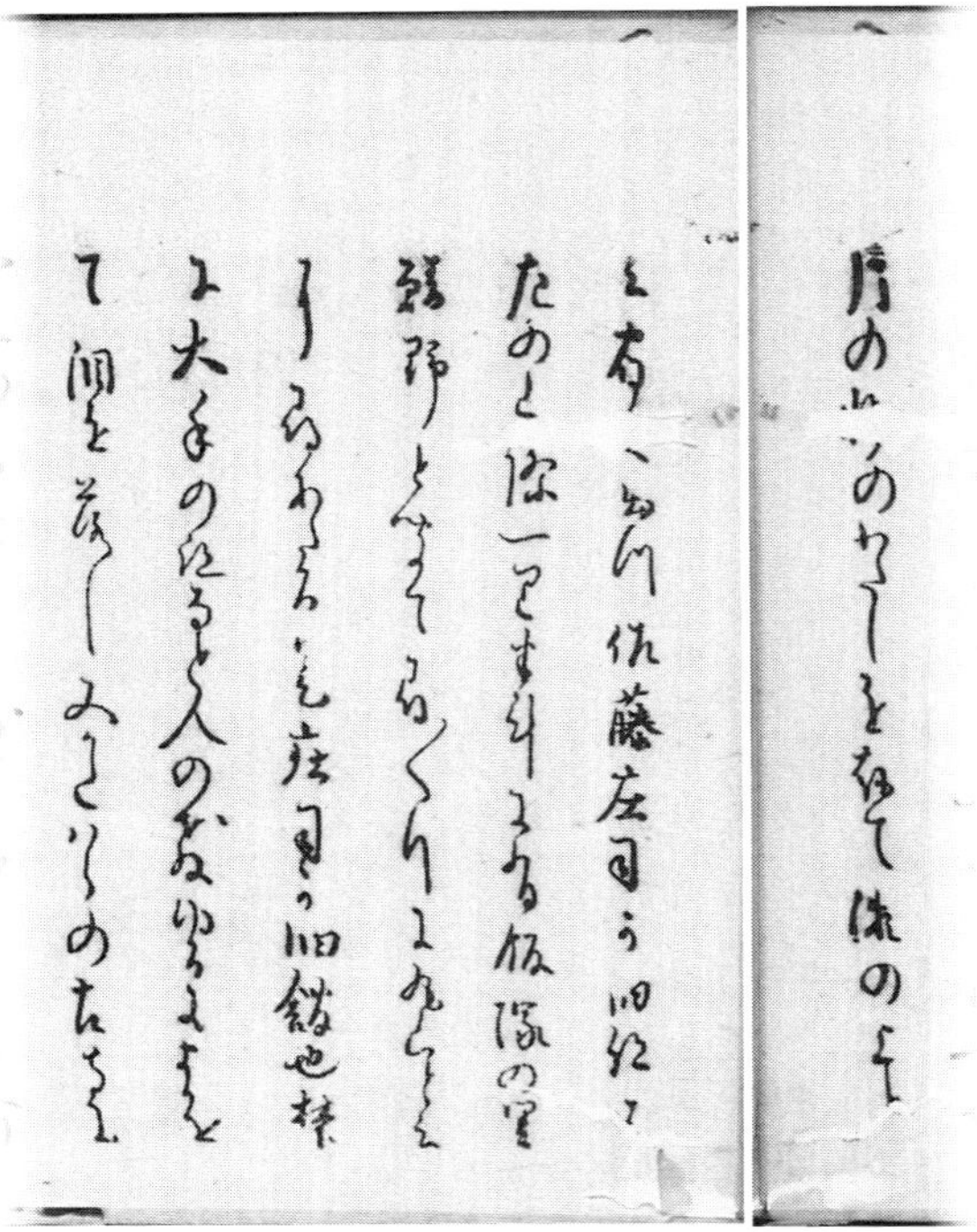

月《つき》の輪《わ》のわたしを越《こえ》て、瀬《せ》の上《うへ》と云宿《いふしゆく》に出《い》づ。「佐藤庄司《さとうしやうじ》が旧跡《きうせき》は左の山際《やまぎは》一里半斗《ばかり》に有《あり》、飯塚《いひづか》の里《さと》鯖野《きばの》」と聞《きき》て、尋《たづね》〱行《ゆく》に、丸山《まるやま》と云《いふ》に尋《たづね》あたる。「是《これ》、庄司が旧館也《きうくわんなり》。梺《ふもと》に大手《おほて》の跡《あと》」など、人の教ゆるにまかせて泪《なみだ》を落《おと》し、又《また》かたはらの古寺《ふるでら》に

「佐藤庄司」　源義経の家来となって戦死した継信・忠信の父、佐藤元治のこと。奥州平泉の藤原秀衡の郎党。信夫郡・伊達郡の荘園の管理者庄司であった。

「古寺」　瑠璃光山吉祥院医王寺。佐藤氏の菩提寺。

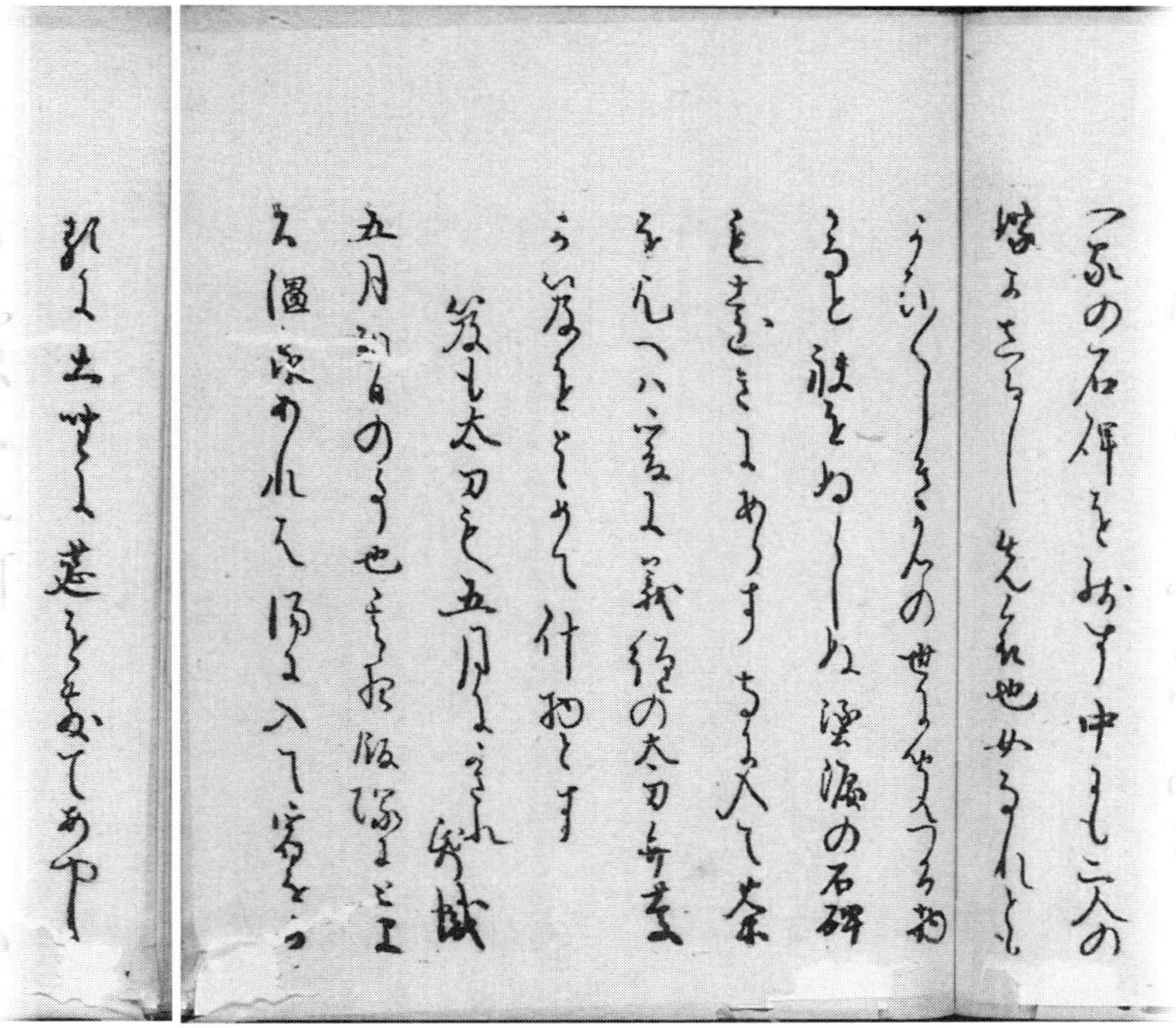

一家《いつけ》の石碑《せきひ》を残す。中にも二人《ふたり》の嫁《よめ》がしるし、先哀也《まづあはれなり》。女なれどもかひ〴〵しき名の世に聞《きこ》えつる物《もの》かなと、袂《たもと》をぬらしぬ。堕涙《だるゐ》の石碑も遠きにあらず。寺に入《いり》て茶を乞《こ》へば、爰《ここ》に義経《よしつね》の太刀《たち》・弁慶《べんけい》が笈《おひ》をとゞめて什物《じふもつ》とす。

　笈も太刀も五月《さつき》にかざれ帋幟《かみのぼり》

五月朔日《さつきついたち》の事也《ことなり》。其夜《そのよ》飯塚《いひづか》にとまる。温泉《いでゆ》あれば湯に入《いり》て宿をかるに、土坐《どざ》に莚《むしろ》を敷《しき》てあやし

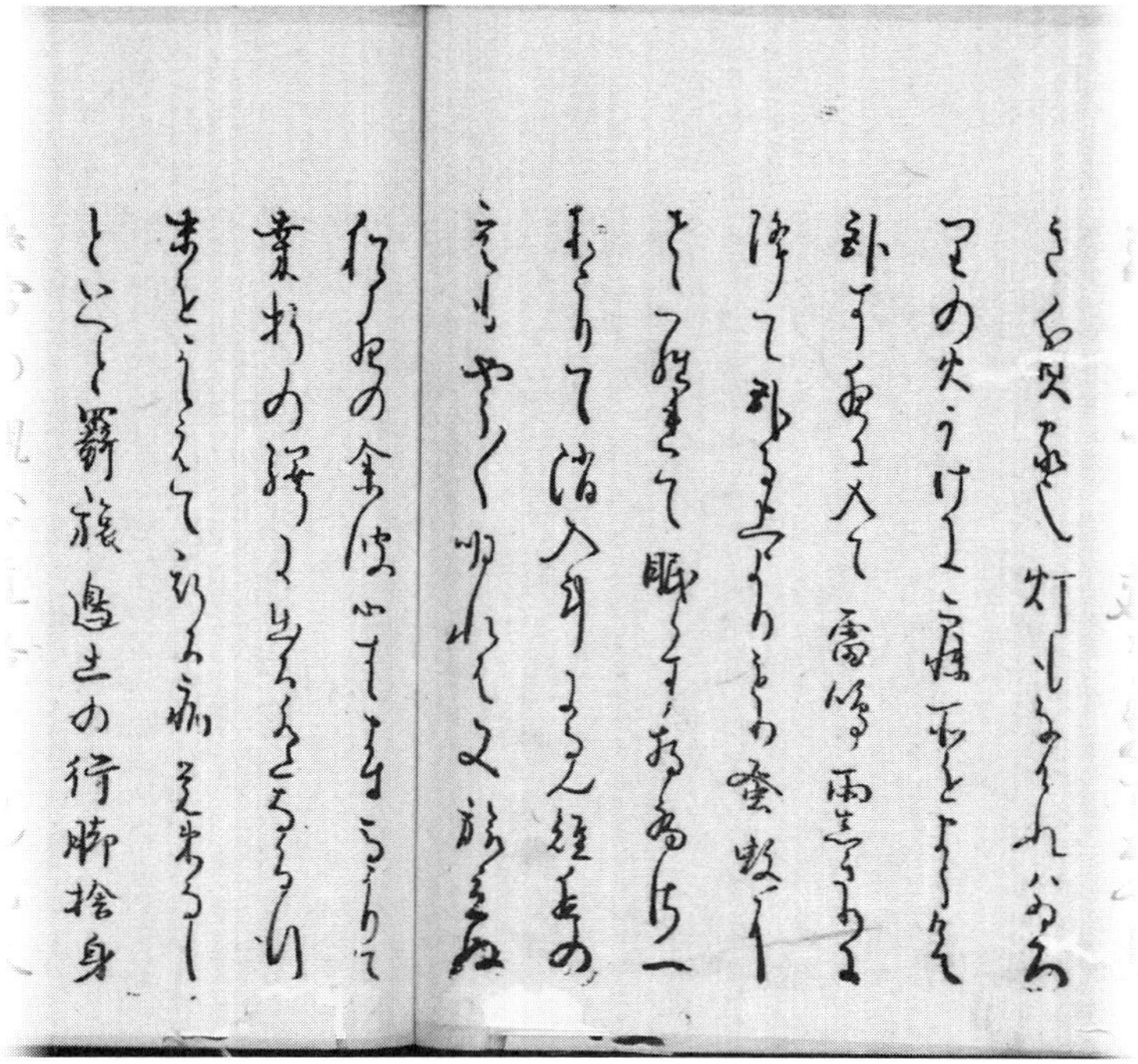

き貧家《ひんか》也。灯《ともしび》もなければ、ゐろりの火《ほ》かげに寐所《ねどころ》をまうけて臥《ふ》す。夜《よる》に入《いり》て雷鳴《かみなり》雨しきりに降《ふり》て、臥《ふせ》る上よりもり、蚤《のみ》・蚊《か》にせゝられて眠らず。持病《じびやう》さへおこりて消入斗《きえいるばかり》になん。短夜《みじかよ》の空もやう〳〵明《あく》れば、又旅立《またたびだち》ぬ。猶夜《なほよる》の余波《なごり》心すゝまず、馬かりて桑折《こをり》の驛《えき》に出《いづ》る。遥《はるか》なる行《ゆく》末《すゑ》をかゝえて、斯《かか》る病《やまひ》覚束《おぼつか》なしといへど、羇旅邊土《きりよへんど》の行脚《あんぎや》、捨身《しやしん》

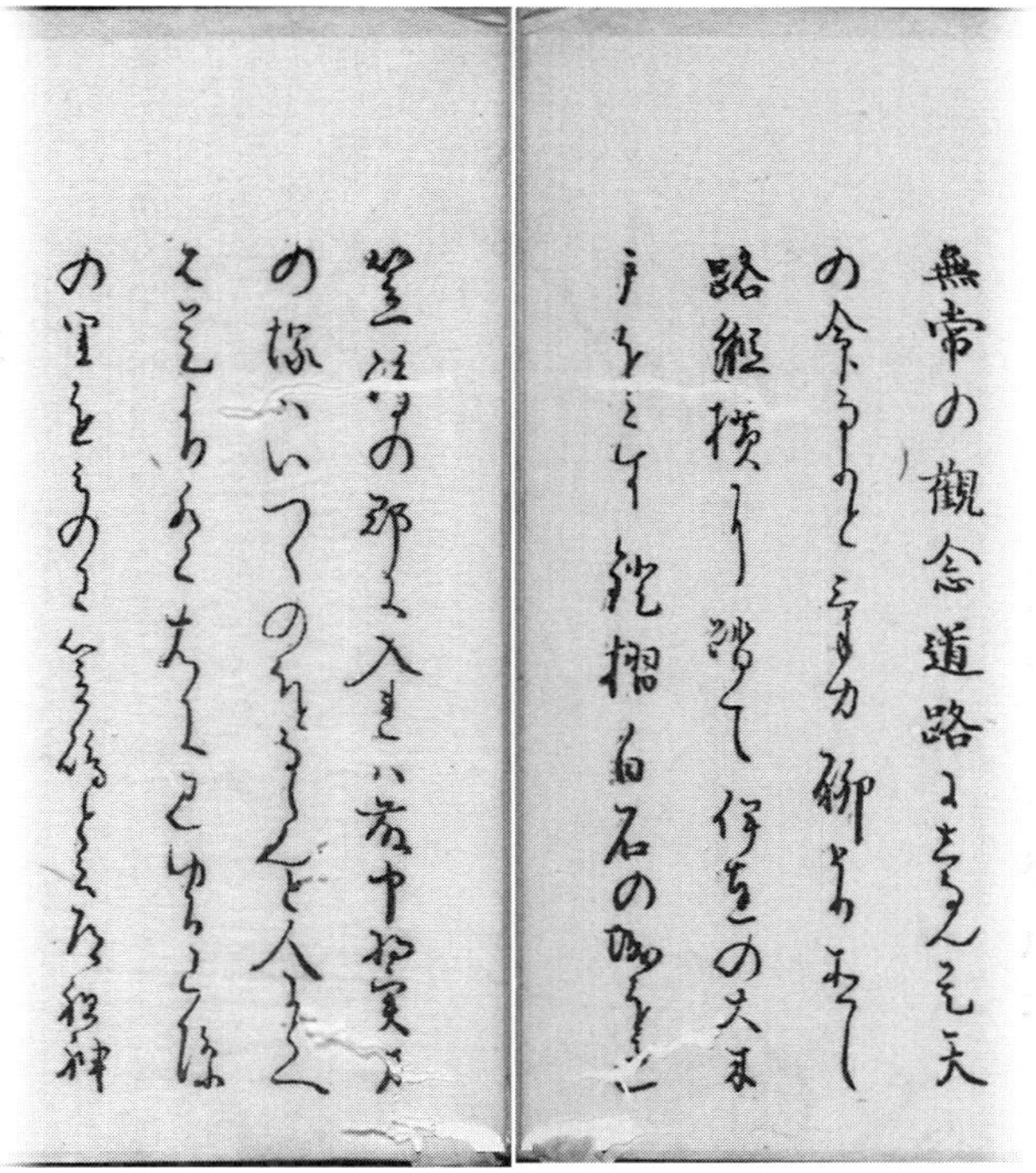

無《む》常《じやう》の観念《くわんねん》、道路にしなん是《これ》天《てん》の命《めい》なりと、気力聊《いささか》とり直し、路《みち》縦《じう》横《わう》に踏《ふん》で、伊達《だて》の大《おほ》木《き》戸《ど》をこす。鐙摺《あぶみすり》・白石《しろいし》の城《じやう》を過《すぎ》

笠嶋《かさしま》の郡《こほり》に入れば、藤中将実方《とうのちゆうじやうさねかた》の塚《つか》はいづくのほどならんと、人にとへば、「是《これ》より遥《はるか》右に見ゆる山際《やまぎは》の里をみのわ・笠嶋《かさしま》と云《いひ》、道祖神《だうそじん》

「伊達の大木戸」　源頼朝の鎌倉軍を迎え討つために、奥州軍が厚樫山に設けた柵。芭蕉の当時、柵の実体はすでになくなっており、ここから先が伊達領であった。

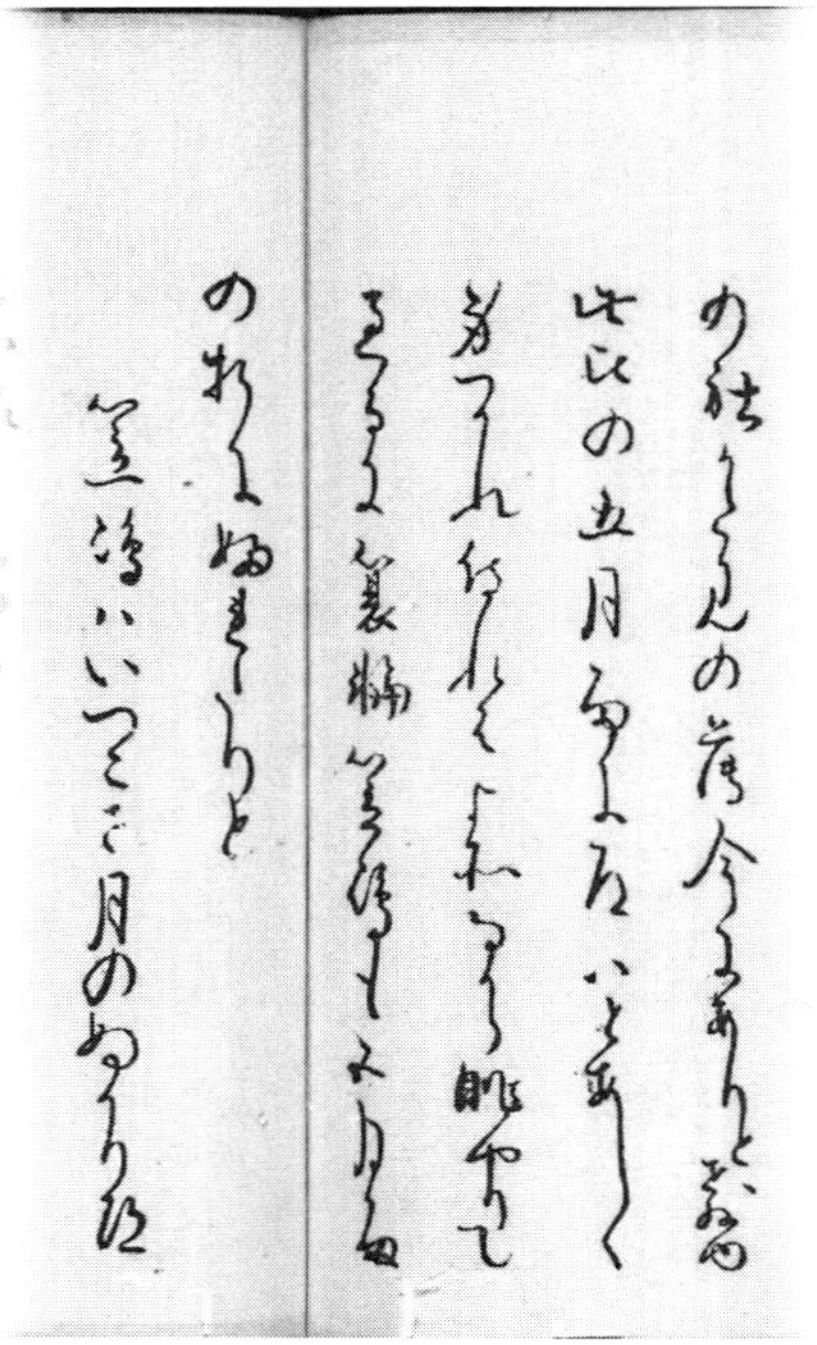

の社《やしろ》・かた見《み》の薄《すすき》今にあり」と教ゆ。
此比《このころ》の五月雨《さみだれ》に道いとあしく
身つかれ侍《はべ》れば、よそながら眺《ながめ》やりて
過《すぐ》るに、簑輪《みのわ》・笠嶋も五月雨
の折《おり》にふれたりと、

笠嶋はいづこさ月《つき》のぬかり道

解釈

阿武隈川の月の輪の渡しを越えて、瀬の上（福島市瀬上）という仙台松前街道の宿駅に出た。「信夫の里の荘園の管理者、佐藤元治《もとはる》の館の跡は、ここから一里半ばかり行った山のそばの飯塚の里鯖野《さばの》という所にある」と聞いたので、尋ね尋ねて丸山《まるやま》という小山に尋ね着いた。「ここが庄司佐藤元治の館、丸山城の跡で、梺に城の正面の門であった大手門の跡がある」などと人に教えられるままに見て廻り、悲劇の主人公らのことが忍ばれて涙を流した。この館の主《あるじ》佐藤元治は、最愛の二人の息子継信《つぐのぶ》・忠信《ただのぶ》を源《みなもとのよしつね》義経の家臣として西国に送った。兄継信は屋島《やしま》の合戦で義経の身代わりとなり矢面《やおもて》に立ち、弟忠信は吉野山において、自らを義経と名乗って戦い、窮地の義経を逃したのち、京六條堀川の判官館にいるところを攻められて、壮絶な自刃を遂げた。武士の義を守り、最愛の息子を亡くした元治の悲しみは如何なるものか。かたわらの古寺医王寺《いおうじ》は、佐藤一族の菩提寺で一家の墓碑がある。なかでも、討死した継信・忠信の嫁の墓碑に、まず格別の哀れを感じた。二人の嫁は、悲嘆に暮れて病床につく舅の枕元で、甲冑《かっちゅう》を纏《まと》い、勇敢に戦う息子達の武者姿を再現してみせて舅を慰めたという。女ながらもかいがいしい名声が今に語り継がれており、何とも切なく感涙を流した。遠い昔、中国の晋《しん》の国の襄陽《じょうよう》という所に、羊祜《ようこ》という名君がいた。羊祜亡き後も、人民は、石碑の前で彼の徳を慕って必ず涙を流したので、その石碑は「堕涙《だるい》の石碑」と呼ばれたという話が広く伝わるが、そんな遠く異国の話ではなく、今この眼前に涙を流さずにおれない「堕涙の石碑」があるではないか。寺に入って茶をいただきたいと頼んだところ、この寺には、義経の太刀《たち》と弁慶が背負っていた笈《おい》が、寺の宝物として伝わっていた。

笈も太刀も五月にかざれ帋幟

弁慶の笈も義経の太刀も飾って祝おうではないか。丁度端午の節句の勇ましい絵柄の帋幟《かみのぼり》があちこちに翻《ひるがえ》っているこの時に。

これは五月一日のことであった。

その夜は飯塚（福島市飯坂温泉）に泊まった。温泉があるので、まず湯に入ってから宿を借りたところ、土間に莚を敷いただけの貧しい家であった。灯火も無いので、囲炉裏の火の明かりを頼りに寝床を作って横になった。夜になって雷が鳴り雨がしきりに降り出し、寝ている上に雨漏りがして、その上、蚤や蚊に刺されて眠れない。持病の喘息《ぜんそく》や胃痛まで起こって苦しさに気も失うほどであった。夏の短夜もやっとのことで明けたので、また旅立った。昨夜の寝不足と苦痛が残っていて気分が重い。そこで馬を雇って桑折《こおり》（福島県伊達郡桑折）という宿駅に出た。これから先の遠い旅路をかかえているのに、このように持病まで起こすようでは、先のことが思いやられて不安であるが、苦しい不便な旅であることは初めから承知の事、俗身を捨てて仏に全てをゆだね、消滅流転に身を任せる覚悟で旅に出てきたのだから、たとえ旅の途中で死ぬようなことがあっても、それも天命というものだと、我が身を励まし気力をいささか取り戻し、あの男気のある伊達《だて》男にあやかって、空《から》元気を出して威勢よく路を踏みしめて、伊達領の大木戸《おおきど》という古戦場の跡を越した。

鐙摺《あぶみずり》という馬の鐙（足をかけるところ）が岩に擦れるほど狭い山峡と、白石（宮城県白石市）の城下町を通り過ぎて、笠島に入ったので、「かの有名な藤中将《とうのちゅうじょう》実方《さねかた》の墓はどの辺りですか」と人に尋ねると、「ここより遥か右手に見える山の際の、簑輪《みのわ》・笠島という里にあります。例の道祖神の社や形見《かたみ》の薄《すすき》が今でも残っていますよ」と教えてくれた。近衛《このえ》中将藤原実方は、平安時代一条天皇に仕えた風流好みの貴公子歌人として知られている。ある日殿上《てんじょう》で藤原行成《こうぜい》と口論の上、無礼な振る舞いをしたとして、天皇の怒りをかい「歌枕を調べてまいれ」と、陸奥《むつの》守《かみ》としてこの地に左遷《させん》された。その折、旅人の守り神である笠島の道祖神の前を、「私は下馬して、道祖神に敬意をはらう必要はない」と、乗馬のまま通ったため、神の怒りにあい、落馬して命を亡くし、この地に葬られたという。何とも奔放な実方ではあったが、風流歌人として時代を越えて慕われている。西行が実方の墓前で「朽ちもせぬその名ばかりを留《とど》め置きて枯野のすすき形見にぞ見る」(『新古今和歌集』)と懐かしんだ。その簿も今に残っているというものの、今は五月雨のため、道もぬかるみ、体も疲れているので、残念であるが遠くから眺めるだけにして通り過ぎた。しかし、地名が蓑輪の蓑《みの》、笠島の笠《かさ》と、今、私が身に着けている蓑笠《みのかさ》に縁のある地名なので、五月雨に相応《ふさわ》しいとユーモア心が興り、次の句を残した。

笠嶋はいづこさ月のぬかり道

実方の旧跡がある笠島はどの辺であろうか。笠を着て笠島へ行ってみたいが、この五月雨でぬかるんだ道ではなあ。ああ残念なことよ。

九　武隈《たけくま》の松《まつ》・宮城野《みやぎの》

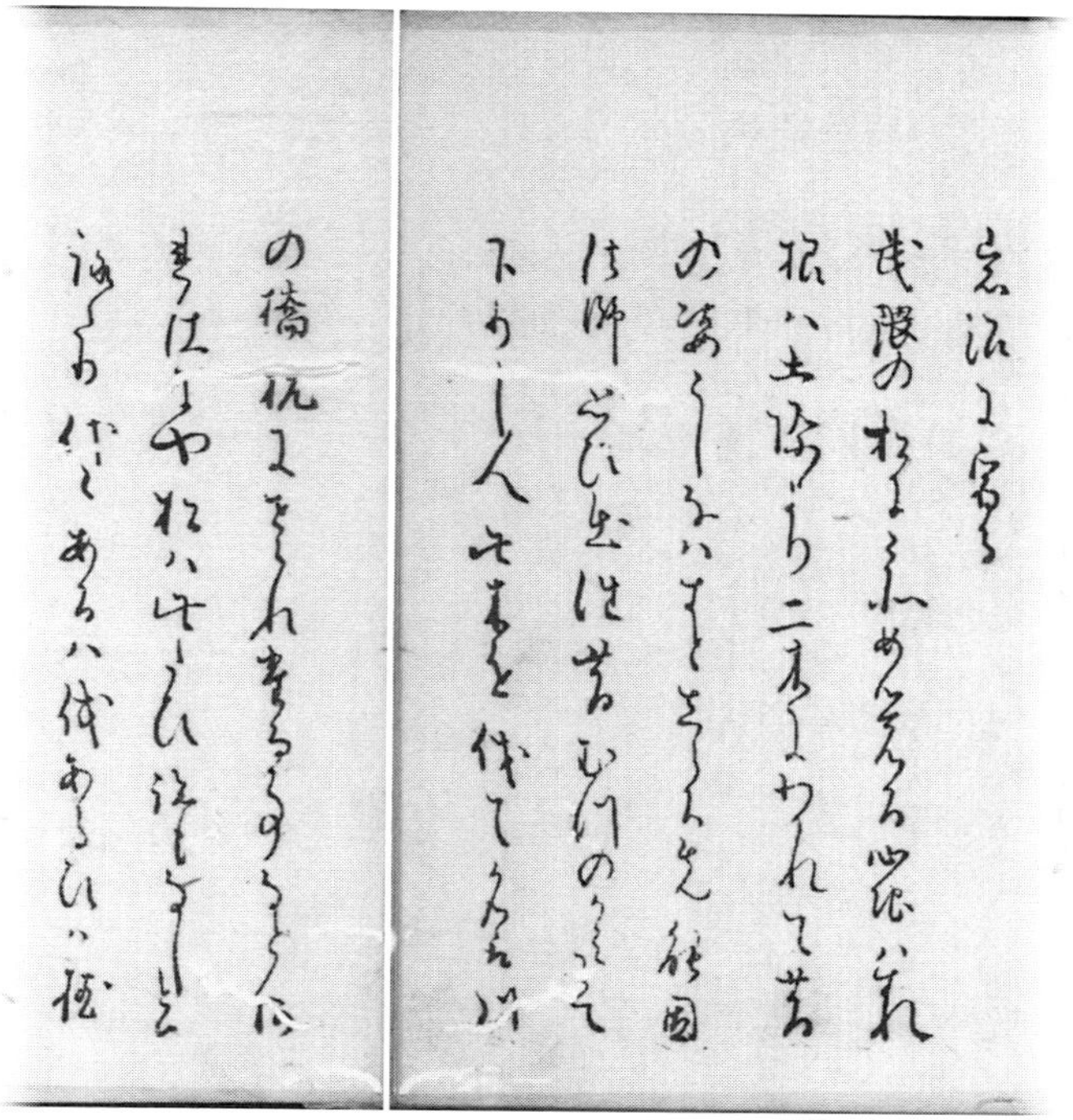

岩沼《いはぬま》に宿る。武隈《たけくま》の松にこそ、め覚《さむ》る心地《ここち》はすれ。根は土際《つちぎは》より二木《ふたき》にわかれて、昔の姿《すがた》うしなはずとしらる。先能因《まづのういん》法師《ほふし》思ひ出《いづ》。往昔《そのかみ》、むつのかみにて下《くだ》りし人、此木《このき》を伐《きり》て名取川《なとりがは》の橋杭《はしぐひ》にせられたる事《こと》などあればにや、「松は此《この》たび跡《あと》もなし」とは詠《よみ》たり。代々《よよ》、あるは伐《きり》、あるひは植《うゑ》

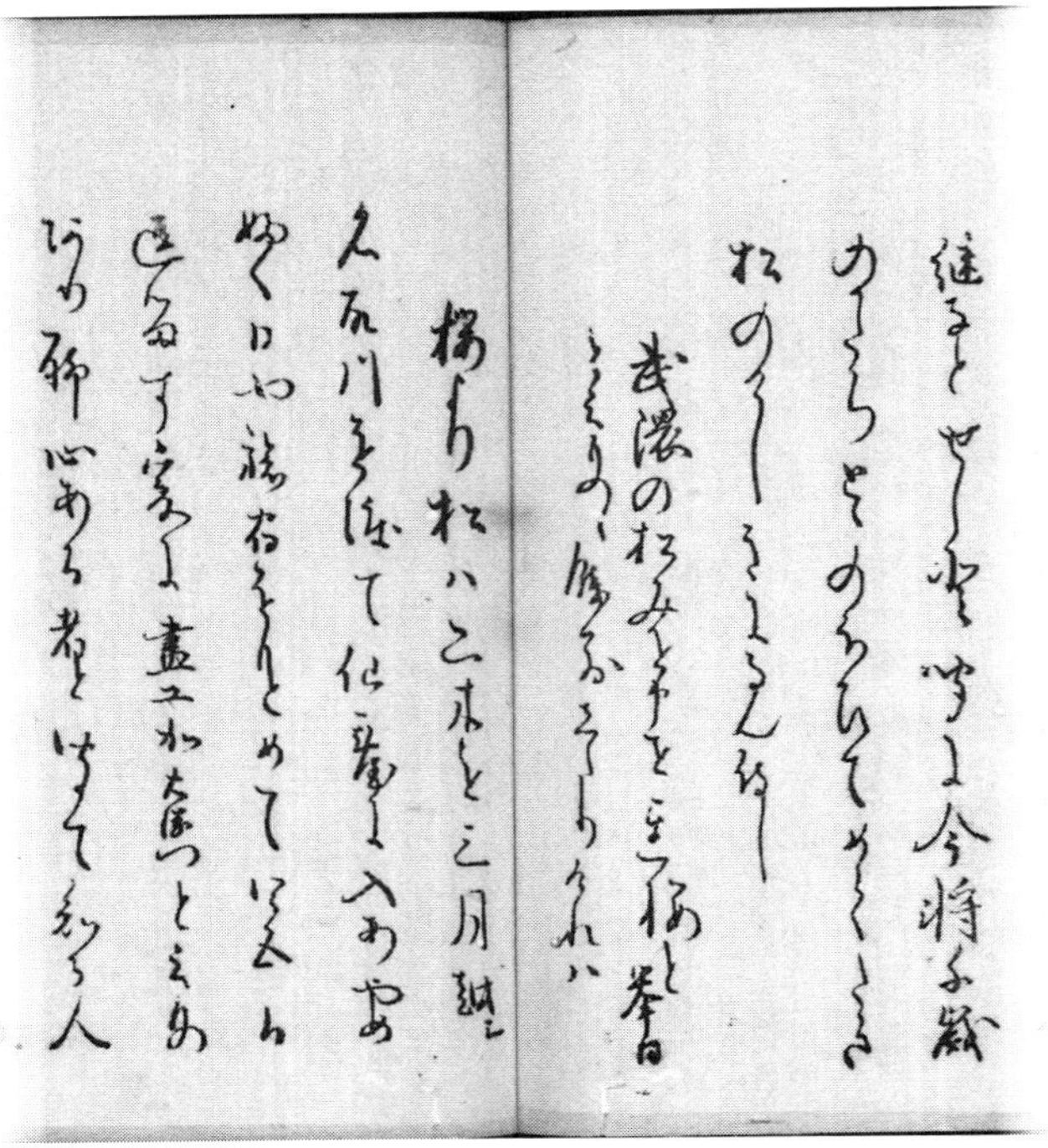

継《つぎ》などせしと聞《きく》に、今将千歳《いまはたちとせ》のかたちと、のほひて、めでたき松のけしきになん侍《はべり》し。

「武隈《たけくま》の松みせ申せ遅桜《おそざくら》」と、挙白《きよはく》と云《いふ》もの、餞別《せんべつ》したりければ、

桜より松は二木《ふたき》を三月越《みつき》シ

名取川《なとりがは》を渡《わたつ》て仙臺《せんだい》に入《いる》。あやめふく日也《なり》。旅宿《りよしゆく》をもとめて、四五日逗留《とうりう》す。爰《ここ》に**畫工加右衛門**《ぐわこうかゑもん》と云《いふ》ものあり。聊《いささか》心ある者と聞《きき》て知る人

「畫工加右衛門」　『松島眺望集』を編じた俳諧師大淀三千風の高弟で、北野屋嘉右衛門、俳号和風軒加之。俳諧書林を営む。師三千風と共に、仙台の名所の整備に貢献。

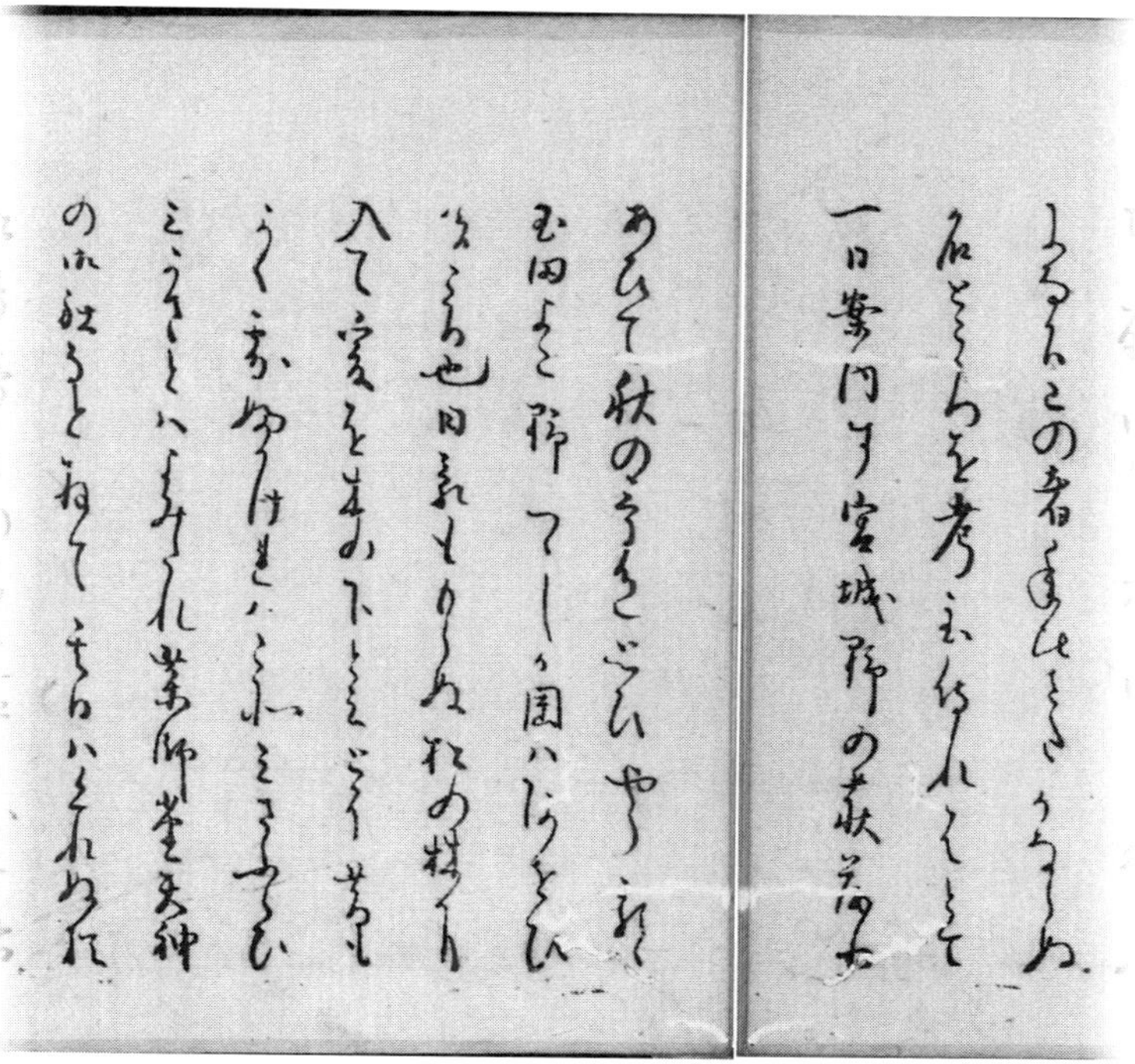

になる。この者、「年比《としごろ》さだかならぬ名どころを考《かんがへ》置《おき》侍れば」とて一日《ひとひ》案内《あない》す。宮城野《みやぎの》の萩《はぎ》茂りあひて、秋の気色《けしき》思ひやらるゝ。玉田《たまだ》・よこ野・つゝじが岡はあせび咲《さく》ころ也。日影《ひかげ》ももらぬ松の林に入《いり》て、爰《ここ》を木《き》の下《した》と云《いふ》とぞ。昔もかく露ふかければこそ、「みさぶらひみかさ」とはよみたれ。薬師堂《やくしだう》・天神《てんじん》の御社《みやしろ》など拝《をがみ》て、其日《そのひ》はくれぬ。猶《なほ》

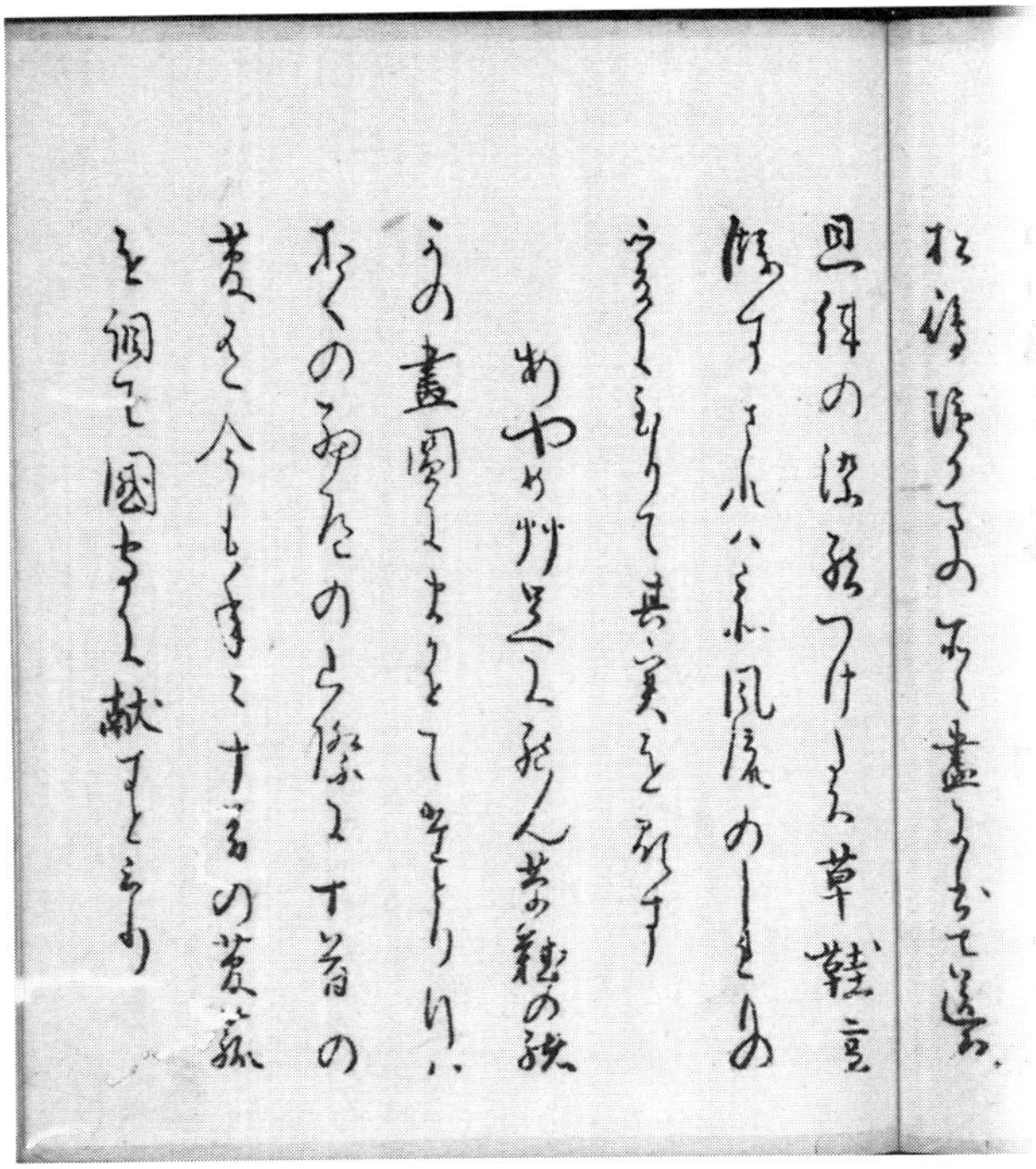

松嶋《まつしま》・塩《しほ》がまの所々《ところどころ》、畫《ゑ》に書《かき》て送る。且《かつ》、紺《こん》の染緒《そめを》つけたる草鞋《わらぢ》二足《にそく》餞《はなむけ》す。さればこそ、風流《ふうりう》のしれもの、爰《ここ》に至《いた》りて其《その》実《まこと》を顕《あらは》す。

　あやめ艸《ぐさ》足に結《むすば》ん草鞋《わらぢ》の緒《を》

かの畫圖《ゑづ》にまかせてたどり行《ゆけ》ば、おくの細道の山際《やまぎは》に十符《とふ》の菅《すげ》有《あり》。今も年々《としどし》十符《とふ》の菅菰《すがごも》を調《ととのへ》て国守《こくしゅ》に献《けん》ずと云《いへ》り。

「おくの細道」　「おくの細道」は、中世の頃、仙台から多賀城祉に行く途中の街道の名称であったが、いつの間にか見失われていたのを、仙台の俳人大淀三千風一派が再整備した街道名。芭蕉が自分の道の記に、この鄙びた東北の街道名を採用した。

解釈

仙台松前街道の宿駅岩沼に宿をとった。歌枕で有名な武隈の松は見事で、目が覚めるような新鮮な気分になり、先日来の疲れも吹き飛んだ。松の根は生え際から二本に分かれ、昔から二《ふた》木《ぎ》の松として歌に詠まれている。今もその姿を失わず残っている事を、ここへ来て知った。この松を眺めていると、先ず能因法師の事が思い出される。その昔、陸奥守《むつのかみ》としてこの地に下った藤原孝義《たかよし》という役人が、この松を伐って、名取川の橋杭にしてしまったからであろうか、能因法師が来られた折り、「武隈の松はこのたび跡もなし千年《ちとせ》をへてや我はきつ覧《らん》」(『後拾遺和歌集』)と詠んでおられる。切られて跡形もない松に、能因は、松は千年と言われているが、跡も形も無いので、自分は千年をとおに過ぎてから来たのだろうか、と残念な気持ちをたおやかなユーモアで詠んでいる。この松は代々あるいは伐り、あるいは植え継ぎなどしたと聞いている。幸い、今また、眼前の松は、千年も経たかと思われる程、端正で厳かな姿に形が整っている。なんとみごとな松の景色であろうか。時代と共に変遷変化が世の常であるのに、歌を愛する人々の心がこの松を守っているのだ。「翁が奥州の旅でこの地においでになったら、ぜひ武隈の松をお見せしなさいよ。奥州の遅桜よ。」と、この地出身の挙白（きょはく）という門人が、故郷自慢の句を餞別として私に贈ってくれたので、それに応えて次の句を詠んだ。

桜より松は二木《ふたき》を三月《みつき》越し

桜よりも、私を待っていてくれたのは見事な二木の松で、出発から三月を越《こ》して、やっと見ることが出来た。二木を三月越《こし》、ちょっと数字で遊んでみたが、弥生三月に江戸を出て、今三月越の夏五月であるよ。

名取川を渡って仙台の町に入った。今日は五月四日で、丁度あやめ（菖蒲《しょうぶ》）を軒に葺《ふ》いて邪気払いをする日である。宿屋を求めて四、五日逗留した。この仙台の地に画工加右衛門という人がいる。彼は絵描きであり、俳諧の書籍などを扱う仕事を持っているので、俳諧のたしなみがあり、なかなかの風流人であると聞いていたので、訪ねて知り合いになった。この加右衛門が「この地の名所歌枕として古歌に詠《うた》われているのに、その場所がはっきりしない所を、数年このかた調査しました」と言って、ある一日、歌枕の場所を案内してくれた。古来萩の名所として知られる宮城野原は、今、夏萩の青葉をみごとに茂げらせており、秋の花の頃はさぞ美しいであろうと思われた。歌枕で知られる玉田・横野を廻って、つつじが岡に来た。「取りつなげ玉田横野の放《はな》れ駒《こま》つつじの岡にあせみ咲くなり」(『散木奇歌集』)と源《みなもとのとしより》俊頼が詠んでいる。この辺りは馬酔木《あせび》が多く咲く。この花は馬が食むと中毒をおこして酔うという。だから「玉田や横野の放れ駒をつないでおこう。つつじが岡に馬が酔うという馬酔木《あせび》が咲いているから」と詠んでいるのだ。なるほど。次に、日の光も差し込まない鬱蒼《うっそう》とした松林に入って「ここが歌枕の木《き》の下《した》という所です」と云う。昔も露深い所で、「みさぶらひ御笠《みかさ》と申《もう》せ宮城野の木《こ》の下露は雨にまされり」(『古今和歌集』)と詠まれている。「御《み》侍《さむらい》」とは貴人に仕える側近《そっきん》のことで、「お供の方よ、御主人に笠を召《め》せとおっしゃって下さい。この宮城野の木々から滴り落ちる露は雨よりもひどく濡れるのですから」ということだ。今も笠がいるほど露深い林だ。伊達政宗《だてまさむね》が国分寺跡に再建した薬師堂と、つつじが岡の天満宮などに参拝して、其の日は暮れた。その上、加右衛門は歌枕の案内だけでなく、これから行く予定の松島や塩竈の所々を、得意の画に描いて贈ってくれた。また、この地の名産である紺の染緒を付けた草鞋二足を餞別としてくれた。なんと旅人の心を掴んだ、気の利いた贈り物であろう。加右衛門は期待どおりの風流に徹しきった男で、ここに至って風流人としての本領を充分に発揮してくれた。このような出会いこそ、旅の喜びというものではないだろうか。

あやめ艸足に結ん草鞋の緒

丁度今日は端午の節句で、家々は軒にあやめ草（菖蒲）を葺いて邪気を払い、家の安全を願うのであるが、私は漂泊の身、あやめ草を葺く家も無いので、せめて餞別でもらった紺の草鞋の緒を、あやめ草の代わりに足に結んで邪気を払い、旅中の無事を祈ることにしよう。藍染は蝮《まむし》よけになるというではないか。

加右衛門の描いてくれた絵図を頼りに歩いてゆくと奥の細道と呼ばれる細い街道があり、その道筋の山の際に、古歌で有名な十符《とふ》の菅《すげ》が生えていた。この菅は編目が十筋ある十符《とふ》の菅菰《すがごも》の材料で、十符の菅菰はこの土地の名産品である。古歌に「みちのくの十符の菅菰七符には君を寝させて我三符に寝む」（『夫木《ふぼく》和歌抄』詠人不知）とある。なんとも素朴な微笑ましい歌ではないか。今でも毎年、十符の菅菰を編んで、藩主に献上するということである。

一〇　壺《つぼ》の碑《いしぶみ》・末《すえ》の松山《まつやま》・塩竈明神《しおがまみょうじん》

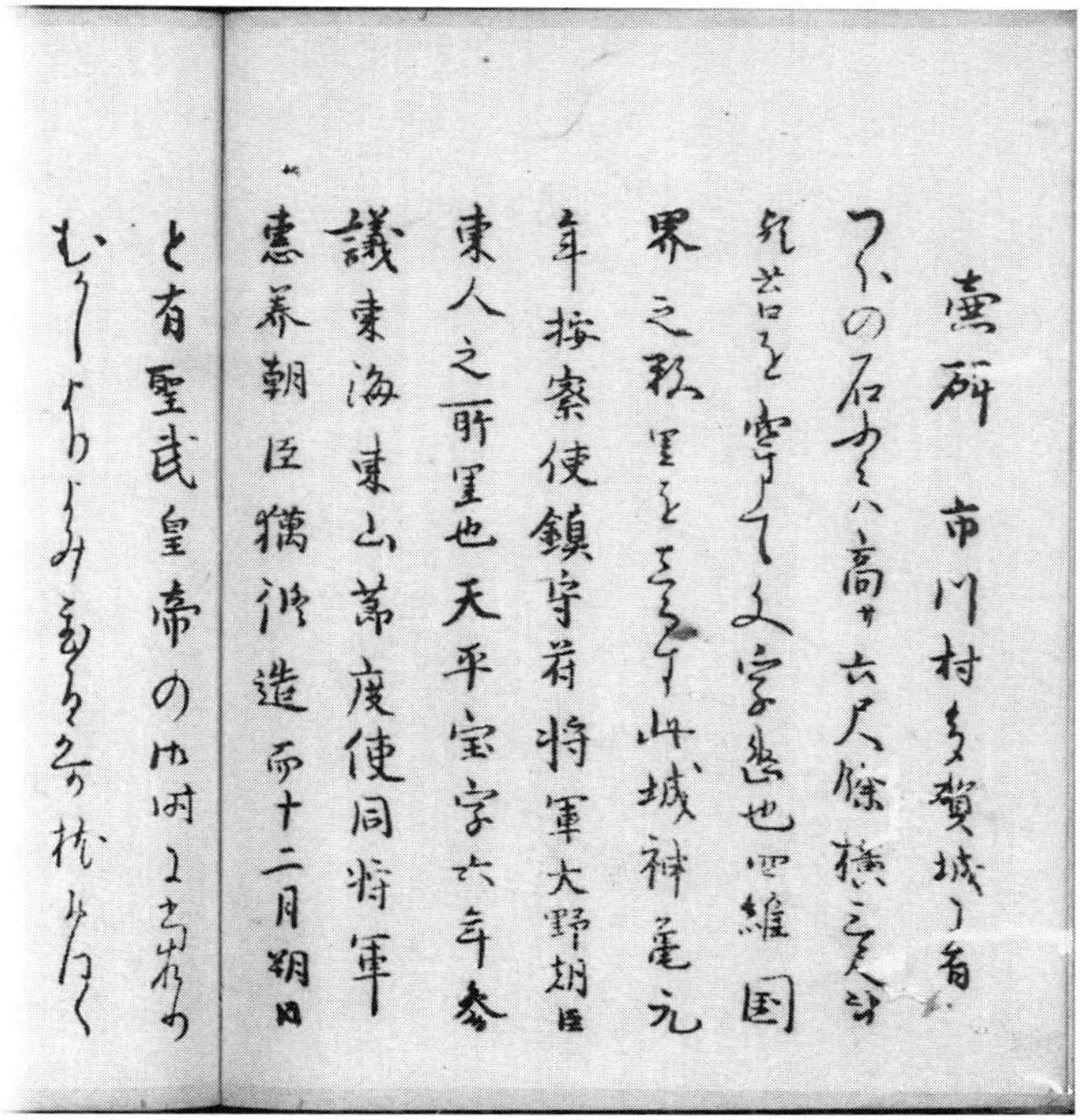
壺碑　市川村多賀城ニ有
つぼの石ぶみハ高サ六尺餘横三尺斗
歟苔を穿て文字幽也四維国
界之数里をしるす此城神亀元
年按察使鎮守府将軍大野朝臣
東人之所置也天平宝字六年参
議東海東山節度使同将軍
恵美朝臣獦修造而十二月朔日
と有聖武皇帝の御時に当れり
むかしよりよみ置る哥枕おほく

壺碑《つぼのいしぶみ》　市川村多賀城《いちかはむらたがじやう》に有《あり》。

つぼの石ぶみは、高サ六尺餘《あまり》。横三尺斗《ばかり》歟《か》。苔《こけ》を穿《うがち》て文字《もじ》幽也《かすかなり》。四維国《しゆゐこく》界《かい》の数里《すうり》をしるす。「此《この》城、神亀《じんき》元年、按察使鎮守府将軍大野朝臣《あぜちちんじゆふしやうぐんおほのあそん》東人之所置也《あづまひとのおくところなり》。天平宝字《てんぴやうほうじ》六年参《さん》議《ぎ》東海東山節度使《とうかいとうせんせつどし》　同《おなじく》　将軍恵美朝臣獦　修造《ゑみのあそんあさかりしゆざう》而。十二月朔日《ついたち》」と有《あり》。聖武皇帝《しやうむくわうてい》の御時《おほんとき》に当《あた》れり。むかしよりよみ置《おけ》る哥枕《うたまくら》おほく

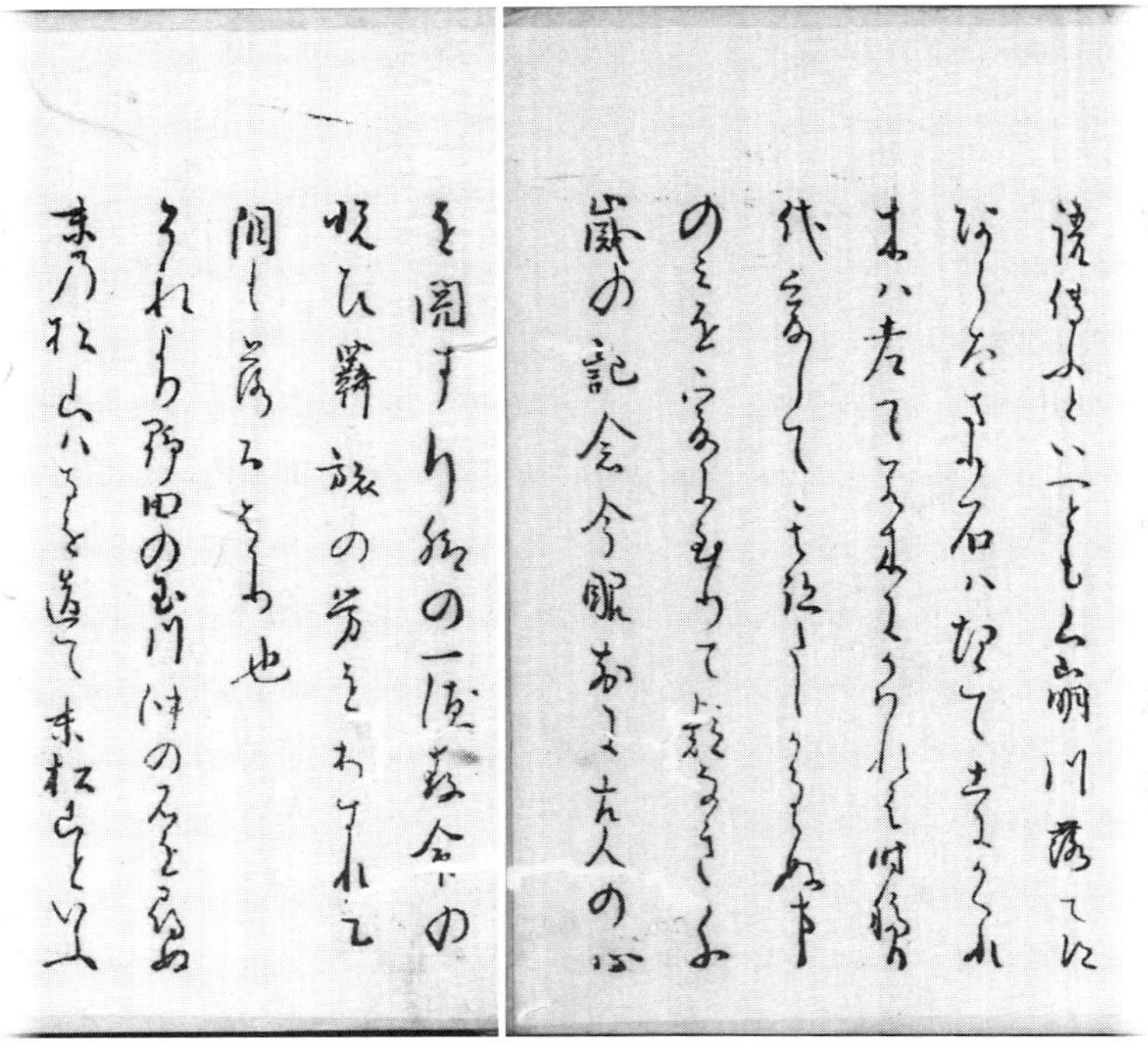

語傳《かたりつた》ふといへども、山崩《やまくづれ》、川流《ながれ》て道あらたまり、石は埋《うづもれ》て土にかくれ、木は老《おい》て若木《わかき》にかはれば、時《とき》移り代変《よへん》じて、其跡《そのあと》たしかならぬ事のみを、爰《ここ》に至《いた》りて疑《うたがひ》なき千《せん》歳《ざい》の記念《かたみ》、今眼前《いまがんぜん》に古人《こじん》の心を閲《けみ》す。行脚《あんぎや》の一徳《いっとく》、存命《ぞんめい》の悦《よろこ》び、羇旅《きりよ》の労《らう》をわすれて、泪《なみだ》も落《おつ》るばかり也《なり》。

それより野田《のだ》の玉川《たまがは》・沖《おき》の石を尋ぬ。末《すゑ》の松山《まつやま》は寺を造《つくり》て末松山《まつしょうざん》といふ。

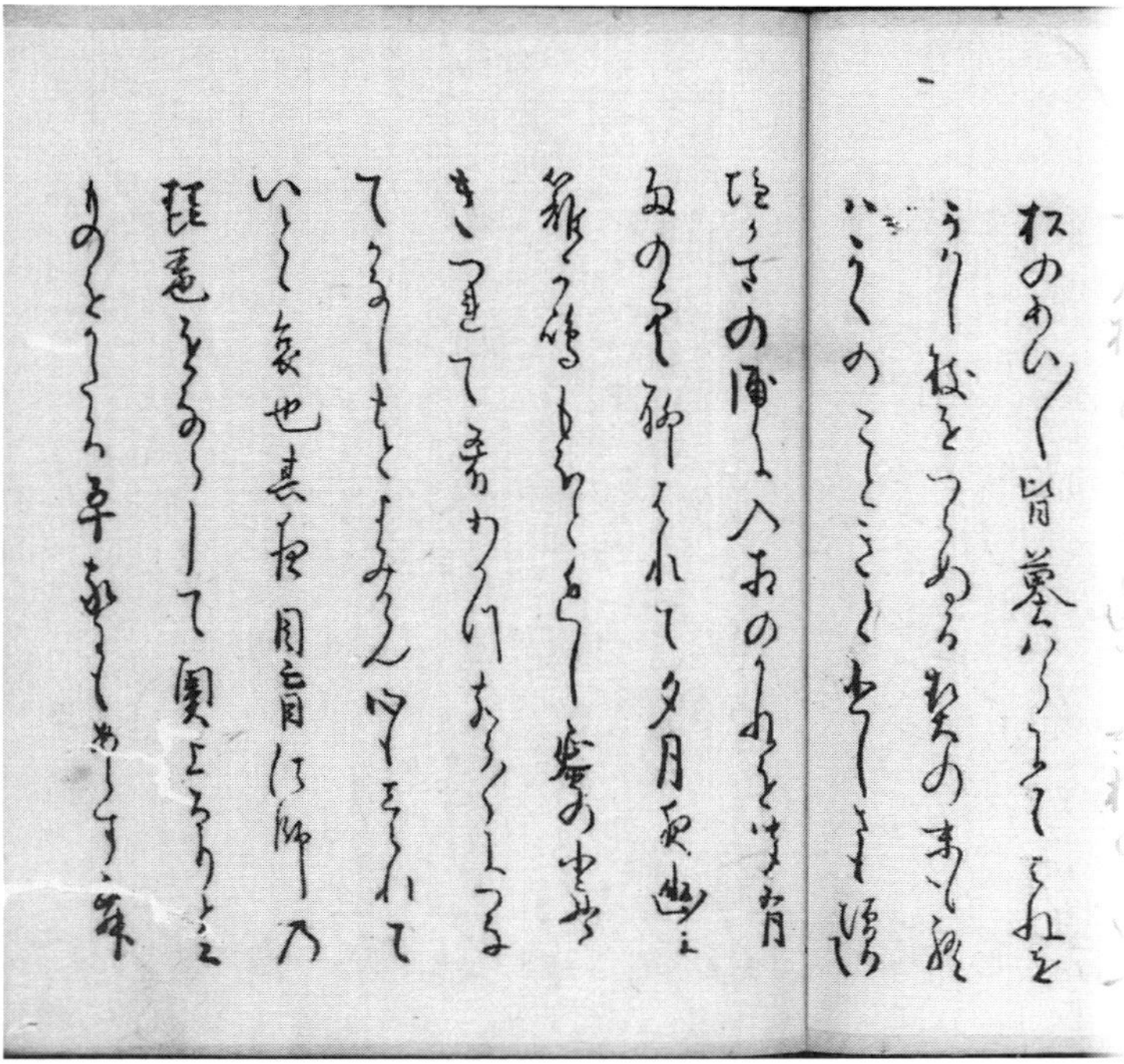

松のあひ〱皆墓《はか》はらにて、はねをかはし枝をつらぬる契《ちぎり》の末も、終《つひに》はかくのごときと、悲しさも増《まさ》りて、塩がまの浦に入相《いりあひ》のかねを聞《きく》。五月《さみ》雨《だれ》の空《そら》聊《いささか》はれて、夕月夜《ゆふづくよ》幽《かすか》に、籬《まがき》が嶋《しま》もほど近し。蜑《あま》の小舟《をぶね》こぎつれて、肴《さかな》わかつ聲《こゑ》〱に、「つなでかなしも」とよみけん心もしられて、いとゞ哀也《あはれなり》。其夜《そのよ》、目盲法師《めくらほふし》の琵琶《びは》をならして奥上《おくじやう》るりと云《いふ》ものをかたる。平家《へいけ》にもあらず、舞《まひ》

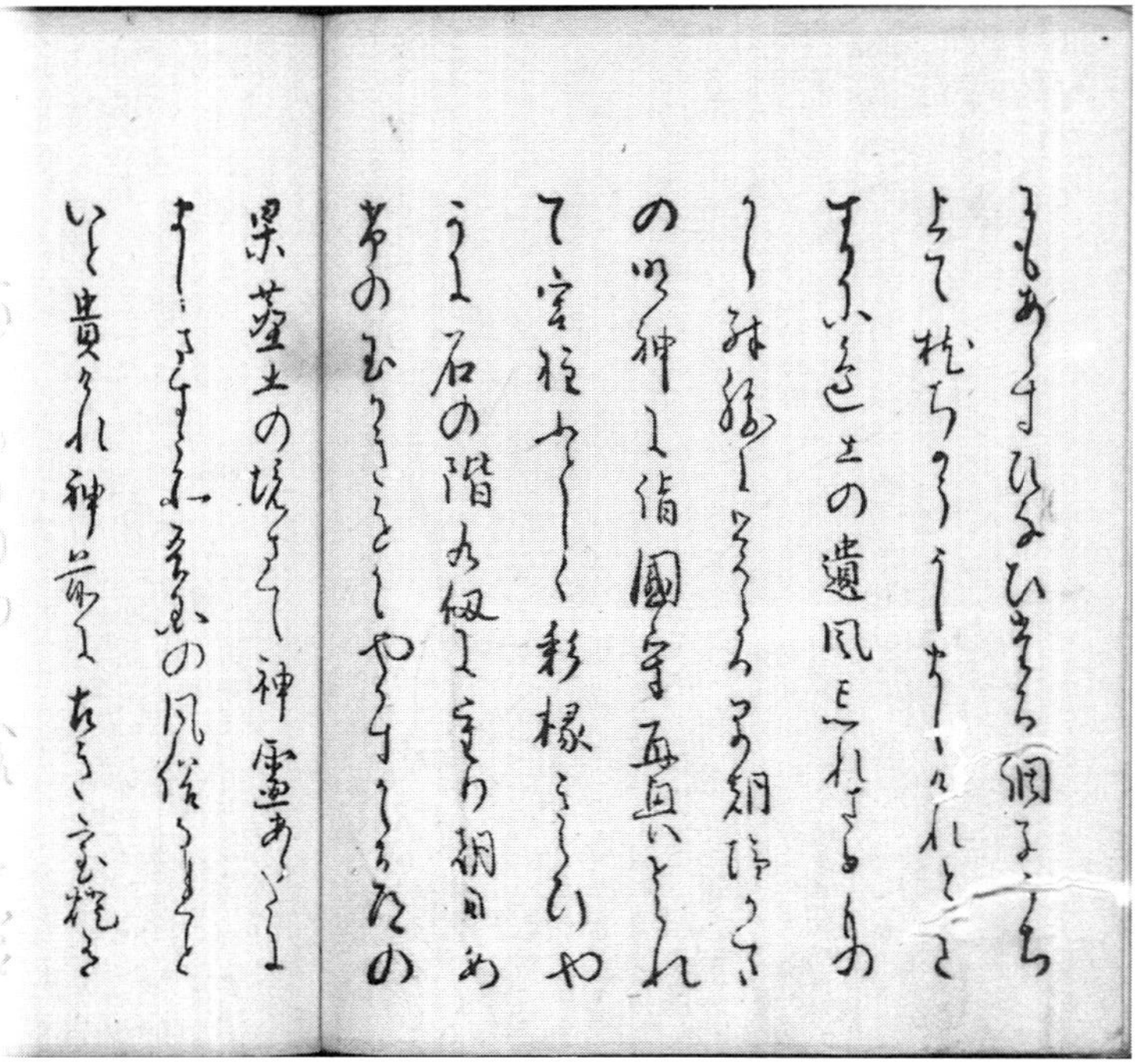

にもあらず、ひなびたる調子《てうし》うち上《あげ》て枕《まくら》ちかうかしましけれど、さすがに邊土《へんど》の遺風《いふう》忘れざるものから、殊勝《しゆしよう》に覚《おぼへ》らる。早朝《そうてう》塩がまの明神《みやうじん》に詣《まうづ》。國守《こくしゆ》再興《さいこう》せられて、宮柱《みやばしら》ふとしく彩椽《さいてん》きらびやかに、石の階《きざはし》九仞《きうじん》に重《かさな》り、朝日あけの玉がきをかゞやかす。かゝる道の果《はて》、塵土《ぢんど》の境《さかひ》まで、神霊《しんれい》あらたにましますこそ吾国《わがくに》の風俗《ふうぞく》なれど、いと貴《たふと》けれ。神前に古き宝燈《はうとう》有《あり》。

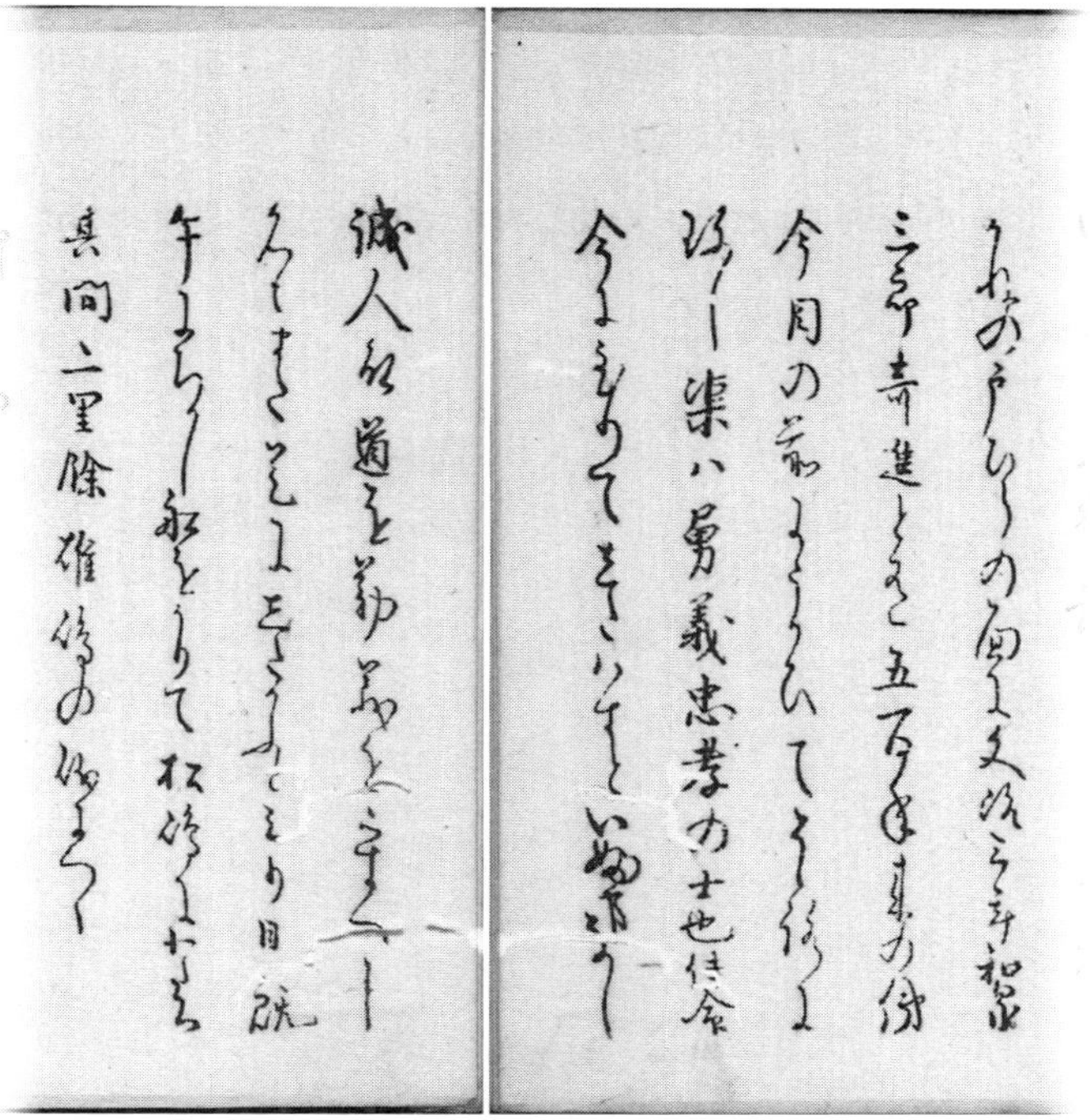

かねの戸びらの面《おもて》に「文治《ぶんじ》三年和泉《いづみの》三郎《さぶらう》奇進《きしん》」と有《あり》。五百年来の俤《おもかげ》、今目の前にうかびて、そゞろに珍し。渠《かれ》は勇義忠孝《ゆうぎちゆうかう》の士《し》也《なり》。佳命《かめい》今に至りてしたはずといふ事なし。

誠《まことに》、「人能《よく》道を勤《つとめ》、義を守《まもる》べし。名もまた是《これ》にしたがふ」と云《いへ》り。日既《すでに》午《ご》にちかし。船をかりて松嶋にわたる。其間《そのかん》二里餘《あまり》。雄嶋《をじま》の磯《いそ》につく。

解釈

壺《つぼ》の碑《いしぶみ》は市川村多賀城《たがじょう》（多賀城市市川）にある。多賀城は、蝦夷《えぞ》を統治するための根拠地として、国の鎮守府《ちんじゅふ》が置かれていた所で、壺の碑は征夷大将軍《せいいたいしょうぐん》坂上田村麻呂《さかのうえたむらまろ》が蝦夷征伐の折に、弓の先で石の面に、ここが日本の中央の由を彫り込んだと伝えられる石の碑のことで、長く所在は不明であった。寂蓮《じゃくれん》・西行《さいぎょう》ほか、多くの歌人が、「遠く地の果てにある碑」「どこにあるのかわからない幻の碑」という内容でこの碑の歌を詠み残している。その碑が多賀城跡から発見されたということで、ぜひこの眼で確かめてみたいと思っていたのだ。壺の碑は高さが六尺余り（一、八メートル）で横幅が三尺ほど（一メートル）であろうか。碑の表面は苔に覆《おお》われていたので、その苔をほじくってみると、文字が幽かに読み取れた。ここから四方の国境までの距離が彫られている。（京から千五百里・蝦夷《えぞ》から百二十里・常陸《ひたち》の国から四百十二里・下野《しもつけ》の国から二百七十四里・ツングースから三千里）。そのあとに「この城は神亀《じんき》元年（七二四年）、蝦夷《えぞ》を治めるために都より派遣された鎮守府《ちんじゅふ》将軍《しょうぐん》大野《おおの》朝臣《あそん》東人《あずまひと》が建てた城である。その後、天平宝字六年（七六二年）に、参議という重鎮で、東海や東山の街道の管理者で、同じく鎮守府将軍の恵美朝臣獦《えみあそんあさかり》が、城に修理を加えて、それを記念してここに石碑を建立する。十二月一日」と書いてある。奈良時代の聖武天皇の時代のことである。なんと古い碑であることよ。昔から歌に詠まれている名所は、鑑賞され暗唱されて今まで語り継がれてはいるが、こうして歌枕の地を訪れてみると、現実には、歌枕だった山は崩れ、川は流れを変え、道も改まり、石は埋もれて地中に隠れ、木は老い朽ちて若木に生え変わっているのである。信夫《しのぶ》の里で尋ねた文字摺《もじず》り石も、村人の生活を妨げるということで、谷底に突き落とされて半ば土に埋もれていたし、能因法師が愛した武隈《たけくま》の松も伐りたおされて、名取川《なとりがわ》の橋杭《はしくい》になった時代もあった。時移り世が変われば、よく知られた歌枕も、実際には定かでなくなっている事が多い。都では憧れの歌枕の地も、実際には土地の人々の生活の中では不用の物とされたり、自然の移り変わりの中で朽ちたり、又再現されたりしている。この世は常でなく変わってゆくものなのだ。旅人の生活も日々の変化に身を置く。だから精一杯五感を研ぎ澄ませて眼前の物を見る。変わり果てた歌枕の地を、古人の詩情を、人びとの生活を、大自然の働きを、眼と心で受けとる。確かならぬことが大半なのだが、そんな中で、この壺の碑だけは疑いなく千年の昔の記念であり、今、眼前に古人の心を確かめ見る思いがする。苔にうずもれてはいたが、この手で碑文の跡をなぞることが出来た。千年の長き歴史がここにある。都から遠く離れたこの地に派遣された人々の並でない苦労と武勇。地の果てなる幻の壺の碑を歌に詠み込んだ歌人たちの詩情。それらが時を超えて今私の心の中に感動としてよみがえる。苦しい道のりであったが、こうして生きて今ここに辿り着くことが出来たからこそである。なんと有難く嬉しいことであろうか。旅の苦労も忘れて、感動極まり涙があふれ落ちるばかりである。天地流転無常が、この世界の定めであると自覚しているものの、今こうして、千年前の記念の碑を眼前にしていると、時を越えた古人の心を我が心に感得することができる。不変というものは、人の心の感動の中にこそ存在するのではないだろうか。この碑の前に立ち実感するのである。

　壺の碑を見てから、「夕されば汐風越してみちのくの野田の玉川千鳥《ちどり》鳴くなり　能因」（『新古今和歌集』）や「わが袖は汐干《しおひ》に見えぬ沖の石の人こそ知らね乾くまもなし　二条院讃岐《にじょうのいんさぬき》」（『千載和歌集』）と古歌に詠まれた、「野田《のだ》の玉川《たまがわ》」と「沖《おき》の石《いし》」を訪れた。「契《ちぎり》きなかたみに袖をしぼりつつ末《すえ》の松山《まつやま》波こさじとは　清原元輔」（『後拾遺和歌集』）と恋の歌で名高い末の松山には、今、寺が建てられており、その名を「末松山《まつしょうざん》」という。松原の木々の間は、すべて墓場になっている。それを見るにつけ、白楽天《はくらくてん》の「長恨歌《ちょうこんか》」に「天に在らば願わくば比翼の鳥とならん、地に在らば願わくば連理の枝とならん」と永遠の愛を誓った男女も、結局は墓石と化し、恋の歌枕の地も墓原になっている現実を眼前にして、人の世の無常を実感し、悲しさがつのった。そんな思いで聞く塩竈の浦の夕暮れの鐘は、なおさら寂しく感じられた。五月雨の空が少し晴れ、夕方の月がほのかに光り、籬が嶋も間近に見える。漁師が小舟を連れだって岸に戻ってきて、魚を分け合う声が聞こえる。ひなびた漁村の生活の声に、しみじみとした思いが湧き上がってくる。古歌に「みちのくはいづくはあれど塩竈の浦漕ぐ舟の綱手かなしも」(『古今和歌集』)と、塩竈の浦の小舟が引き綱で引かれる様のおもしろさが詠まれている。まさしくこんな気持ちだったのであろう。その夜、盲目の法師が琵琶をかき鳴らして陸奥《みちのく》独特の古浄瑠璃《こじょうるり》を語るのを聞いた。平家物語《へいけものがたり》を語る垢《あか》ぬけた調子でもなく、舞を取り入れた舞曲《ぶきょく》とも違い、田舎びた調子で声を張り上げるので、枕元で少しばかり耳ざわりだが、地方独特の文化を忘れず今に伝えているのだから、けなげな事と感心して聞いた。ひなびた宿で聞く古浄瑠璃、簡素な漁村の夕暮れ、漁師らの声、陸奥のわびが心にしみる旅の一日であった。

早朝、塩竈明神《しおがまみょうじん》に参詣した。藩主伊達政宗《だてまさむね》公が再建されたもので、宮柱は太く、屋根の裏面を彩る垂木《たるき》はきらびやかで、本殿までの石段は高く遥かに続いている。朝日が神域を囲む朱色の垣根を美しく輝かせている。このような辺境の地にまで神々の霊験があらたかで、立派な神社が祭られていることは、我が国の習わしであるというものの、大変尊いことである。本殿神前に古い銅製の大灯籠があり、その火袋の扉の面に「文治三年（一一八七年）和泉三郎寄進」とあった。和泉三郎こと藤原忠衡《ふじわらただひら》は、藤原秀衡《ひでひら》の三男で、父秀衡の遺言に従い、落ちのびてきた源《みなもとのよしつね》義経を守って、打ち寄せてくる頼朝《よりとも》の軍勢や頼朝に寝返った兄泰衡《やすひら》らと応戦し、覚悟の負け戦の中で自害した。まさにこの宝燈は和泉三郎の戦勝祈願である。五百年も前の様子が眼前に浮かび、心そそられる思いであった。彼は勇敢で義理を重んじ、忠孝厚き武士である。その誉《ほまれ》高い名は有名で、今に至っても人々は慕わぬ者はいない。まこと「人たる者はよく道を勤めて義理を大切にすれば、名誉もまた自然に生じるものである」と古人の言葉にもあるが、和泉三郎のことを思うとその通りだと思えるのだ。

日はすでに正午に近い。舟を借りて松嶋に渡った。その距離は二里余りで、やがて雄島の磯に着いた。

「壺の碑」　江戸中期、多賀城跡より発掘された多賀城碑が、当時、田村麻呂の壺の碑と混同されていた。芭蕉が「壺の碑」としているのは、この多賀城碑。しかし、千年の記念であることは間違いない。

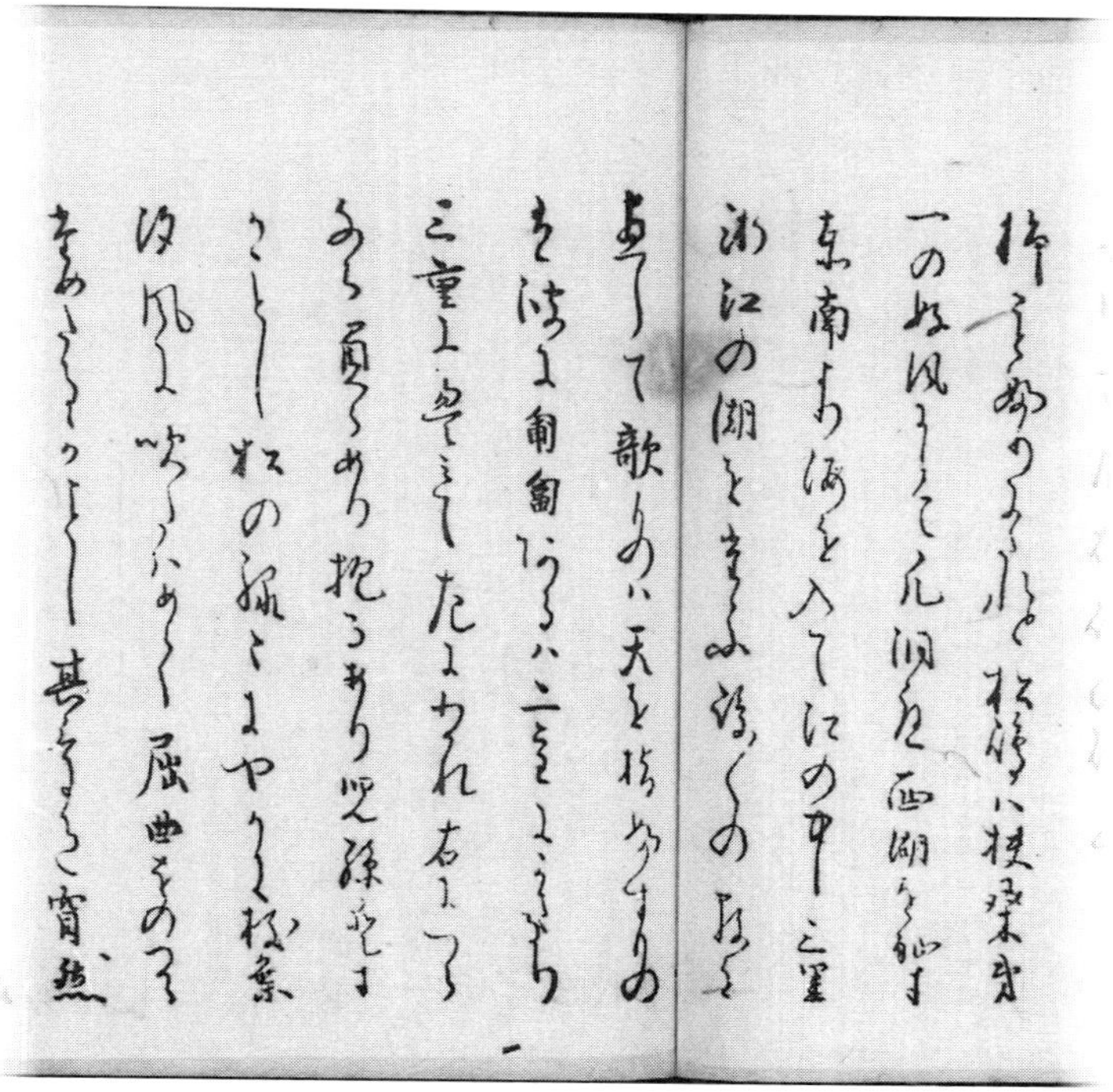

一一　松島《まつしま》・瑞巌寺《ずいがんじ》

抑《そもそも》ことふりにたれど、松嶋は扶桑《ふさう》第一の好風《かうふう》にして、凡洞庭《およそとうてい》・西湖《せいこ》を恥《はぢ》ず。東南より海を入《いれ》て、江《え》の中《うち》三里、浙江《せつかう》の潮《うしほ》をたゝふ。嶋〳〵《しまじま》の数《かず》を盡《つく》して、欹《そばだつ》ものは天を指《ゆびさし》、ふすものは波に匍匐《はらばふ》。あるは二重《ふたへ》にかさなり三重《みへ》に畳《たた》みて、左にわかれ右につらなる。負《おへ》るあり抱《いだけ》るあり、児孫《じそん》愛すがごとし。松の緑こまやかに、枝葉《しえふ》汐風《しほかぜ》に吹《ふき》たはめて屈曲《くつきよく》をのづからためたるがごとし。其気色《そのけしき》窅然《えうぜん》

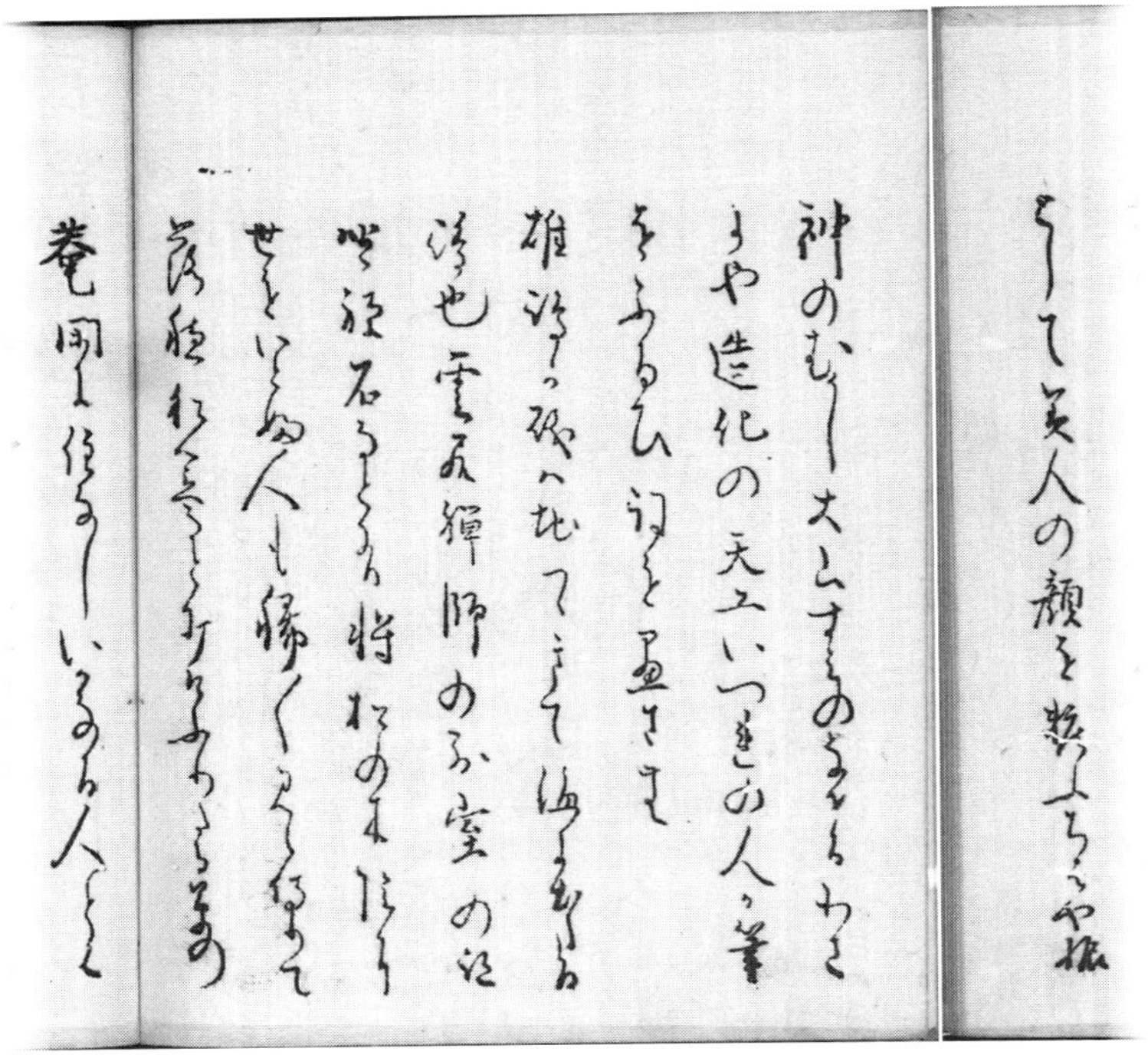

として、美人の顔《かんばせ》を粧《よそほ》ふ。ちはや振《ふる》神のむかし、大山《おほやま》ずみのなせるわざにや。造化《ざうくわ》の天工《てんこう》、いづれの人か筆をふるひ詞《ことば》を尽《つく》さむ。

雄嶋《をじま》が磯《いそ》は地つゞきて、海に出《いで》たる嶋《しま》也《なり》。雲居禅師《うんこぜんじ》の別室《べつしつ》の跡・坐禅石《ざぜんせき》など有《あり》。将《はた》、松の木陰《こかげ》に世をいとふ人も稀《まれ》〱見え侍りて、落穂《おちぼ》・松笠《まつかさ》など打《うち》けぶりたる草の菴《いほり》、閑《しづか》に住《すみ》なし、いかなる人とは

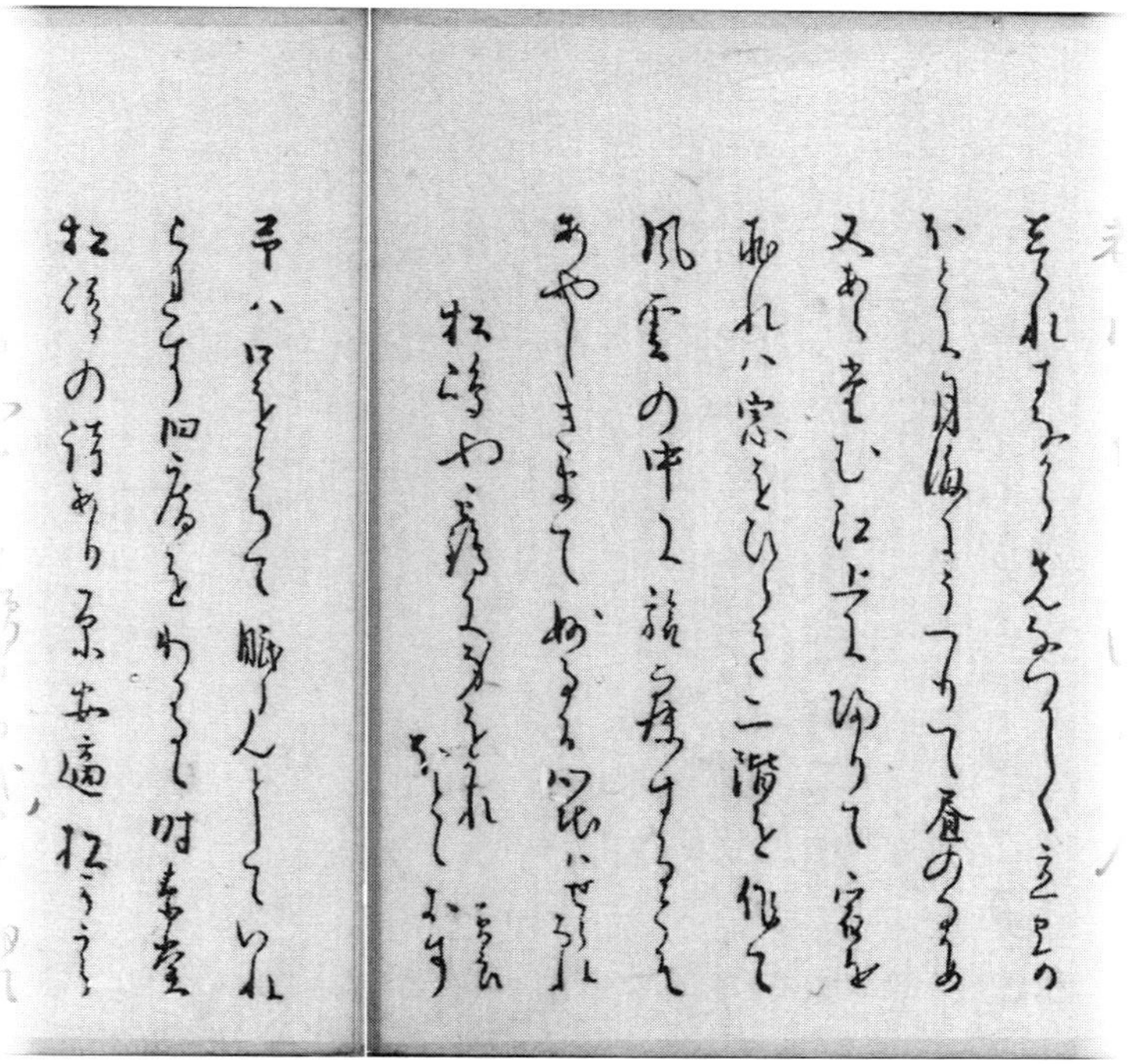

しられずながら、先《まづ》なつかしく立寄《たちよる》
ほどに、月海《つき》にうつりて、昼のながめ
又《また》あらたむ。江上《かうしやう》に帰りて宿を
求《もとむ》れば、窓をひらき二階を作《つくり》て、
風雲《ふううん》の中に旅寐《たびね》するこそ、
あやしきまで妙《たへ》なる心地はせらるれ。

松嶋や鶴に身をかれ
ほとゝぎす　曽良

予《よ》は口をとぢて眠らんとしていね
られず。旧庵《きうあん》をわかるゝ時、素堂《そだう》
松嶋の詩あり、原安適《はらあんてき》松がうら

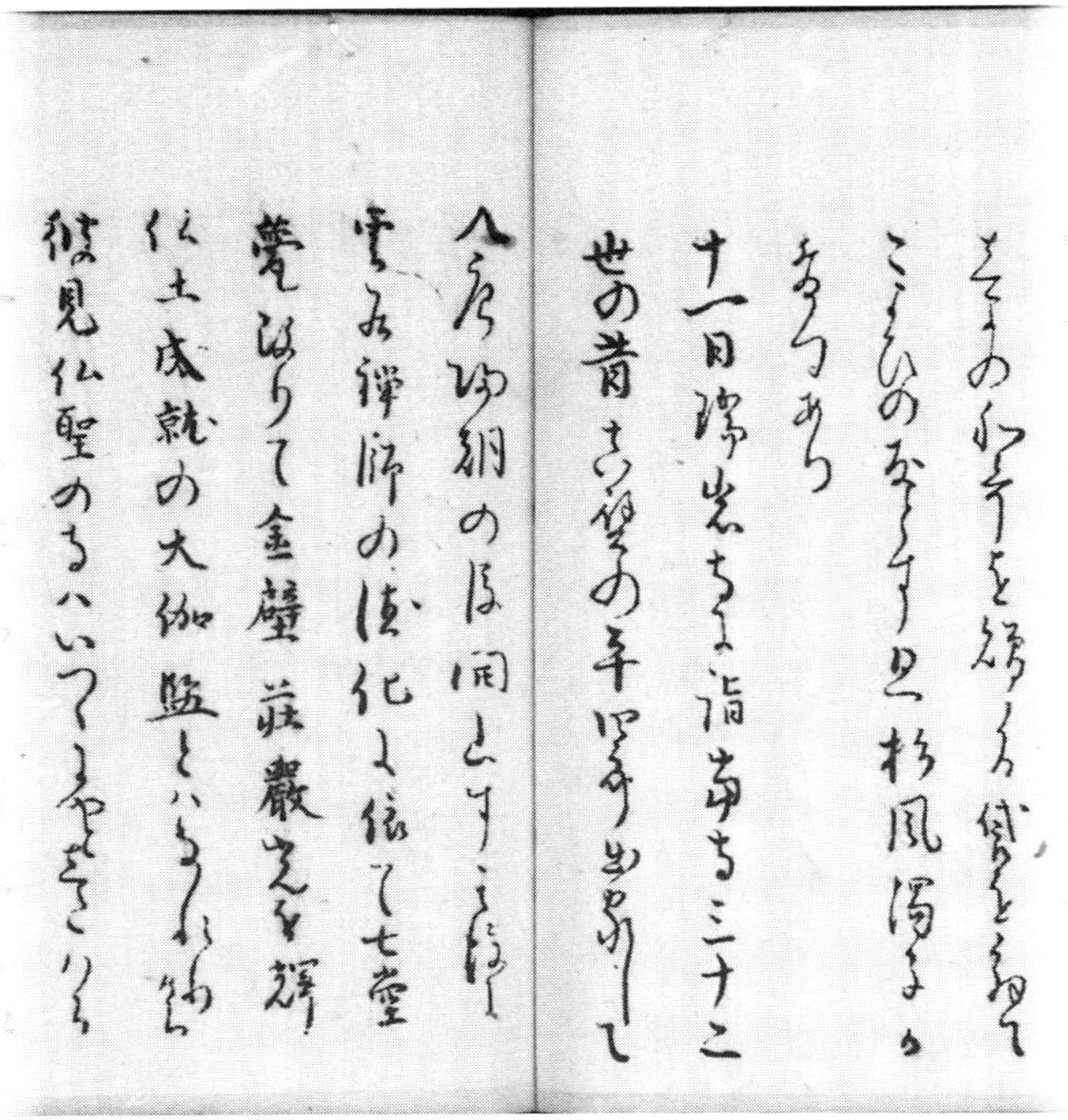

しまの和哥《わか》を贈《おく》らる。袋を解《とき》て
こよひの友とす。且《かつ》、杉風《さんぷう》・濁子《ぢよくし》が
発句《ほつく》あり。
十一日、瑞岩寺《ずゐがんじ》に詣《まうづ》。当寺《とうじ》三十二
世の昔、真壁《まかべ》の平四郎《へいしらう》出家《しゆつけ》して
入唐《につたう》、帰朝《きてう》の後開山《のちかいさん》す。其後《そののち》に
雲居禅師《うんごぜんじ》の徳化《とくげ》に依《より》て、七堂《しちだう》
甍《いらか》改《あらたま》りて、金壁荘厳《こんぺきしやうごん》光を輝《かがやかし》、
仏土成就《ぶつどじやうじゅ》の大伽藍《だいがらん》とはなれりける。
彼見仏聖《かのけんぶつひじり》の寺はいづくにやとしたはる。

解釈

そもそも松島の美しさは先人たちによって言い古《ふる》されてはいるが、我が国第一の好ましく美しい風景で、中国の瀟湘《しょうしょう》八景の一つで古来風光明媚な湖として漢詩文で知られる洞庭湖《どうていこ》や、文人遊賞の湖である西湖《せいこ》に比べても、何ら遜色がないほどの美しさだと思える。東南の方向から海を入れて、入江となっており、その入江は三里四方の大きさで、中国の浙江《せっこう》のように潮《うしお》を漫々《まんまん》とたたえている。湾内には無数の島が点在し、高くそびえ立つ島は天を指さし、低く横たわり伏す島は、まるで波に腹ばいになっているようだ。ある島は二重《ふたえ》に、また、三重《みえ》にと積み重なっている。舟を進めると、島が左に別れたかと思うと、右に連《つら》なったり、大きな島が小さな島をおぶっているようであったり、抱いているようであったり、まるで子や孫が仲良く愛しみ合っているように見える。松の緑は色鮮やかで、枝葉は潮風に吹き曲げられているものの、あまりに美しいので、人工に曲げ整えたように見える。松島の風景は、人をうっとりとさせる美しさで、美人が美しい顔《かんばせ》に更に化粧を施《ほどこ》したような、あでやかな趣がある。この美しさは、神代の昔、山をつかさどる神大山祇《おおやまつみ》の神の創造の技《わざ》であろうか。大自然をつかさどる偉大な神の技のすばらしさを、人間の誰が絵画や詩文にこの美しさを十分に表現することが出来ようか、いや、とても出来るようなものではない。

雄島が磯は、陸から地続きになって、海に突き出た島である。瑞巌寺《ずいがんじ》中興《ちゅうこう》の高僧雲居禅師《うんごぜんじ》の別室の跡や座禅石《ざぜんせき》が残っていた。また、松の木陰には、俗世間を離れて、ここに隠棲している人も稀にいるらしく、落穂や松笠などを焼く煙が立つ草庵に、閑かに住んでいる。素姓も知らない人ながら、先ず懐かしいような気持ちになり、そっと立ち寄って様子を伺ったりしていたら、いつの間にか月が登り、その月が海に映って、昼の松島とは又違った趣になった。海岸に戻って宿をとると、その宿は窓を海に向けて開いた二階造りで、眼前に松島の景が広がり、大自然の風光の中に旅寝するような、まるで幻想の世界にいるような、素晴らしい気分になった。

松嶋や鶴に身をかれほとゝぎす　曽良

松島は美しい。折から時鳥が鳴いているが、この松島には鶴のように美しい鳥が相応しい。古人が鶴の毛衣を借りる千鳥の歌を詠んでいるので、それに倣って、時鳥よ、鶴の姿を借りてこの松島の空を鳴きわたってくれ。　曽良私はあまりにも深い感動に心が高ぶり、句が全く浮ばないので、あきらめて寝ようとしても寝付かれない。深川の草庵を出発した時、友人の素堂が松島の漢詩を餞別に作ってくれ、歌人の原安適は松が浦島の和歌を贈ってくれた。眠られぬまま、頭陀袋の口をほどいてこれらの詩歌を取り出して、この夜の慰みの友とした。ほかにも弟子の杉風や濁子から贈られた発句もあった。今夜は友の詩歌をしみじみと詠み、吾が心の内の感動を静かに見つめることにしよう。

五月十一日、伊達《だて》家の菩提《ぼだい》寺である瑞巌寺に詣でた。この寺は最初天台宗であったが、創建より三十二代目の昔、真壁の平四郎なる人物が出家して、唐に渡り修行を重ねて、帰国後に今の禅宗瑞巌寺を開いたという。その後、伊達家に乞われてこの寺の住職になった雲居《うんご》禅師の高徳の感化によって、仏殿や法堂、僧堂など、禅宗七堂の建物が立派に改築されて、金箔の壁や仏殿内部のおごそかな装飾が、美しく光り輝く、まるで極楽浄土を現世に作り上げたような立派な大伽藍となったのである。ところで、西行が見仏聖を慕ってこの松島で二ヶ月もの間滞在して世話になった、あの見仏聖の寺の跡はどのあたりであろうか。見仏聖は、十二年もの長きにわたって、この松島で修行をされていたという。この広い瑞巌寺を眺めながら、西行のことも偲ばれて、心が惹《ひ》かれて慕わしく思うのである。

一二　石巻《いしのまき》・平泉《ひらいずみ》

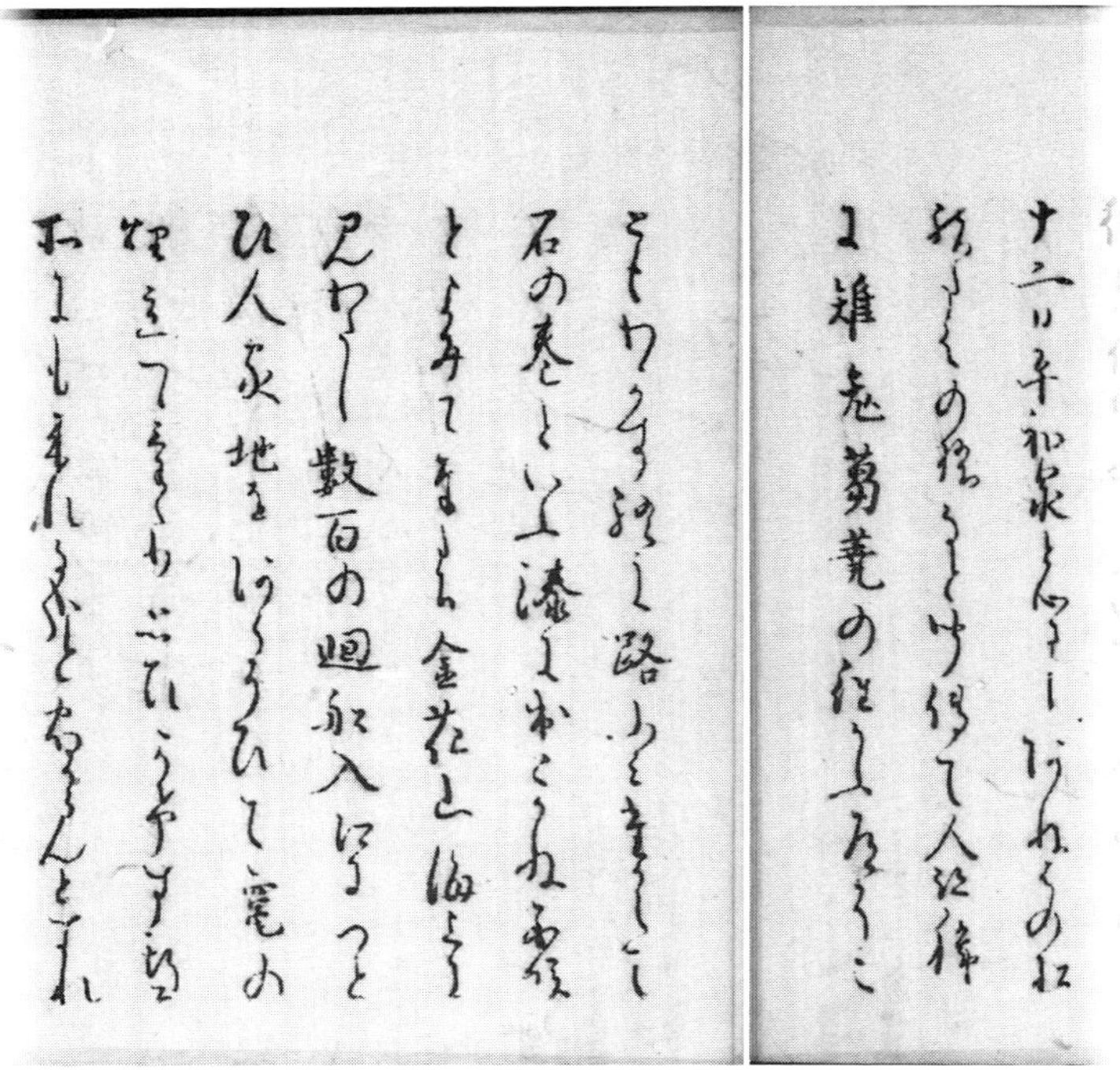

十二日、平和泉《ひらいづみ》と心ざし、あねはの松・緒《を》だえの橋など聞傳《ききつたへ》て、人跡稀《じんせきまれ》に雉兎蒭蕘《ちとすうぜう》の往《ゆき》かふ道そこともわかず、終《つひ》に路《みち》ふみたがえて、石《いし》の巻《まき》といふ湊《みなと》に出《いづ》。「こがね花咲《はなさく》」とよみて奉《たてまつり》たる金花山《きんくわざん》、海上《かいしやう》に見わたし、数百《すはく》の廻船《くわいせん》入江《いりえ》につどひ、人家《じんか》地をあらそひて竈《かまど》の煙立《たち》つゞけたり。思ひがけず斯《かか》る所にも来《きた》れる哉《かな》と、宿からんとすれ

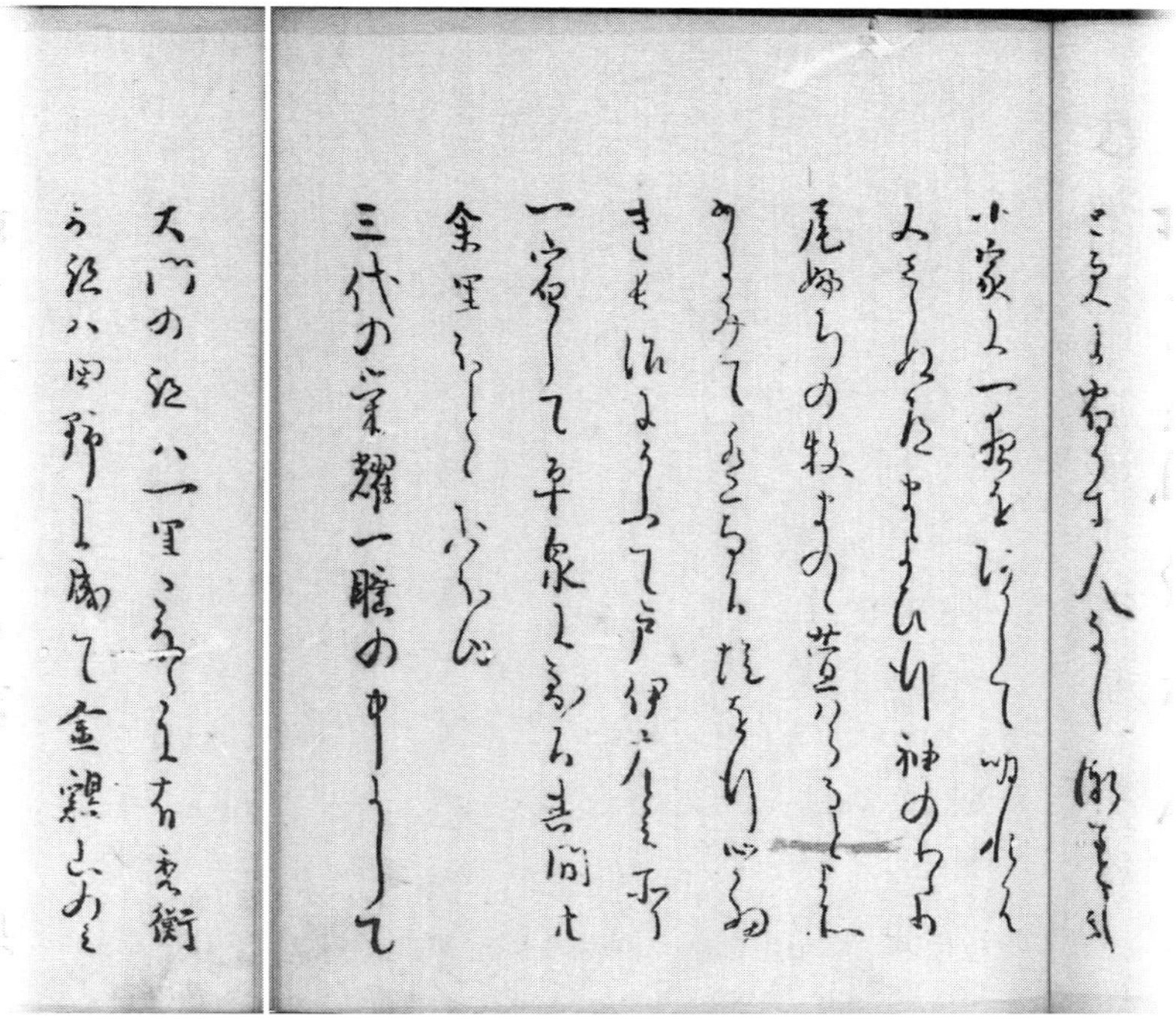

ど、更《さら》に宿かす人なし。漸《やうやう》まどしき小家《こいへ》に一夜《いちや》をあかして、明《あく》れば又しらぬ道まよひ行《ゆく》。袖《そで》のわたり・尾《を》ぶちの牧《まき》・まの、萱《かや》はらなどよそめにみて、遥《はるか》なる堤《つつみ》を行《ゆく》。心細き長沼《ながぬま》にそふて、戸伊摩《といま》と云《いふ》所に一宿《いつしゆく》して、平泉に到《いた》る。其間《そのあい》廿余里ほど、おぼゆ。

三代《さんだい》の栄耀《ええう》一睡《いつすゐ》の中《うち》にして、大門《だいもん》の跡《あと》は一里こなたに有《あり》。秀衡《ひでひら》が跡は田野《でんや》に成《なり》て、金鶏山《きんけいざん》のみ

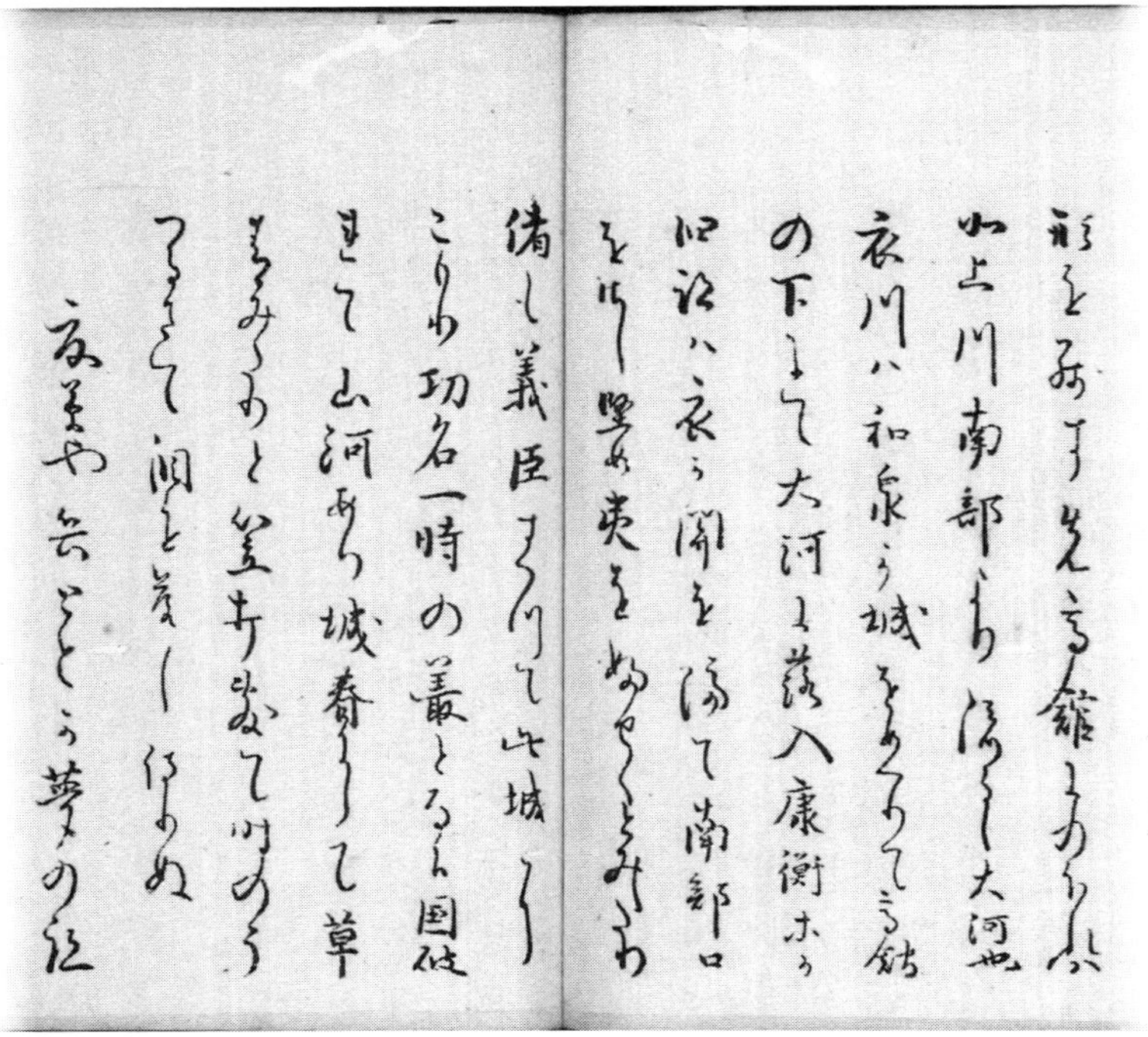

形を残す。先高館《まづたかだち》にのぼれば、北上川《きたかみがは》南部《なんぶ》より流る、大河《たいが》也《なり》。衣川《ころもがは》は和泉《いづみ》が城《じやう》をめぐりて、高館の下《もと》にて大河に落入《おちいる》。康衡《やすひら》等が旧跡《きうせき》は、衣《ころも》が関《せき》を隔《へだて》て南部口《なんぶぐち》をさし堅《かた》め、夷《えぞ》をふせぐとみえたり。偖《さて》も義《ぎ》臣《しん》すぐつて此城《このしろ》にこもり、功名一時《こうめいいちじ》の叢《くさむら》となる。「国破《くにやぶ》れて山河《さんが》あり、城春《しろはる》にして草《くさ》青《あを》みたり」と、笠打敷《かさうちしき》て、時のうつるまで泪《なみだ》を落《おと》し侍りぬ。

夏草《なつくさ》や兵《つはもの》どもが夢の跡

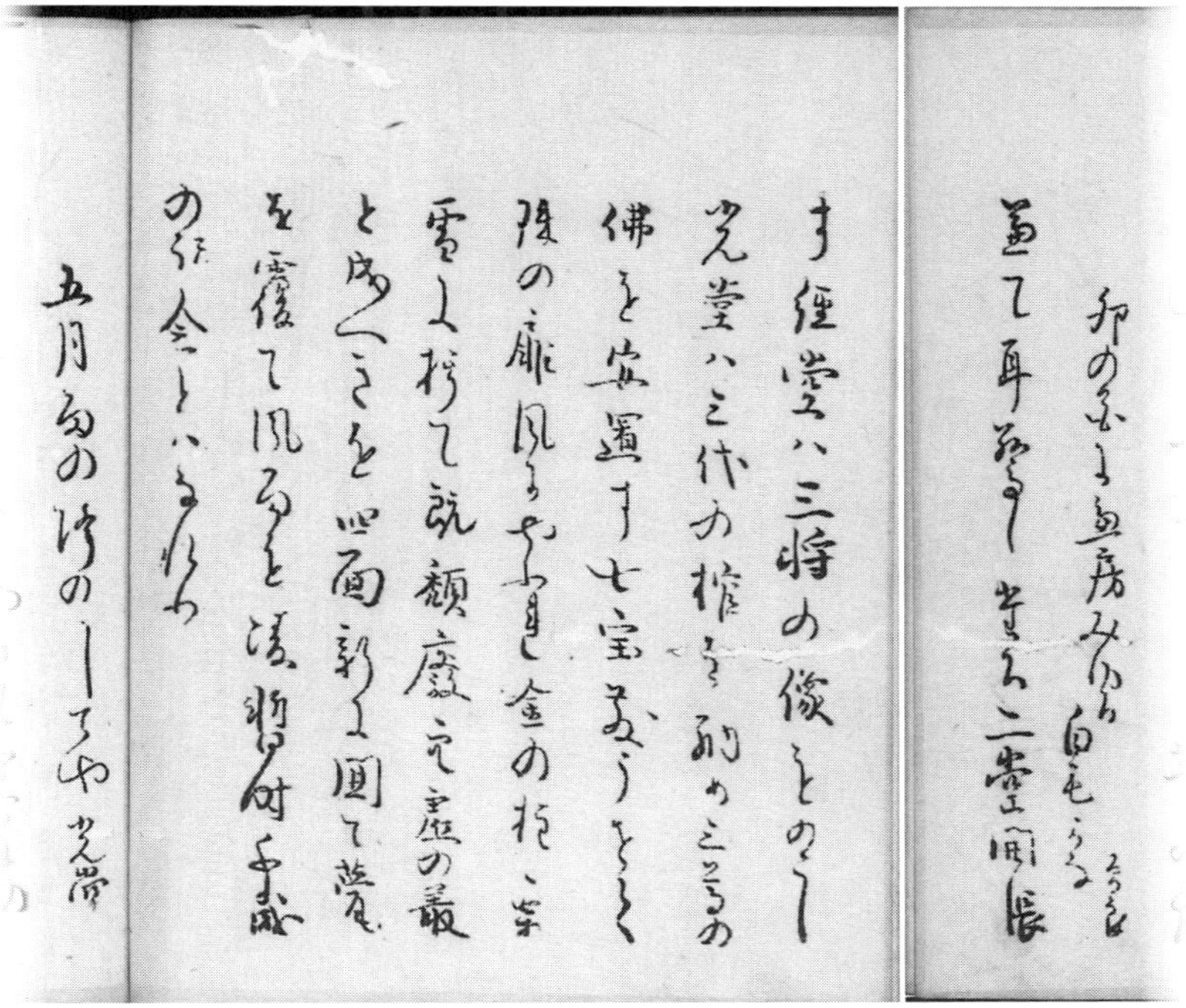

卯《う》の花《はな》に兼房《かねふさ》みゆる白毛《しらが》かな　曽良

兼《かね》て耳《みみ》驚《おどろか》したる二堂開《かい》帳《ちやう》す。経《きやう》堂《だう》は三将の像をのこし、光《ひかり》堂《だう》は三代の棺《ひつぎ》を納《おさ》め、三尊《さんぞん》の佛《ほとけ》を安置《あんち》す。七宝《しつぽう》散《ちり》うせて、珠《たま》の扉《とびら》風にやぶれ、金《こかね》の柱霜《さう》雪《せつ》に朽《くち》て、既《すでに》頽廃《たいはい》空虚《くうきよ》の叢《くさむら》と成《なる》べきを、四面《しめん》新《あらた》に囲《かこみ》て、甍《いらか》を覆《おほひ》て風雨《ふうう》を凌《しのぎ》、暫時《しばらく》千歳《せんざい》の記念《かたみ》とはなれり。

五月雨《さみだれ》の降《ふり》のこしてや光堂

解釈

十二日、平泉（岩手県西磐井郡平泉町）に行こうと出発した。「栗原《くりはら》のあねはの松の人ならば都のつとにいざといはましを」と伊勢物語に詠まれた歌枕の地「姉歯《あねは》の松」（宮城県栗原市）や、「陸奥《みちのく》の緒絶《おだえ》の橋や是《これ》ならむ踏《ふ》みみ踏まずみ心惑はす」と後拾遺和歌集で詠まれた、迷い多き恋心の歌枕の地「緒絶えの橋」（宮城県古川市）などがあると伝え聞いて、人も滅多に通らない猟師や柴刈りの人のみが行き来するような山道を、どこがどこともわからずに行くうちに、とうとう道を踏み間違えて、思いもかけず予定外の石巻（宮城県石巻市）という港に出てしまった。昔、大伴家持《おおとものやかもち》が「すめろぎの御代《みよ》栄えむと東《あずま》なる陸奥山《みちのくやま》に金花《くがねはな》咲く」（『万葉集』）と詠んで、聖武天皇に歌を献進したという、その黄金の産出地金華山《きんかざん》を海上に見渡し、湾内には数百という廻船《かいせん》が停泊し、大いに繁昌している様子だ。人家も所狭しと軒を争ってぎっしりと建ち並び、その家々から炊事の煙が見渡す限り続いて立ち登っている。思いもかけず賑やかな所に来てしまったものだと思って、今宵の宿を借りようとしたけれど、いっこうに貸してくれない。やっとのことで貧しい小家に一夜をあかし、夜が明けるとまた知らない道を迷いながら歩き続けた。

あれが、「みちのくの袖の渡りの涙川《なみだがわ》心のうちに流れてぞすむ　相模《さがみ》」（『新後拾遺和歌集』）と詠まれた歌枕「袖の渡り」（石巻市北上町）という北上川の渡し、あちらが「みちのくのをぶちの駒も野飼ふには荒れこそまされなつくものかな」（『後撰和歌集』）と歌われた「尾駮《おぶち》の牧《まき》」（石巻市湊）という石巻東部の馬を放牧する丘陵、あの萱原《かやはら》が、「みちのくのまのゝ萱原遠ければ俤にしてみゆといふものを　笠郎女《かさのいらつめ》」（『新千載和歌集』）とある「真野の萱原」（石巻市真野）なのだと、遠目に歌枕の名所を見やりながら、遥かに続く北上川の長い堤を歩きつづける。目的地平泉は遠い。心細い思いを誘うような長細い沼沿いの道を通って、登米《とよま》（宮城県登米郡登米町）という所で一宿して、翌日平泉に着いた。松島から平泉まで二十何里ほどであろうか。今思えば、行きつ戻りつ、迷う恋心の歌枕の地で、私も道を踏み迷い、心細い思いをしたのであった。

陸奥の覇者《はしゃ》、藤原氏清衡《きよひら》・基衡《もとひら》・秀衡《ひでひら》の三代の栄耀栄華《えようえいが》も、あの中国の故事にある、立身出世で得た栄華も、気が付けば、宿の食事を待つ間の一睡の夢であったという話に似て、ひと眠りの夢のようなもので、今は廃墟となり果てていた。平泉館《ひらいずみかん》の南大門《なんだいもん》の跡だけが一里ほど手前に残っており、当時の城の壮大さを物語っている。秀衡の館跡《やかたあと》は田野になってしまい、富士山を真似て築き、その山頂に黄金の鶏を埋めて平泉の守護としたという金鶏山《きんけいざん》のみが、昔の形を残している。まずは、あの源義経《みなもとのよしつね》の館があったという高館に登ってみと、北上川が眼下に流れている。この川は南部地方（今の盛岡市）から流れてくる大河である。歌枕の衣川は、秀衡の三男和泉三郎忠衡《いずみさぶろうただひら》の居城であった和泉が城《いずみじょう》のまわりを流れて、この高館の下で北上川に流れこんでいる。秀衡の二男泰衡《やすひら》らの旧跡は、衣が関という旧関の向こう側にあって、南部地方への出入り口を抑《おさ》えて、蝦夷《えぞ》の侵入を防いでいるように見える。それにしても、藤原一族の旧跡と義経の居館の跡を目の当たりにしていると、義経の最後と、劣勢の義経を助けてこの地に散った忠衡のことが偲ばれる。弁慶《べんけい》や兼房《かねふさ》など、選りすぐりの忠義な家臣と、この高館にたてこもって、華々しく戦って散っていった義経と、その家臣たち。その数々の功名も、思えば一時の夢と消え去り、今は、その戦場の跡に、生命力あふれる夏草が生い茂っているばかりである。「国は破れても、山河だけは昔に変わらず、城は荒廃しても、春になった今、草木は当時も今も変わらず青々としている。」と詠んだ中国の詩人杜甫《とほ》の詩を口ずさみ、まさにその通りだと心を痛め、旅笠を敷いて腰をおろし、いつまでも懐旧の涙にくれていたのである。

夏草や兵どもが夢の跡

今、高館に登ってみれば、このあたりは、ただ夏草が生い茂っているばかりである。ここは昔、義経と忠義な勇士たちが、功名を夢みてはかなく散った戦場の跡である。人間の営みのはかなさにたいし、大自然は毎年変わらず悠久の営みを繰り返している。生命力にあふれ毎年生え変わる夏草を見るにつけ、義経らの営みは一瞬の夢であったと思える。しかし今、私の心の中には、五百年の時を経ても、懐旧の涙と感動がある。悠久の営みを持つ大自然と、人の世のはかない営み、その相互の兼ね合いが、この世界なのだろう。

卯の花に兼房みゆる白毛かな　曽良

このあたりには、今の季節、真っ白な卯の花が咲いている。この白い花を見ていると、高館で義経夫婦の最後を見届け、白髪を振り乱して戦火に飛び入り、戦い倒れた老勇士兼房の姿が偲ばれることだ。

曽良

かねてから話に聞いただけでも、そのすばらしさに驚いていた中尊寺の経堂と光堂が公開されていた。経堂には清衡・基衡・秀衡の藤原三代の将軍の像があり、光堂には三代の棺《ひつぎ》を納め、彌陀《みだ》・観音《かんのん》・勢至《せいし》の三尊の像が安置されている。長い歳月の間この光堂が放置されていたなら、美しい七宝は散り失せ、珠玉の扉は風に破れ、黄金の柱は霜や雪のため朽ちて、何もかも崩れ落ちて、むなしい草むらとなったであろうが、今、この金堂は、人の力によって四方《しほう》を新しく囲み、屋根に瓦を葺いて鞘堂《さやどう》を作って風雨を凌いでいる。このはかない現世において、暫くの間ではあるが、千年の昔をしのぶ記念として、昔のままの姿を今に伝えているのである。

五月雨の降のこしてや光堂

しとしとと降る五月雨。この長雨で多くのものが朽ち果てているが、さすがに光堂だけには降らなかったのであろうか。この堂は昔のままに光り輝き、荘厳で美しい。この平泉の地で実際に見た藤原一族の栄華の跡も、義経らの功名の跡も、時の流れのなかで草むらと化していた。これがこの世の有り様としみじみ思うのだが、束の間ではあるが、人間の英知は人の世の歴史を今に伝えようとしている。これが時の流れの中の人と自然の関わりというものなのだ。

一三　尿前《しとまえ》の関《せき》・尾花沢《おばねざわ》

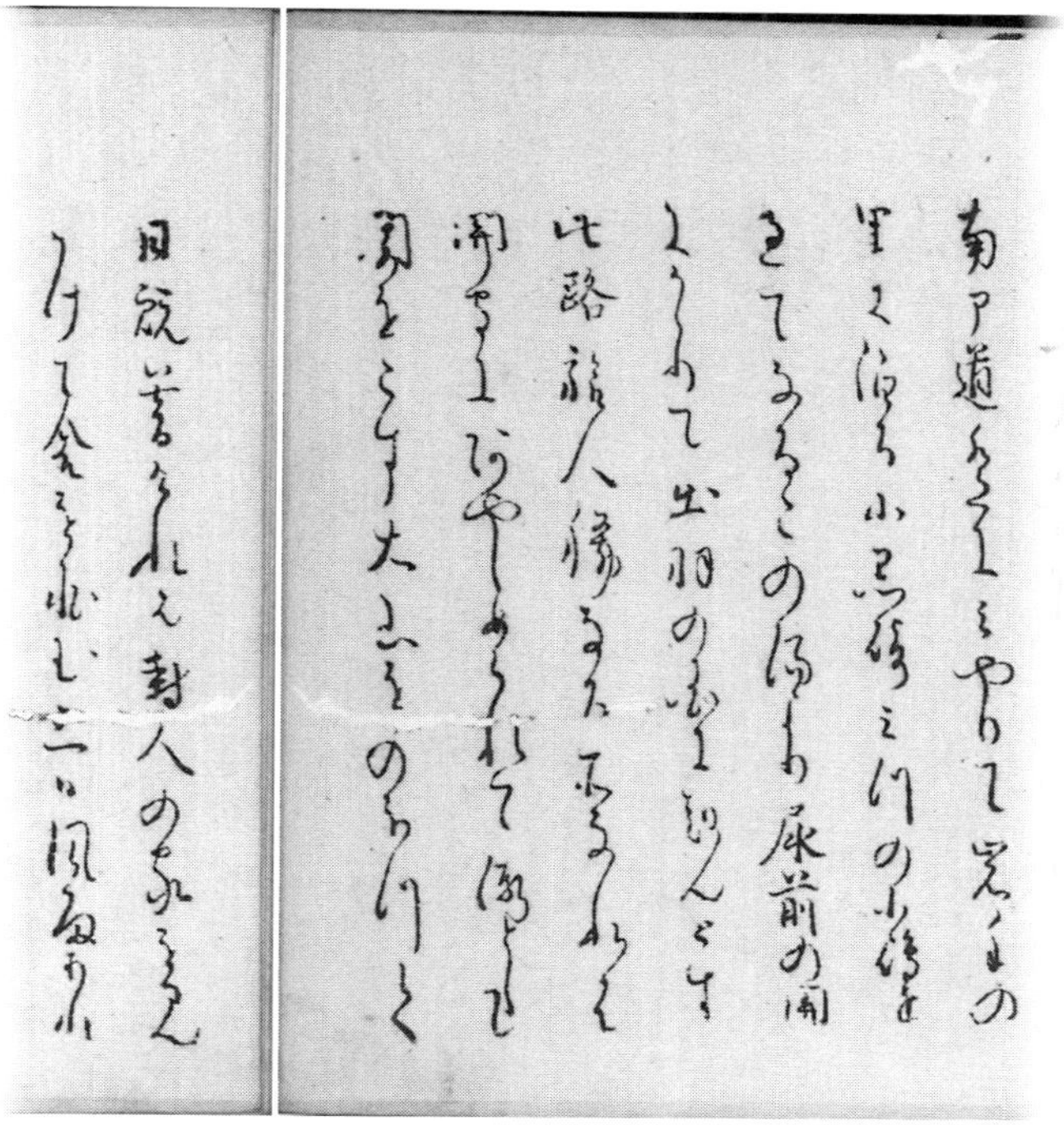

南部《なんぶ》道遥《みちはるか》にみやりて、岩手《いはで》の里《さと》に泊《とま》る。小黒崎《をぐろさき》・みづの小嶋《こじま》を過《すぎ》て、なるごの湯より尿前《しとまへ》の関《せき》にかゝりて、出羽《では》の国に越《こえ》んとす。此路《このみち》、旅人《たびびと》稀《まれ》なる所なれば、関守《せきもり》にあやしめられて、漸《やうやう》として関をこす。大山《たいざん》をのぼつて

日既《すでに》暮《くれ》ければ、封人《ほうじん》の家を見かけて舎《やどり》を求む。三日風雨《ふうう》あれ

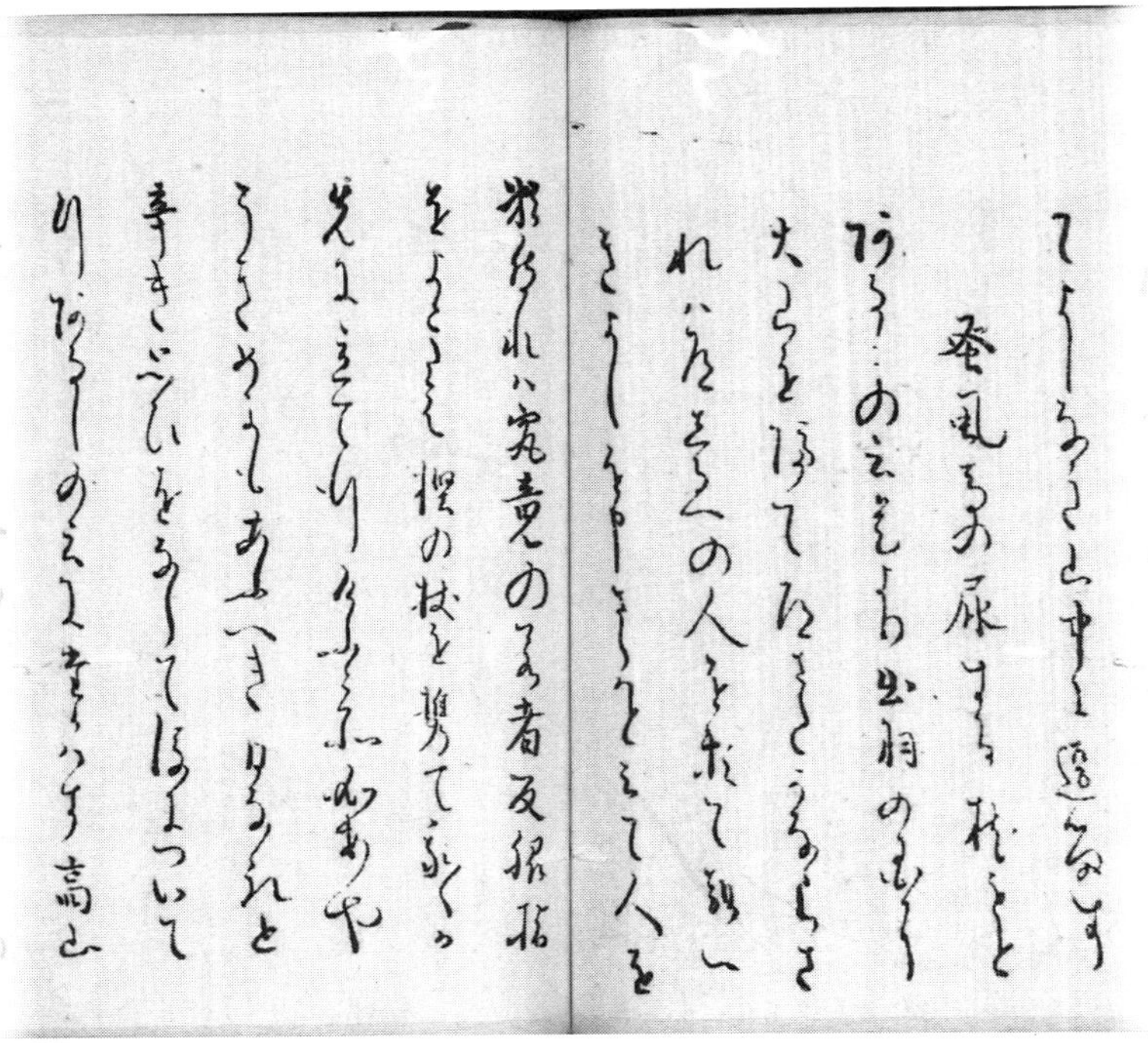

て、よしなき山中《さんちゅう》に逗留《とうりう》す。

蚤虱馬《のみしらみうま》の尿《しと》する枕《まくら》もと

あるじの云《いはく》、是《これ》より出羽の国に大山《おほやま》を隔《へだて》て道さだかならざれば、道しるべの人を頼《たのみ》て越《こゆ》べきよしを申《まうす》。「さらば」と云《いひ》て人を頼《たのみ》侍れば、究竟《くつきやう》の若者、反脇指《そりわきざし》をよこたえ、樫《かし》の杖《つゑ》を携《たづさへ》て、我《われ》〱が先に立《たち》て行《ゆく》。けふこそ必《かならず》あやうきめにもあふべき日なれと、辛《から》き思ひをなして後《あと》について行《ゆく》。あるじの云《いふ》にたがはず、高山《かうざん》

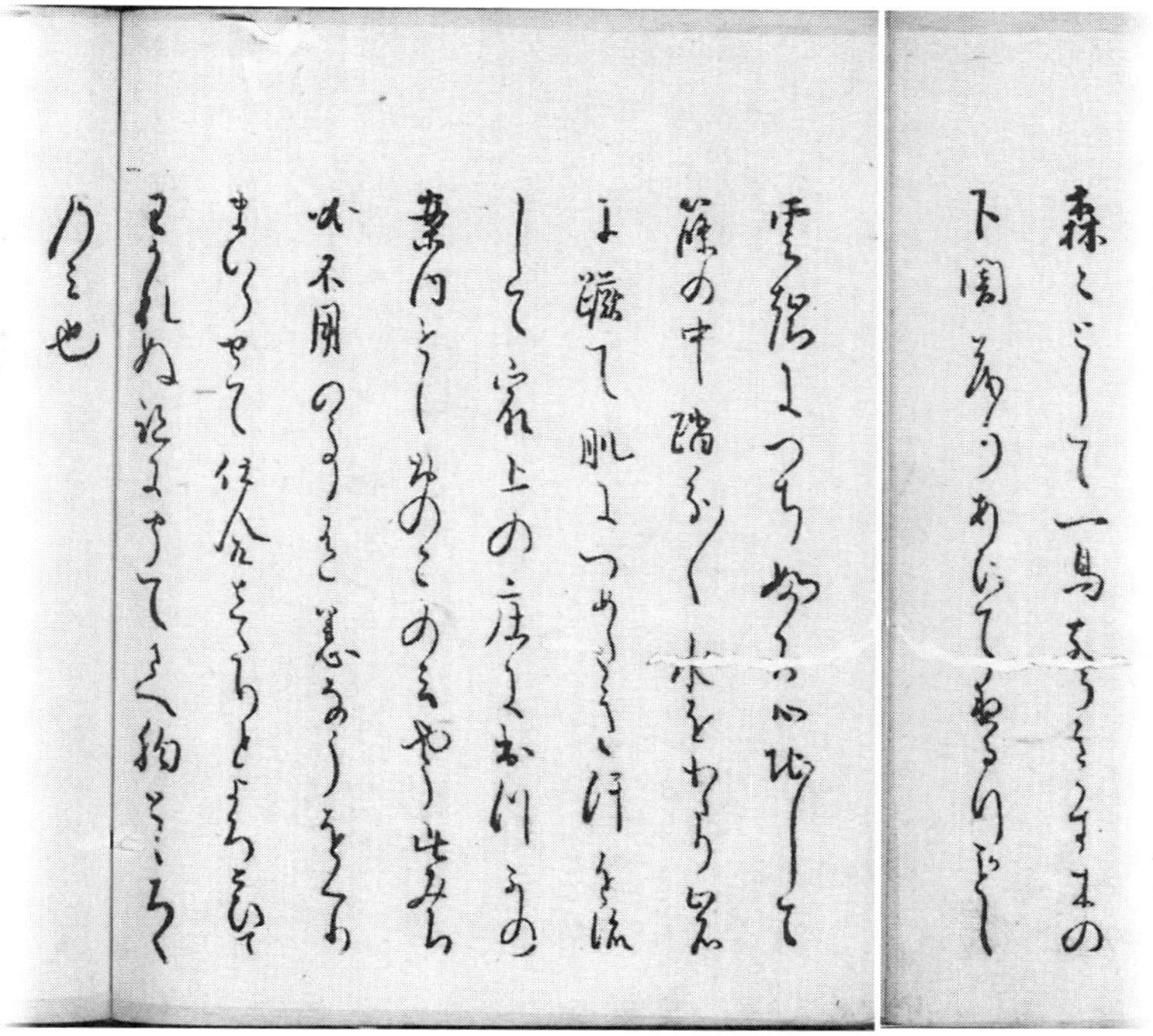

森《しん》々として一鳥声《いってう》きかず。木《こ》の下闇《したやみ》茂りあひて、夜《よ》る行《ゆく》がごとし。

雲端《うんたん》につちふる心地《ここち》して、篠《しの》の中踏分《ふみわけ》く、水をわたり岩に蹟《つまづい》て、肌《はだへ》につめたき汗を流して、最上《もがみ》の庄《しやう》に出《い》づ。かの案内《あない》せしおのこの云《いふ》やう、「此《この》みち必《かならず》不用《ふよう》の事有《ことあり》。恙《つつが》なうをくりまいらせて仕合《しあはせ》したり」と、よろこびてわかれぬ。跡《あと》に聞《きき》てさへ胸とゞろくのみ也《なり》。

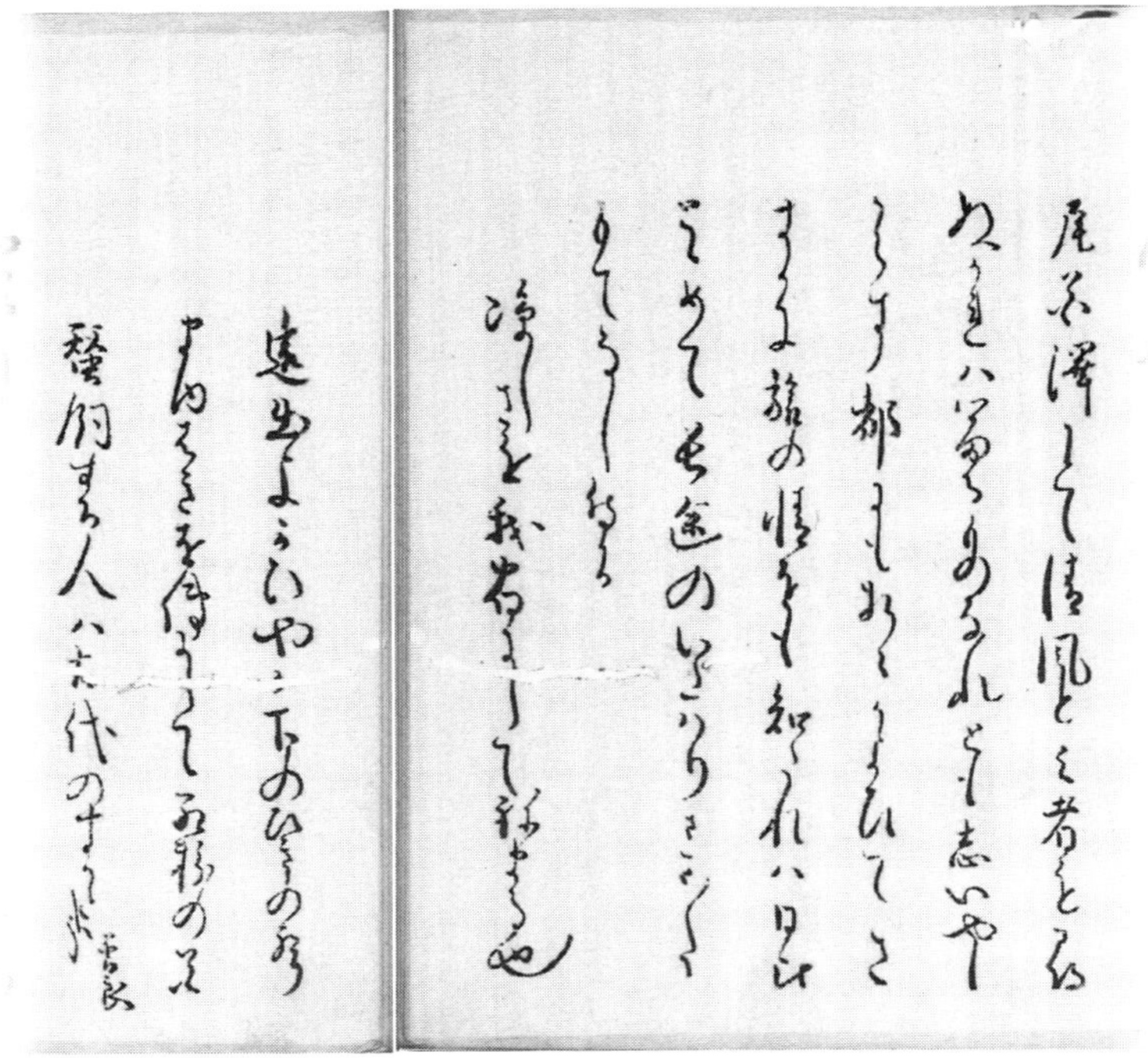

尾《を》花《ばね》澤《ざは》にて清風《せいふう》と云《いふ》者を尋ぬ。かれは富《とめ》るものなれども、志《こころざし》いやしからず。都にも折《をり》々かよひて、さすがに旅の情《なさけ》をも知《しり》たれば、日比《ひごろ》とゞめて、長途《ちやうど》のいたはり、さま〴〵にもてなし侍る。

涼しさを我宿《わがやど》にしてねまる也《なり》

這出《はひいで》よかひやが下《した》のひきの声

まゆはきを俤《おもかげ》にして紅粉《べに》の花

蚕飼《こがひ》する人は古代《こだい》のすがた哉《かな》　曽良

解釈

中尊寺を拝観したあと、南部道（盛岡に通じる街道）が遥か北方に続いているのを眺めながら、北へ向かうのもこれまでかと心惹《ひ》かれながらも、方向を変えて南西の道を下って、岩手の里（宮城県大崎市岩出山町）に宿をとった。そこから、「小黒崎みづの小島の人ならば都のつとにいざと言はましを」（『古今和歌集』）と詠まれた歌枕の地、小黒崎《おぐろざき》とみづの小島を通り過ぎ、鳴子《なるご》温泉に出た。そこより尿前《しとまえ》の関を通りぬけて、出羽《でわ》の国に山越えをして入ろうとした。ところが、この道は滅多《めった》に旅人が通らない所なので、出手形《でてがた》の用意もしてあり、ぬかりは無いはずなのに、関所の番人にあやしまれて尋問を受け、やっとのことで関所を通過することができた。歌枕の地を尋ねて、古人の詩情を実感したいという旅の目的のために、こんな辺鄙で険しい山越えにいどむなどということは、理解しがたいことであろう。出羽街道の大きな山を登っていくと、日が既に暮れてしまったので、国境を守る番人の家を目当てにして、そこで宿泊を頼んだ。ところが、天候が悪く激しい風雨が続き、出発が出来ずに、三日間もつまらないこの山中に留まってしまった。

蚤虱馬の尿する枕元

山中の番人の家で、一晩中蚤や虱に悩まされ、その上、この地方では、馬も家の土間続きの所で飼っているので、枕元で馬が放尿する音が聞こえて、眠れずに夜を過ごした。しかし、ここは尿前《しとまえ》というではないか。尿前で尿の音に悩ましい思いをした。これも旅の一興である。

宿の主人が言うには「ここから出羽の国に入るには、大きな山があり、山道がはっきりしないので、道案内の人を頼んで山越えをしたほうがよい」と忠告をするので、「それでは、宜しく頼みます」ということで、案内人を頼んだところ、いかにも頼りがいのある強そうな若者が、反りのある脇差しの刀を腰に差し、樫の杖を携えて、我々の先に立って案内をして行く。「今まで無事にやってきたが、今日こそは、きっと危ない目にあう日にちがいない」と、不安で苦しい思いをしながら若者の後についていく。宿の主人の言ったとおり、山刀伐峠《なたぎりとうげ》というこの高い山は森々《しんしん》として静まり返っており、鳥の声一つ聞こえない。木立の下は鬱蒼《うっそう》とし、まるで夜道を行くように薄暗い。杜甫《とほ》の詩に「雲端《うんたん》に土振《つちふ》る」とあるが、まさにその詩のように、雲の端から砂まじりの風が吹きおりてくるような気がするなかを、篠笹《しのささ》の中を踏み分け踏み分けて進み、流れの中を渡って足を濡らし、岩に躓《つまず》き、肌に冷汗を流して、ようやく最上の庄（山形県尾花沢市）にでた。あの案内の男は「この道は必ず不都合なことが起こるのですが、今日は恙なくお送りすることが出来て幸いでした」と語って、喜んで別れていった。無事に山越えをした今でさえ、案内人の言葉に、恐ろしさを思い返し、不都合なことに合わなかった稀なる幸運に、胸がどきどきとするばかりである。

尾花沢《おばなざわ》（山形県尾花沢市）に着いて、清風《せいふう》という者を訪ねた。彼はこの地方の特産品で紅の原料となる最上紅花《もがみべにはな》を扱い、また金貸し業も兼ねており、大層な豪商ではあるけれども、金持ちにありがちな卑しさがない。徒然草《つれづれぐさ》にも「昔より賢《かしこ》き人の富めるはまれなり」というけれども。また、彼は京都にも折々往来しており、それだけに旅の辛さなども実感しているので、我々を何日も引き留めて、長旅の労をねぎらい、あれこれと心を砕いてもてなしてくれた。

涼しさを我宿にしてねまる也

涼しい風が疲れた体を癒《いや》してくれる。この涼しさの中で、我が家にいるような気楽さでくつろいでいますよ。この地方では、くつろぐことを「ねまる」と言うのですね。あなたの心使いが有難いです。

這出よかひやが下のひきの声

蟇蛙《ひきがえる》の押し殺したような鳴き声が聞こえてくる。這い出ておいでよ。そんな暗い養蚕部屋の床下で鳴いていないで。遠慮がちなこの地方の人々のようだね。

まゆはきを俤にして紅粉の花

この地方は紅花が一面に咲いている。その紅黄色の花の花冠から紅を製するが、この花は白粉をはたいたあとに眉を払う刷毛《はけ》を思わせるような形をしている。美しい女性の様が連想され、まことに艶っぽい花だ。

蚕飼する人は古代のすがた哉　曽良

この土地の蚕の世話をしている人たちは、簡素で古代の服装を偲ばせるような独特のモンペ姿をしているが、古代からの風習がまだ残っているのだろう。古《いにしえ》を偲ばせるゆかしい姿である。

曽良

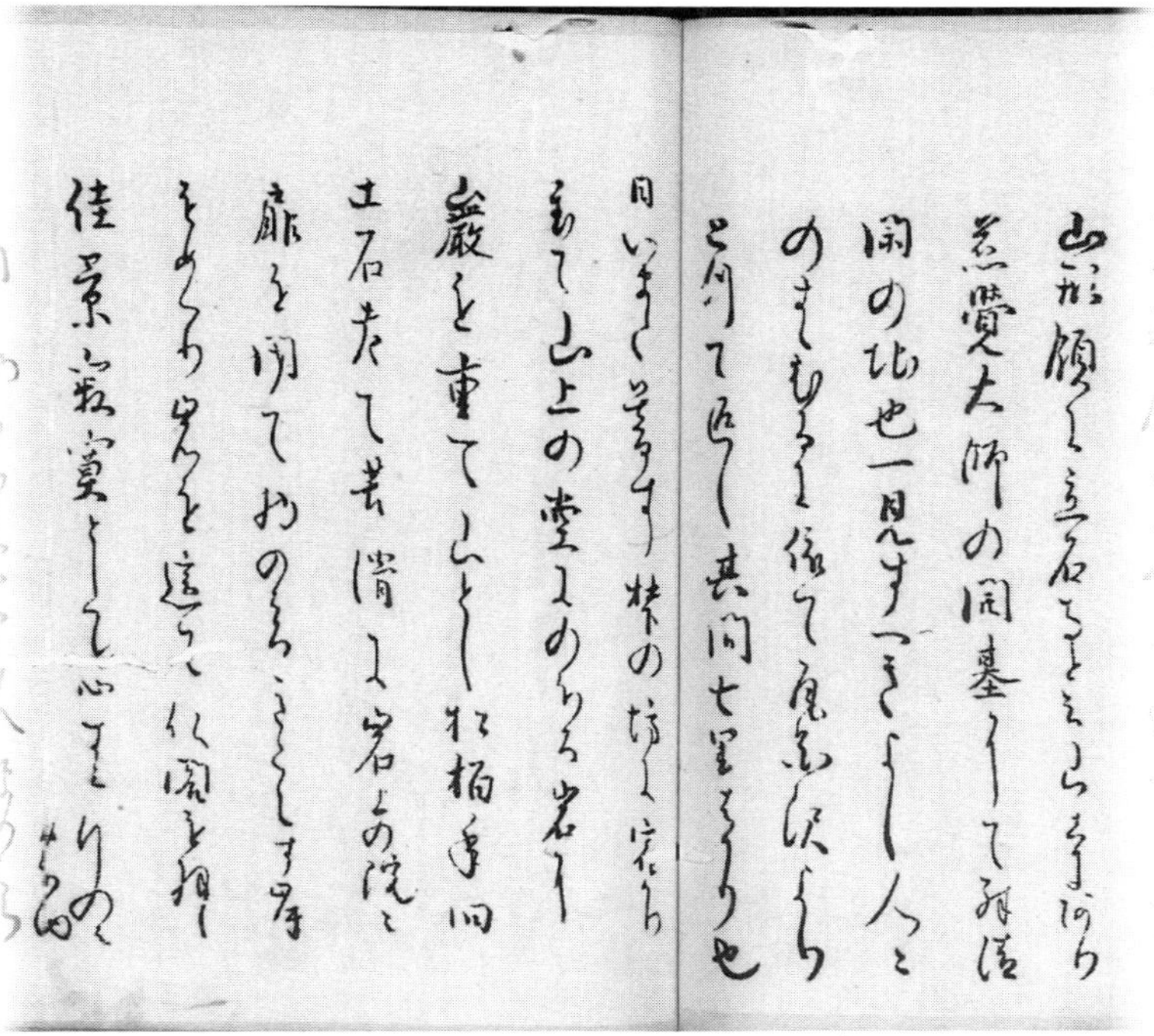

一四　立石寺《りゅうしゃくじ》・最上川《もがみがわ》

山形領《やまがたりやう》に立石寺《りふしやくじ》と云《いふ》山寺《やまでら》あり。慈覚大師《じかくだいし》の開基《かいき》にして、殊《ことに》清《せい》閑《かん》の地也《ちなり》。一見《いつけん》すべきよし、人《ひと》々のすゝむるに依《より》て、尾花沢よりとつて返し、其間《そのかん》七里ばかり也《なり》。日いまだ暮《くれ》ず。梺《ふもと》の坊《ばう》に宿かり置《おき》て、山上《さんじやう》の堂《だう》にのぼる。岩に巌《いはほ》を重《かさね》て山とし、松栢《しようはく》年《とし》旧《ふり》土石《どせき》老《おい》て苔滑《こけなめらか》に、岩上《がんしやう》の院《ゐん》々扉《とびら》を閉《とぢ》て物の音きこえず。岸をめぐり岩を這《はひ》て仏閣《ぶつかく》を拝《はい》し、佳景《かけい》寂寞《じやくまく》として心すみ行《ゆく》のみおぼゆ。

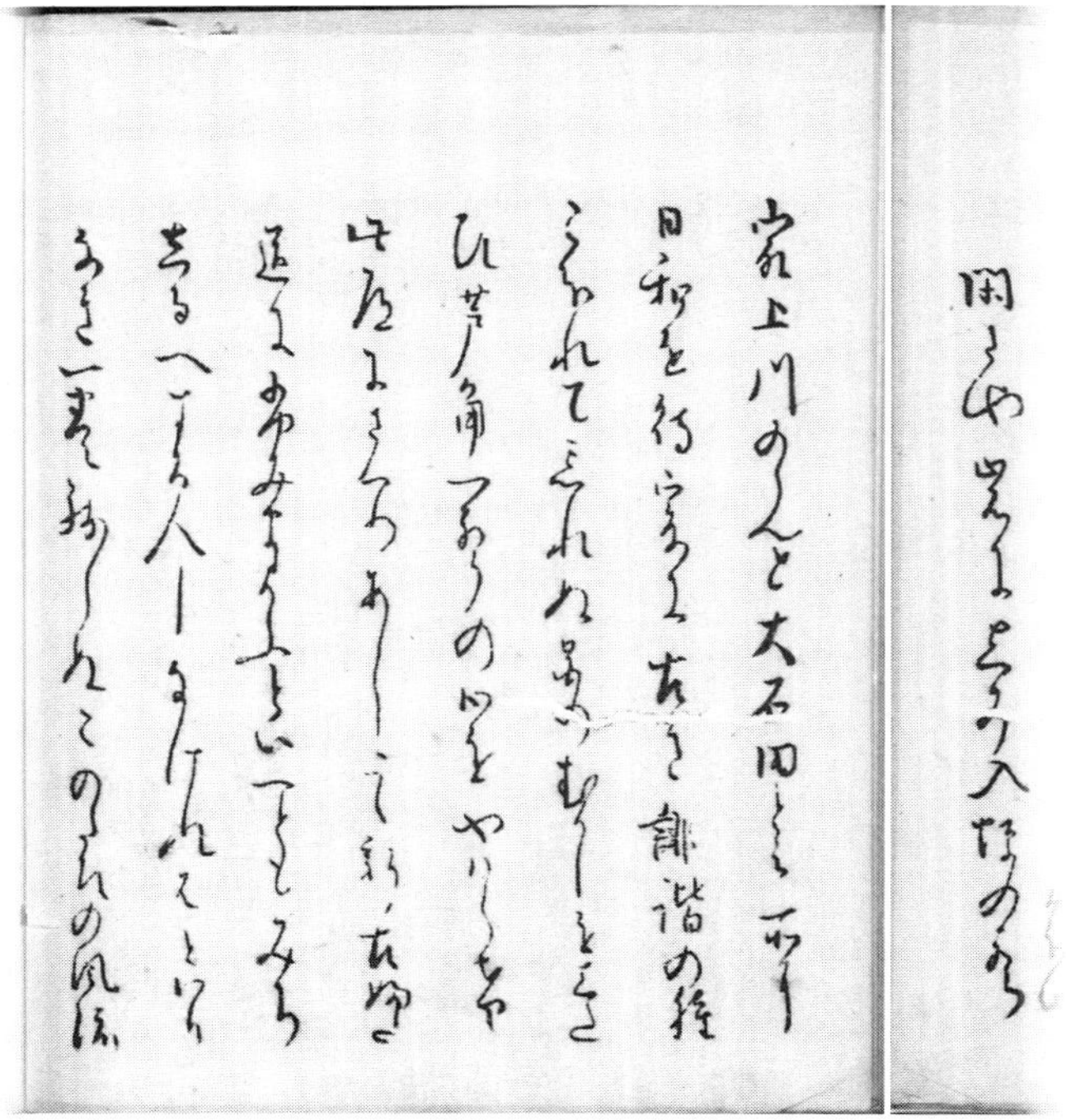

閑《すづか》さや岩にしみ入蝉《いるせみ》の聲《こえ》

最上川のらんと、大石田《おほいしだ》と云《いふ》所に日和《ひより》を待《まつ》。爰《ここ》に古き誹諧《はいかい》の種《たね》こぼれて、忘れぬ花のむかしをしたひ、芦《ろ》角一聲《かくいっせい》の心をやはらげ、此《この》道にさぐりあしゝて、新古《しんこ》ふた道にふみまよふといへども、みちしるべする人しなければと、わりなき一巻《ひとまき》残しぬ。このたびの風流《ふうりう》

「新古ふた道にふみまよふ」　この比の俳諧は、貞門派や談林派と呼ばれる従来の俳諧の風に加えて、漢詩文調俳諧の流行や、さらに元禄期には、芭蕉らの活躍によって新しい俳風も起こり、移り変わりの激しい俳諧の世界であった。

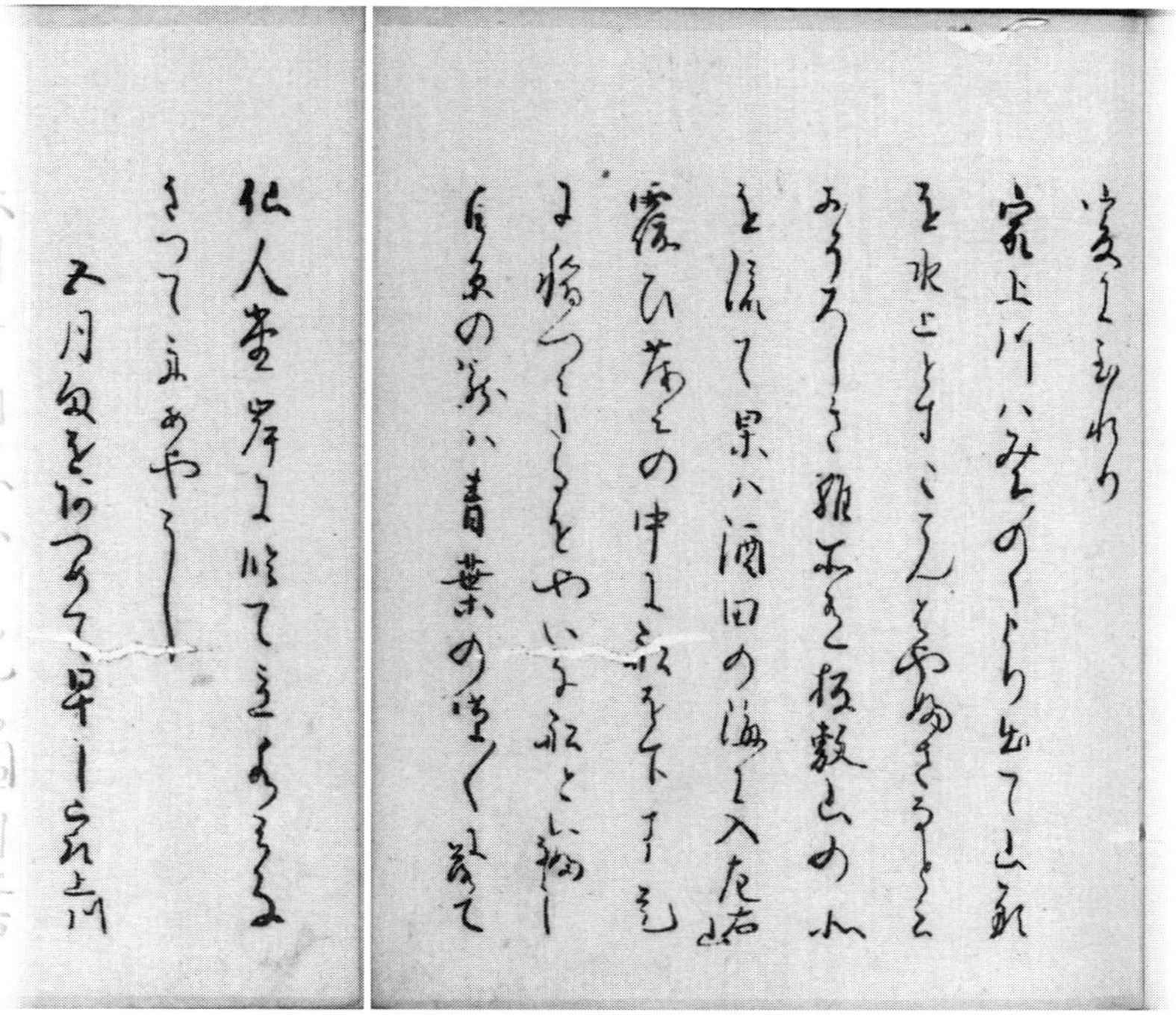

爰《ここ》に至《いた》れり。
最上川はみちのくより出《いで》て、山形《やまがた》を水上《みなかみ》とす。ごてん・はやぶさなど云《いふ》おそろしき難所有《なんじょあり》。板敷山《いたじきやま》の北を流《ながれ》て、果《はて》は酒田《さかた》の海に入《いる》。左右《さいう》山覆《おほ》ひ、茂みの中に船を下《くだ》す。是《これ》に稲《いね》つみたるをや、いな船《ぶね》といふならし。白糸《しらいと》の瀧《たき》は青葉の隙《ひま》〳〵に落《おち》て、仙人堂《せんにんだう》岸《きし》に臨《のぞみ》て立《たつ》。水みなぎつて舟あやうし。

五月雨《さみだれ》をあつめて早し最上川

解　釈

「この山形領に立石寺という山寺がある。天台宗の高僧慈覚大師がお開きになった寺で、とりわけ清らかな静かな所なので、一度尋ねてみる値打のある寺である」と、人々が勧めるので、予定外の所であったが、尾花沢から引き返して立石寺へ行った。その間七里ばかりであった。着いた時には、まだ日は暮れていなかったので、梺の宿坊に宿を借りておいて、山上の堂に登る。岩の上にさらに岩を重ねて山となった険しい岩山で、生い茂る松や桧は年を経た老木で、土や石も古びて苔が滑らかに覆《おお》っている。岩の上に建てられた多くの支院は、どこも扉を閉じ、物音一つ聞こえない。崖淵《がけふち》をめぐり、岩を這うようにして、やっとの思いで仏殿に参拝した。まわりを眺めると、素晴らしい風景はひっそりと静まり返っており、ただ自分の心も、この風景に溶け込んで、静かに澄み切っていくのが感じられるばかりである。

閑さや岩にしみ入蟬の聲

夕暮れの立石寺は、全山ひっそりと静まり返っている。ひとすじの蟬の鳴き声がこの深い岩山に、まるで吸い取られるようにしみ入っていく。

鳴き止むと全山は、また深い静寂に包まれる。この壮大な宇宙の静けさ。そそり立つ岩山に、蟬の声がしみ入るように、私の心も体もこの清らかな閑かさの中で、岩山の岩の中に吸い込まれていくようだ。

最上川を舟に乗って下ろうと、大石田（山形県北村山郡大石田町）という所で、晴天の日を待つ。この土地には古くから俳諧がおこなわれており、今でも盛んであった昔を慕い、片田舎のことなので、芦笛の音色に風流をみつけるようにして、心を和ませて俳諧をしているものの、その俳諧の道も、たどたどしく夜道を探り足で進むような状態で、古風か新風かどの道に進むべきか迷っている。しかし、道しるべとなる指導者もいないと、しきりに教えを乞うので、誠意に打たれてやむを得ず大石田の人々と俳諧を巻き、この地に一巻を残した。初対面とはいえ、俳諧に熱意のあるこの地の人と、俳諧一巻を巻くに至ったことは、この度の奥州行脚の風流は、このことに極まったという思いがある。

最上川は、陸奥から流れ出て、山形辺りを上流としている。流れの中に、碁石を散らしたように岩が点在する碁点《ごてん》といわれる所や、水勢が激しく隼《はやぶさ》と呼ばれているような恐ろしい難所がある。それから歌枕である板敷山の北を流れて、果ては酒田（山形県酒田市）の海に流れ込んでいる。川の両岸は山が覆いかぶさるように迫っており、その茂みの中を舟は下っていく。この舟に稲を積んで輸送としたものを稲船と云うらしく、最上川独特の輸送方法で、古くから歌にも詠まれている。白糸の瀧が青葉の間に落ちて美しい。源《みなもとの》義経《よしつね》の重臣常陸坊海尊《ひたちぼうかいそん》を祀る仙人堂は河岸のそばに建っている。川は水がみなぎって勢いよく、舟も危ないほどである。

五月雨をあつめて早し最上川

折から、この地方の野山に降った五月雨を一所に集めて、大河最上川は水を漲らせ、すざましく流れが速い激流となっている。大自然の大いなる力だ。

一五　出羽三山《でわさんざん》

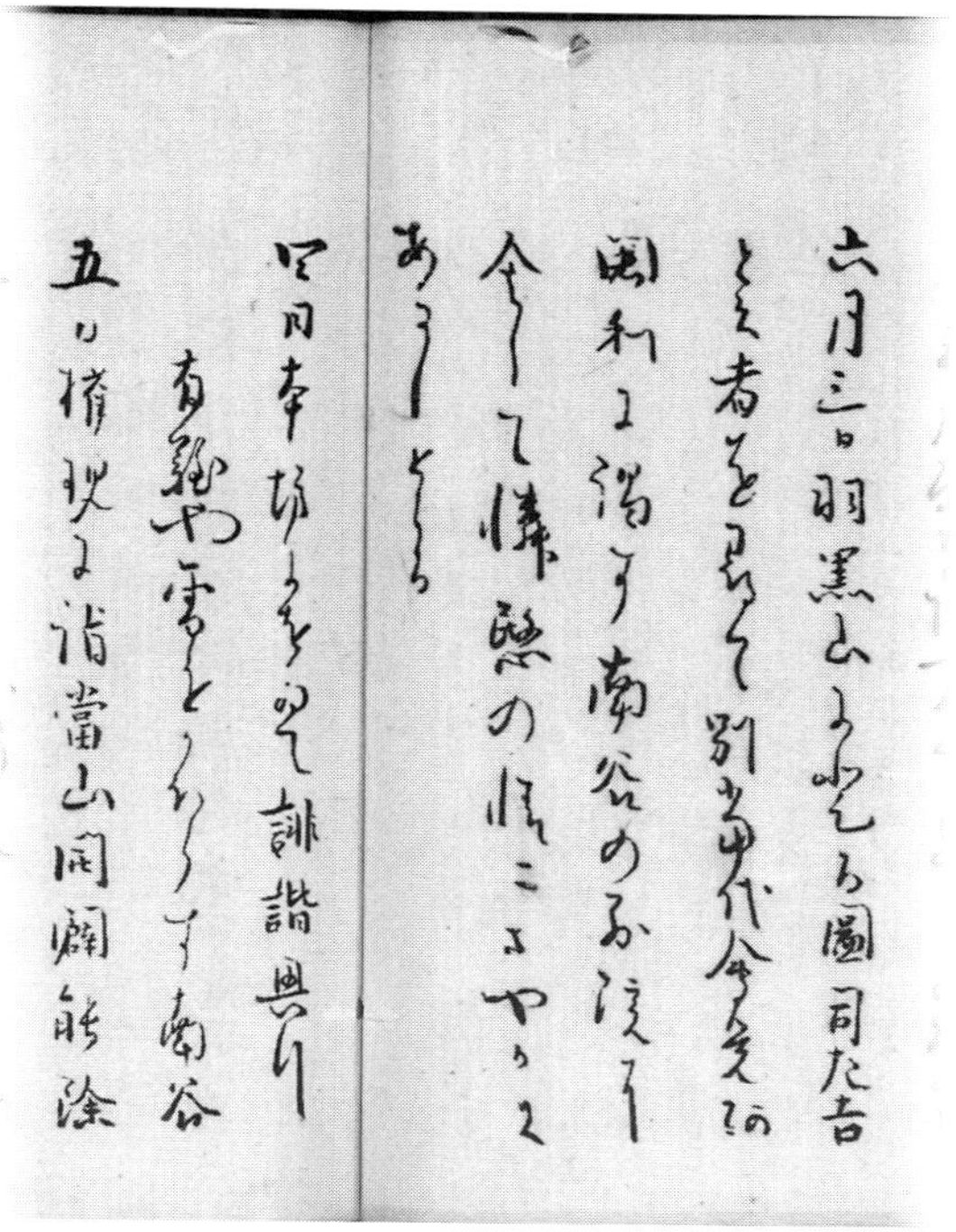
六月三日羽黒山に登る圖司左吉
と云者を尋て別当代会覚阿
闍利に謁す南谷の別院に
舎して憐愍の情こまやかに
あるじせらる
四日本坊にをゐて誹諧興行
有難や雪をかほらす南谷
五日権現に詣當山開闢能除

六月三日、羽黒山《はぐろさん》に登る。圖司左吉《づしさきち》と云《いふ》者を尋て、別当代会覚阿《べつたうだいえかくあ》闍利《じやり》に謁《えつ》す。南谷《みなみだに》の別院《べつゐん》に舎《やどり》して、憐愍《れんみん》の情《じやう》こまやかにあるじせらる。

四日、本坊《ほんばう》にをゐて誹諧興行《はいかいこうぎやう》。

有難《ありがた》や雪をかほらす南谷

五日、権現《ごんげん》に詣《まうづ》。當山開闢《たうざんかいびやく》能除《のうぢょ》

「会覚阿闍利」　東叡山勧学寮出身。羽黒山別当代を勤め、のち岐阜谷汲山に転住。阿闍梨という天台宗教授の職名をもつ高僧。芭蕉に依頼した出羽三山順礼の句が書かれた三枚の短冊は、今でも現存している。

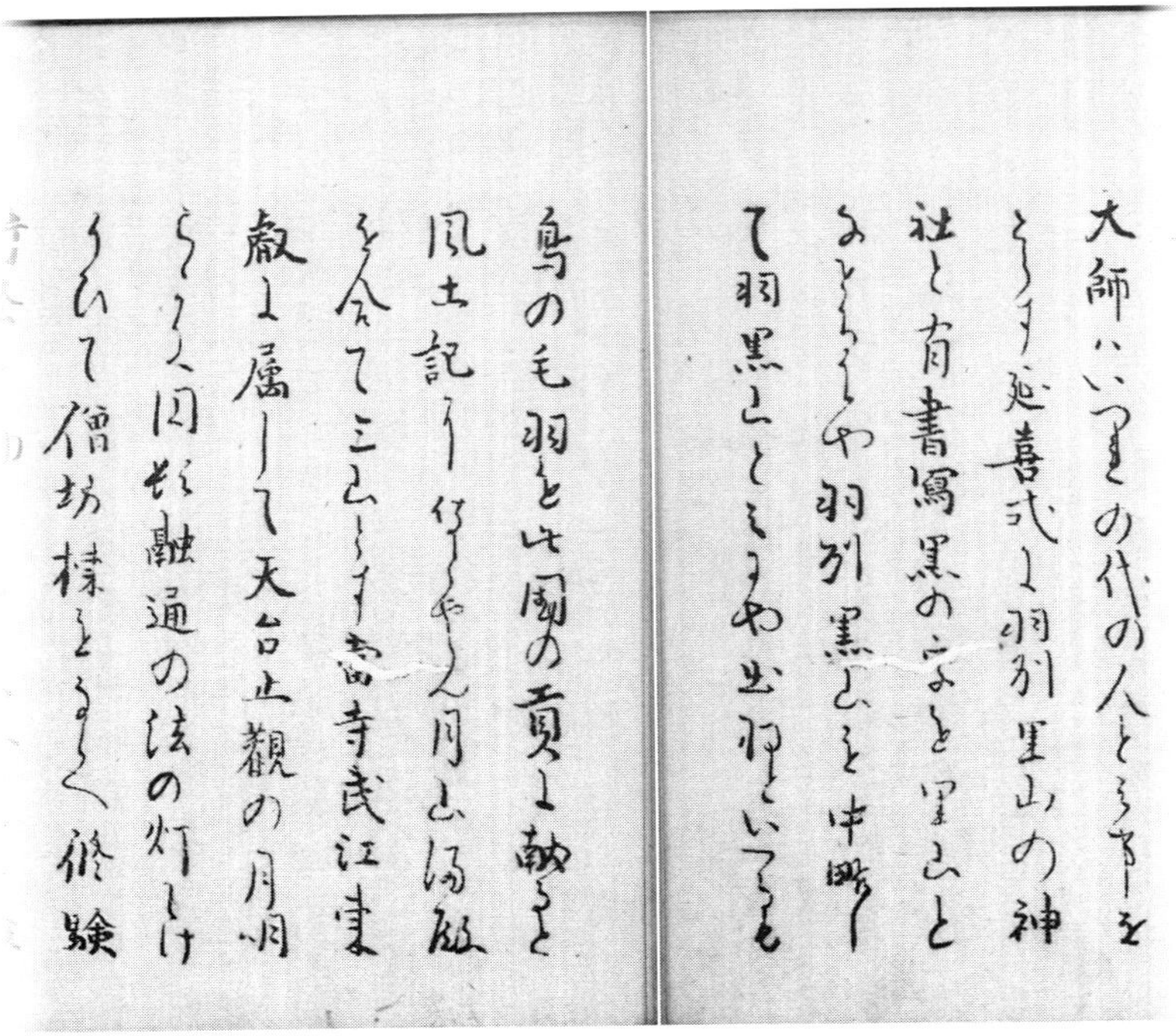

大師《だいし》は、いづれの代《よ》の人と云事《いふこと》をしらず。延喜式《えんぎしき》に「羽州里山《うしうさとやま》の神社」と有《あり》。書寫《しよしや》、黒の字を里山となせるにや。羽州黒山《くろやま》を中略《ちゆうりやく》して羽黒山《はぐろさん》と云《いふ》にや。出羽《では》といへるは、

「鳥の毛羽《まうう》を此《この》国の貢《みつぎもの》に献《たてまつ》る」と、風土記《ふどき》に侍《はべる》とやらん。月山《ぐわつさん》・湯殿《ゆどの》を合《あはせ》て三山《さんざん》とす。當寺《たうじ》、武江東《ぶかうとう》叡《えい》に属《しよく》して、天台止観《てんだいしくわん》の月明《あき》らかに、円頓融通《ゑんどんゆづう》の法《のり》の灯《ともしび》か、げそひて、僧坊棟《そうばうむね》をならべ、修験《しゆげん》

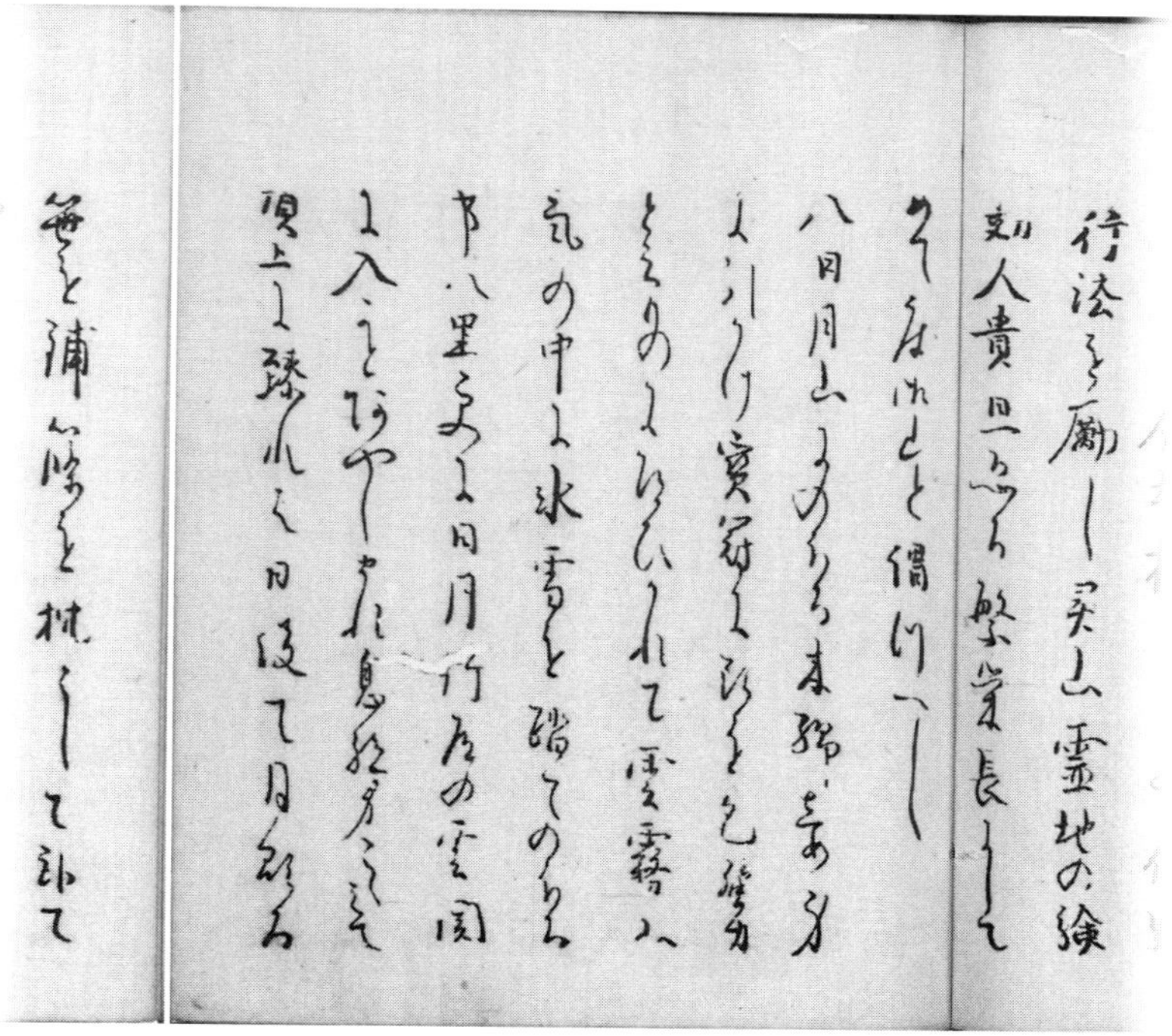

行《ぎやう》法《ほふ》を励《はげま》し、灵山霊地《れいざんれいち》の験《げん》効《かう》、人貴且《ひとたふとびかつ》恐る。繁栄長《はんえいとこしなへ》にして、めで度御山《たきおやま》と謂《いひ》つべし。

八日、月山にのぼる。木綿《ゆふ》しめ身に引《ひき》かけ、寳冠《ほうくわん》に頭《かしら》を包《つつみ》、強力《がうりき》と云《いふ》ものに道びかれて、雲霧山《うんむさん》気《き》の中に氷雪《ひようせつ》を踏《ふみ》てのぼる事《こと》八里、更《さら》に日月行道《にちぐわちぎやうだう》の雲関《うんくわん》に入《いる》かとあやしまれ、息絶《たえ》身こゞえて頂上《ちやうじやう》に臻《いた》れば、日没《ぼつし》て月顕《あらは》る。笹《ささ》を鋪《しき》、篠《しの》を枕として、臥《ふし》て

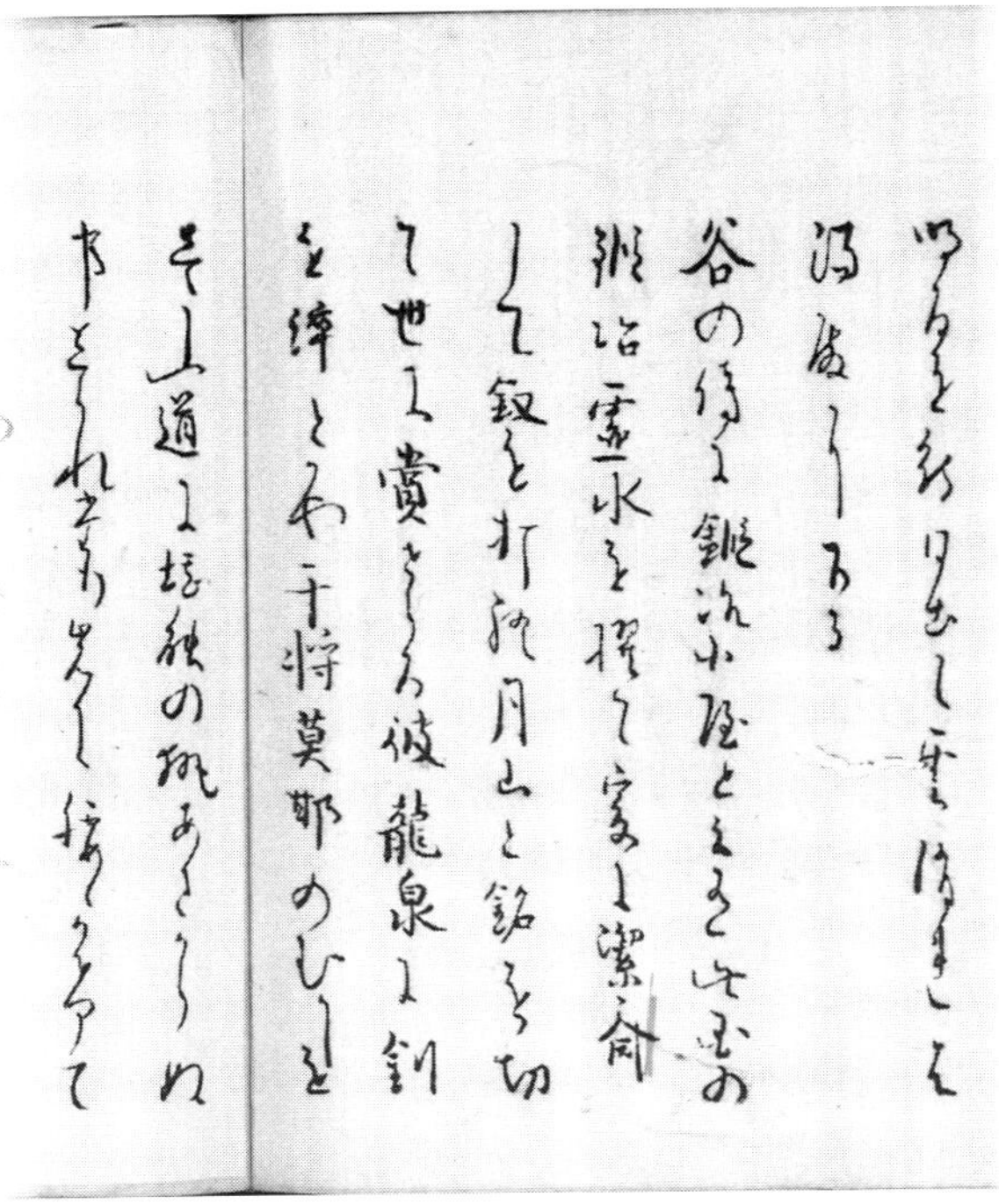

明《あく》るを待《まつ》。日出《いで》て雲消《きゆ》れば湯殿《ゆどの》に下《くだ》る。

谷の傍《かたはら》に鍛冶小屋《かぢごや》と云有《いふあり》。此《この》国の鍛冶《かぢ》、霊水《れいすゐ》を撰《えらび》て爰《ここ》に潔斎《けつさい》して劔《つるぎ》を打《うち》、終《つひに》月山と銘《めい》を切《きつ》て世に賞せらる。彼《かの》龍泉《りゆせん》に剣《つるぎ》を淬《にらぐ》とかや、干将《かんしやう》・莫耶《ばくや》のむかしをしたふ。道に堪能《かんのう》の執《しふ》あさからぬ事しられたり。岩に腰かけて

「干将・莫耶」　いにしえの中国の刀工。莫耶は干将の妻。宋の国の楚王が、精霊宿す鉄丸を、干将に託して刀を作らせた。そこで干将夫婦は、呉山の龍泉の霊水を選び、三年がかりで、名刀を打ち出したという苦労話。

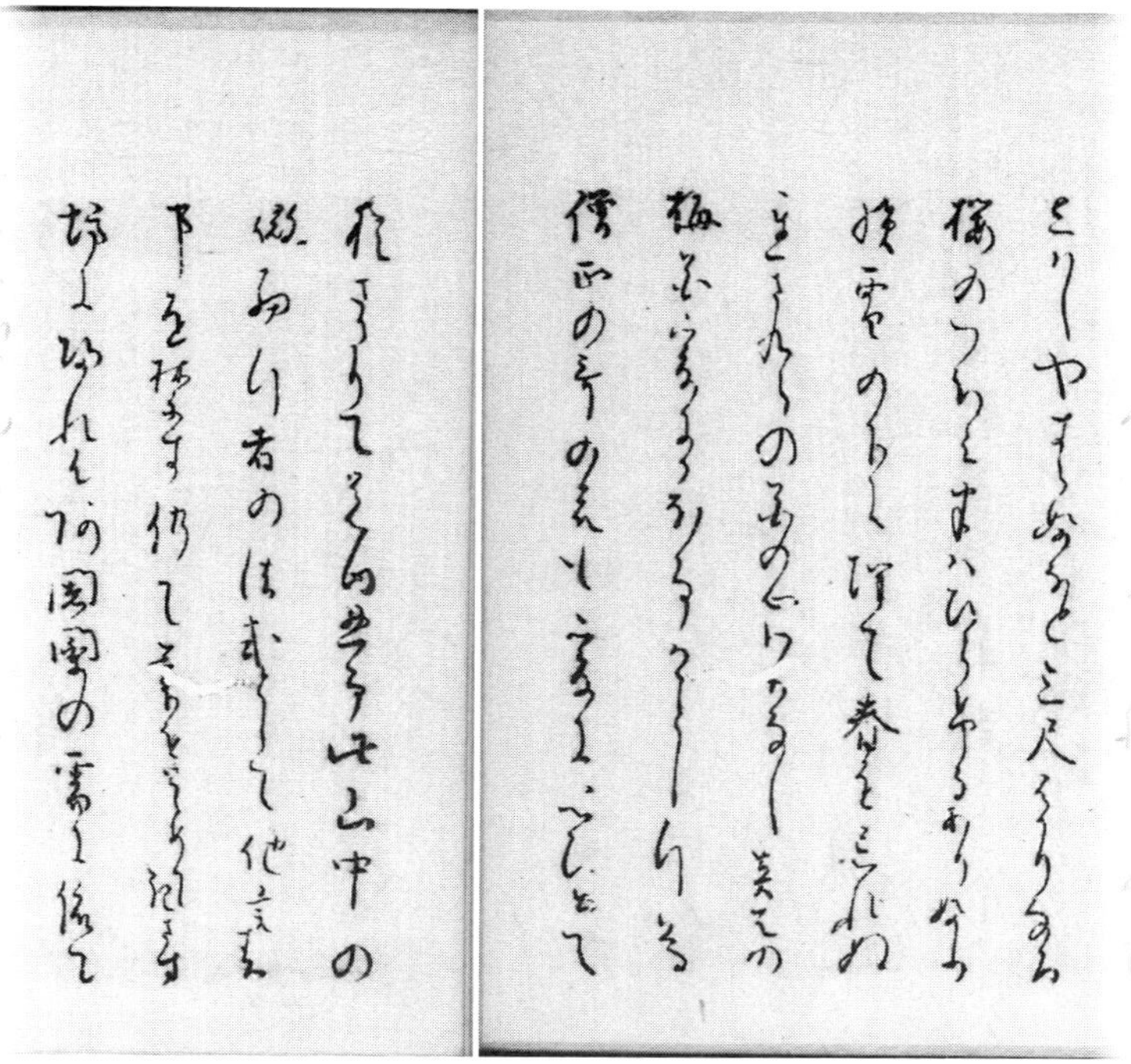

しばしやすらふほど、三尺ばかりなる桜のつぼみ半ばひらけるあり。ふり積《つむ》雪の下に埋《うづもれ》て、春を忘れぬ遅《おそ》ざくらの花の心わりなし。炎天《えんてん》の梅花《ばいくわ》爰《ここ》にかほるがごとし。行尊《ぎやうそん》僧正《そうじやう》の哥《うた》の哀《あはれ》も爰《ここ》に思ひ出《いで》て、猶《なほ》まさりて覚ゆ。惣而《そうじて》此《この》山中の微細《みさい》、行者《ぎやうじや》の法式《ほふしき》として他言《たごん》する事を禁ず。仍《より》て筆をとゞめて記《しる》さず。坊《ばう》に帰れば、阿闍梨《あじやり》の需《もとめ》に依《より》て、

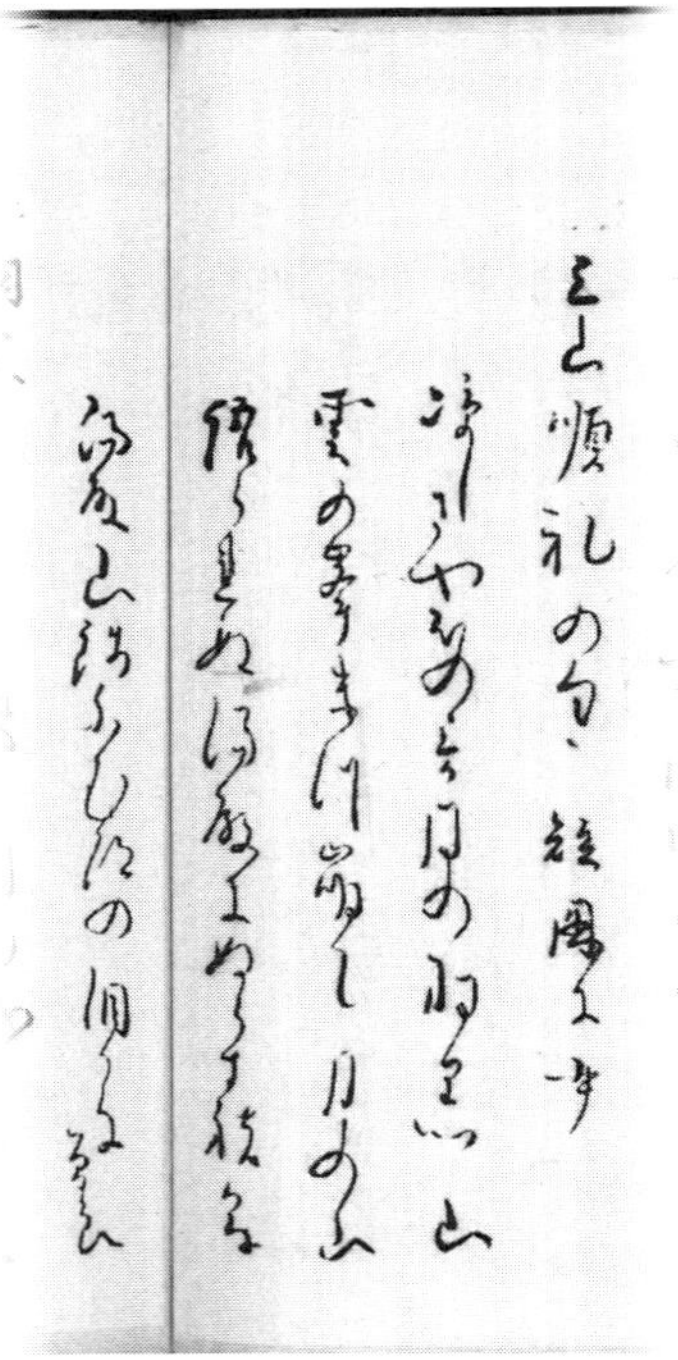

三山順礼《さんざんじゅんれい》の句々《く》短冊《たんじゃく》に書《かく》。

涼しさやほの三か月の羽黒山《はぐろさん》

雲の峯幾《みねいく》つ崩《くづれ》て月の山

語られぬ湯殿《ゆどの》にぬらす袂《たもと》かな

湯殿山銭《ゆどのさんぜに》ふむ道の泪《なみだ》かな

曽良

「三山順礼の句々」　現在山形美術館にこの時の三枚の短冊が所蔵される。その添書によると、会覚は羽黒から美濃の谷汲に移住して、この短冊を美濃の縁者に譲ったとある。その後もこの短冊は、俳人らによって時代をこえて珍重され、ゆかりのある山形美術館に寄贈された。『おくのほそ道』関係の道中書きの中でも、この三枚の短冊は、芭蕉のみごとな筆跡を今に伝えている。

解釈

六月三日、修験道の霊場羽黒山（山形県）に登った。図司左吉という人物を尋ねた。左吉は、この地方の俳諧宗匠で俳号を呂丸《ろがん》という。また山伏の法衣を染める染物屋を営み、このお山と関りが深い。この人の計らいで、羽黒山を統括《とうかつ》する別当代会覚阿闍梨にお目にかかることが出来た。会覚は、南谷の別院を我々の宿とし、憐みと思いやりを持って細やかなもてなしをしてくださった。

四日、会覚の住まいである本坊にて、連句の会が催された。その時、次の句を発句とした。

有難や雪をかほらす南谷

なんと有難いことであろうか。霊山には今も雪が残っているのであろう。この暑い最中、南谷のほとりは、薫風が残雪の香りを運んできて、誠に心地よい。霊山にふさわしく清浄な心持ちにさせてくれる。

五日、羽黒権現に参詣する。この山の開祖能除大師はいつの時代の人かは知らない。平安時代の法令書『延喜式』には「羽州里山の神社」と書いてある。書き写す際に「黒」を「里」と誤って書いたのであろうか。羽州黒山の「州」を中略して、羽黒山というのであろうか。この地方を出羽というのは、鳥の羽毛を国の産物として朝廷への貢物にしたからだと『風土記』にあるそうだ。羽黒山と月山と湯殿山を合わせて出羽三山という。羽黒権現は武蔵国江戸の東叡山寛永寺（東京都台東区上野）に属している。天台宗でいう止観《しかん》、つまり心を静かにして世の実相を見るという教えが月のように明るく輝き、円頓融通《えんとんゆづう》、即ち円満な心で速やかに悟るという掟《おきて》の灯《ともしび》が、かかげ継がれており、修験者の宿坊は建ち並び、修験者は、日夜修行に励んでいる。この山の霊山霊地の効力を人々は尊び、また恐れ謹んでいる。羽黒山の繁栄は永久に続き、立派な御山と云うべきである。

六月八日、月山に登った。修験の掟に従って、白布《はくふ》で編んだ輪状の注連《しめ》を首に掛け、宝冠《ほうかん》という白木綿の山伏頭巾《やまぶしずきん》で頭《かしら》を包み、強力という修験者の案内人に導かれて、雲や霧のたちこめる山気《さんき》の中を、万年雪を踏みしめて登ること八里、まさに大空の太陽や月の通り道にある雲間の関所に入ったかと思われる程で、息も絶え絶えに身も凍えそうになって、ようやく頂上に達すると、太陽が沈んで月が現れた。山小屋で、笹を敷き、篠竹を枕にして、横になって夜の明けるのを待った。やがて朝日が昇り、雲も消えさったので、湯殿山へ行こうと月山を下った。

その途中、谷のかたわらに鍛冶小屋の跡があった。この出羽の国の刀鍛冶《かたなかじ》は、霊水《れいすい》を選び、そこで心身を清めて汚れを流して剣《つるぎ》を打ち、ついに「月山」という銘を刀に刻み込み、世に名刀としてもてはやされるに至った。あの中国の龍泉《りゅうせん》の霊水で剣を打ったとかいう名工干将《かんしょう》とその妻莫耶《ばくや》の苦心を慕うものであろう。一道《いちどう》に優れた人物の、その道に対する執念《しゅうねん》の浅からぬことを痛感した。

岩に腰かけてしばらく休んでいると、高さ三尺（一メートル弱）ほどの桜の木に、花の蕾が半分ほど開いているのに気がついた。こんな高山の降り積む雪の下に埋もれながらも、春を忘れずに花を咲かせる遅桜のなんとけなげなことか。大自然の営《いとな》みはすばらしいものだ。険しい修験の山を体験した後だけに、この小さな桜の蕾に心が癒される。自然そのものの中に秘められた無限の力を、小さな花の蕾の中に見る思いである。漢詩で読まれている「炎天の梅花」、いわゆる早春の梅が暑い炎天下で芳香を放つという、ありえない不思議を詠んだ詩の心境は、まさにこの事であろう。また、平安末期の天台宗の高僧、行尊僧正が、奈良の霊場大峰山で、思いもかけず山桜に出会い、「もろともにあはれと思へ山桜花よりほかに知る人もなし」（『金葉集』）と、桜と心をかよわせた歌を詠まれたことも思い出され、なお一層この桜が賞すべきものに思われた。一般に霊山である湯殿山の細かい事は、修行者のきまりとして他人に話す事を禁じている。それで、これ以上は筆を止めて記さないことにした。南谷の宿坊に帰れば、会覚阿闍梨の依頼で、三山順礼の句をそれぞれの短冊に書いた。

涼しさやほの三か月の羽黒山

なんと涼しく気持ちのよいことだ。鬱蒼《うっそう》とした御山の木立を通してほんのりと三日月がかかっている。この羽黒山は清らかな霊気に満ちて尊い御山であるよ。

雪の峯幾つ崩て月の山

昼間、月山に入道雲が立っては崩れ又立っては崩れ、何回崩れて月が輝く夜の月山になったのであろうか。今、三日月が鋭く光り、その光の中で、雄大で神々しい月山の姿である。

語られぬ湯殿にぬらす袂かな

湯殿山の神秘を人に語ることは出来ない。それだけに一層感銘も深く、湯殿に足を濡らすだけでなく、有難さにひそかに感涙で袂をも濡らすのである。

湯殿山銭ふむ道の泪かな　曽良

湯殿権現の参道は賽銭《さいせん》がたくさん散らばっている。俗世間と違い、誰も銭に未練もなく、銭を踏んで参拝するのである。これも尊い神の御威光だと、涙を流しながら参拝するのである。　曽良

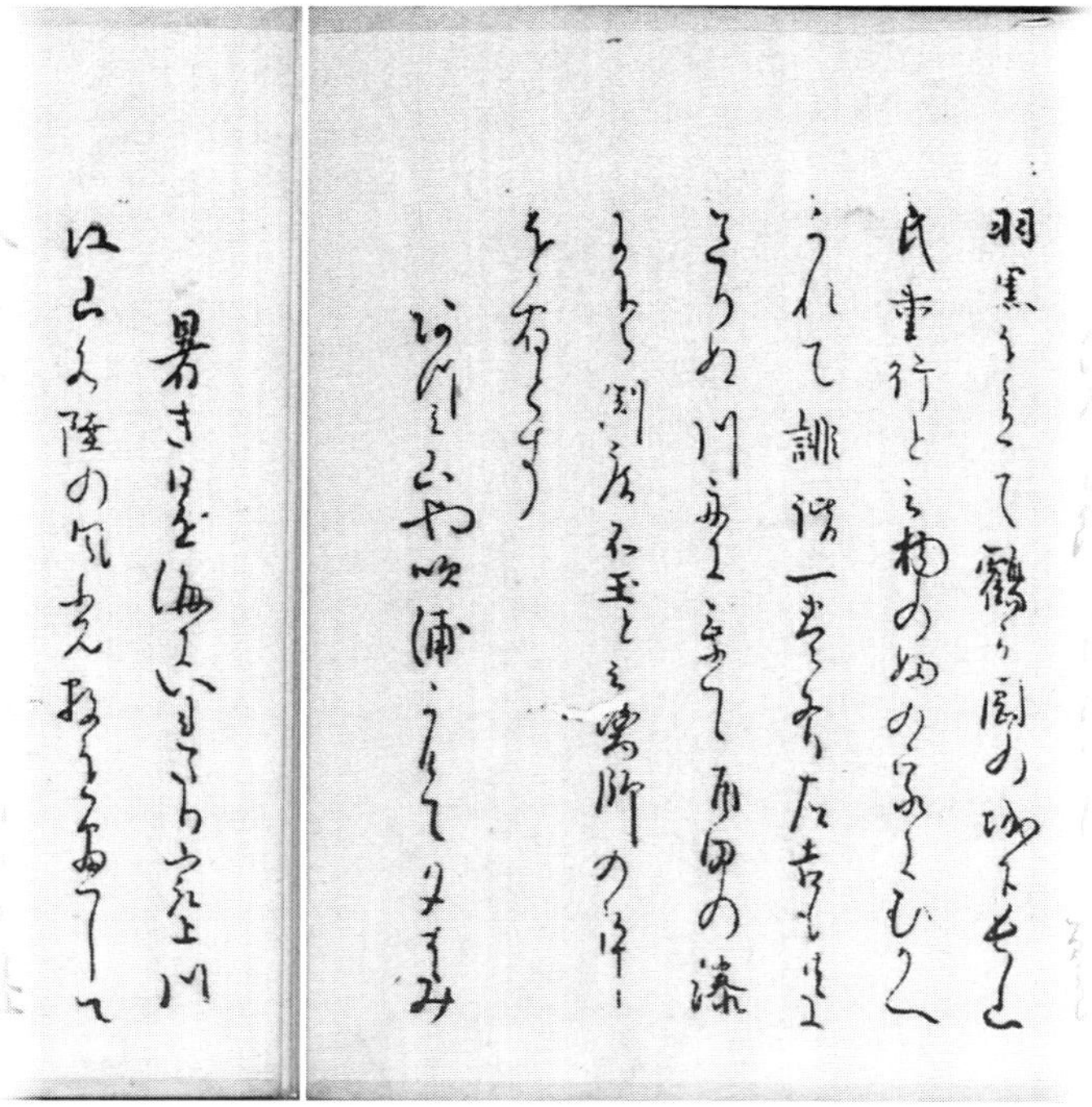

一六　鶴岡《つるがおか》・酒田《さかた》・象潟《きさがた》

羽黒《はぐろ》を立《たち》て、鶴《つる》が岡《をか》の城下《じやうか》長山《ながやま》氏《うぢ》重行《ぢゆうかう》と云物《いふもの》のふの家にむかへられて、誹諧《はいかい》一巻有《ひとまきあり》。左吉《さきち》も共に送りぬ。川舟《かはぶね》に乗《のり》て酒田《さかた》の湊《みなと》に下《くだ》る。渕庵《ゑんあん》不玉《ふぎよく》と云《いふ》医師《くすし》の許《もと》を宿とす。

あつみ山や吹浦《ふくうら》かけて夕すゞみ

暑き日を海にいれたり最上川

江山《かうざん》水陸《すいりく》の風光《ふうくわう》数を盡《つく》して、

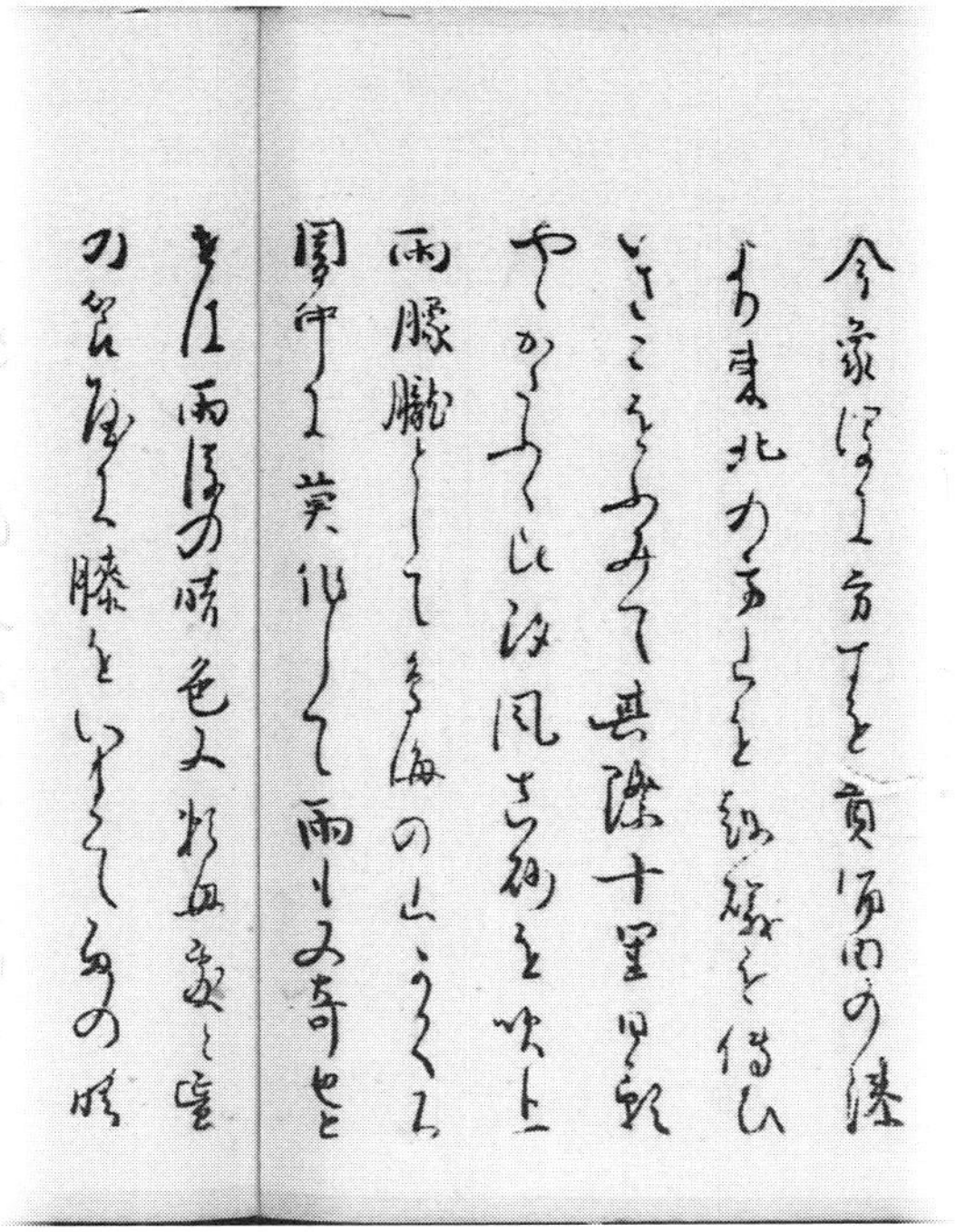

今《いま》象潟《きさがた》に方寸《ほうすん》を責《せむ》。酒田の湊《みなと》より東北の方《かた》、山を越《こえ》、礒《いそ》を傳ひいさごをふみて、其際《そのきは》十里、日影《ひかげ》や丶かたぶく比《ころ》、汐風《しほかぜ》真砂《まさご》を吹上《ふきあげ》、雨朦朧《もうろう》として鳥海《てうかい》の山かくる。闇中《あんちゅう》に莫作《まくさ》して、「雨も又奇也《またきなり》」とせば、雨後《うご》の晴色《せいしょく》又頼母敷《またたのもしき》と、蜑《あま》の苫屋《とまや》に膝《ひざ》をいれて雨の晴《はるる》

「象潟」　およそ二五〇〇年ほど前、鳥海山が大きく崩れ、岩なだれが発生し、海に流れこんだ岩の固まりが、多くの島々となり、やがて島を囲むように入江ができた。平安時代には、八十八潟九十九島の風光明媚な所として、能因や西行が歌に詠んだ歌枕の地となり、芭蕉も憧れてこの地を訪れた。しかし、文化元年（一八〇四）の大地震で、潟底が隆起し、陸地に変貌。その後は新田開発がなされ、今に至る。

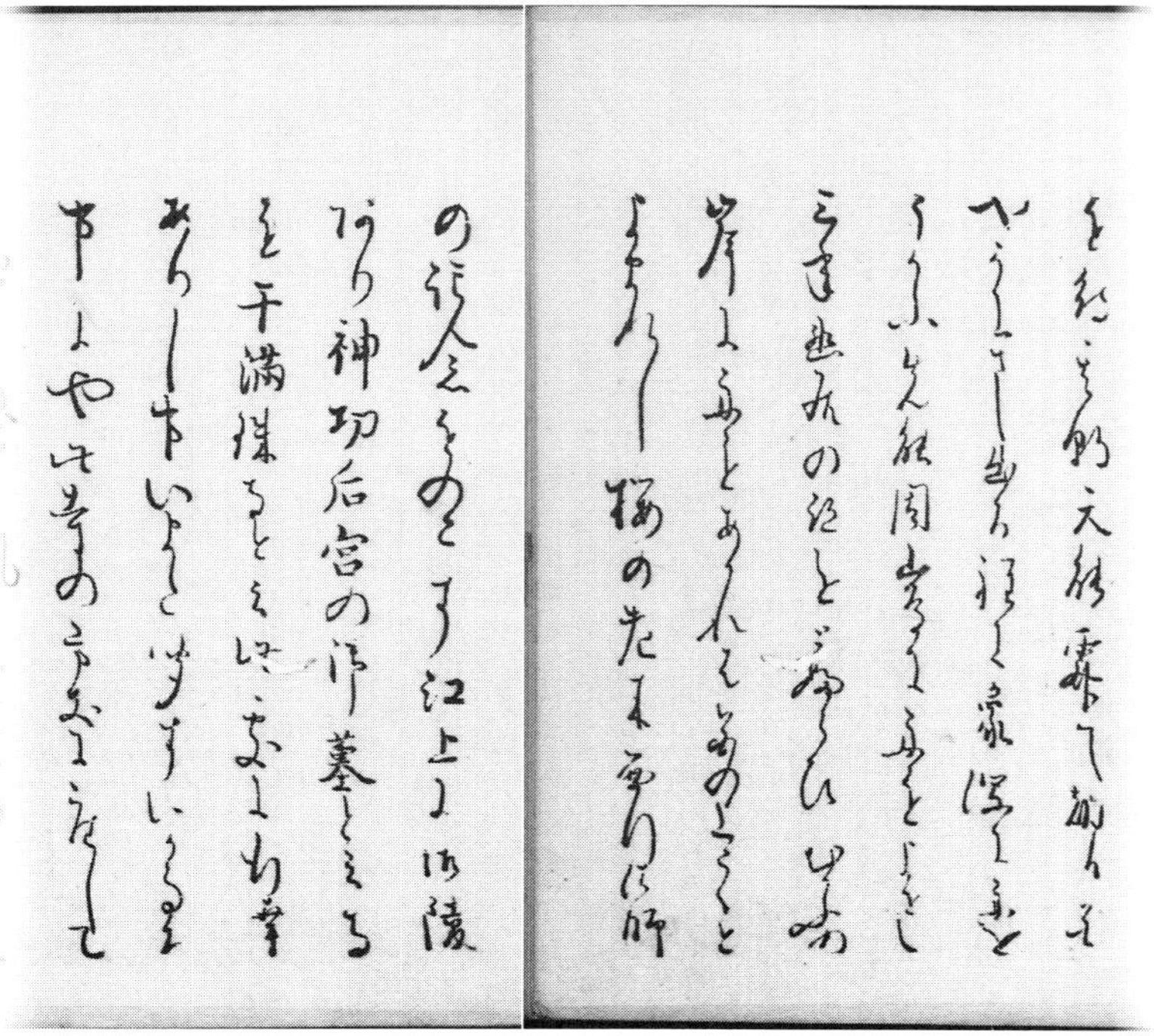

を待《まつ》。其朝《そのあした》、天《てん》能《よく》霽《はれ》て朝日花
やかにさし出《いづ》る程《ほど》に、象潟《きさがた》に舟を
うかぶ。先《まづ》能因嶋《のういんじま》に舟をよせて、
三年幽居《いうきよ》の跡をとぶらひ、むかふの
岸に舟をあがれば、「花の上こぐ」と
よまれし桜の老木《おいき》、西行法師
の記念《かたみ》をのこす。江上《かうしやう》に御陵《みささぎ》
あり。神功后宮《じんぐうこうぐう》の御墓《みはか》と云《いふ》。寺
を干満珠寺《かんまんじゆじ》と云《いふ》。此處《このところ》に行幸《みゆき》
ありし事いまだ聞《きか》ず。いかなる
事にや。此《この》寺の方丈《ほうじやう》に座《ざ》して

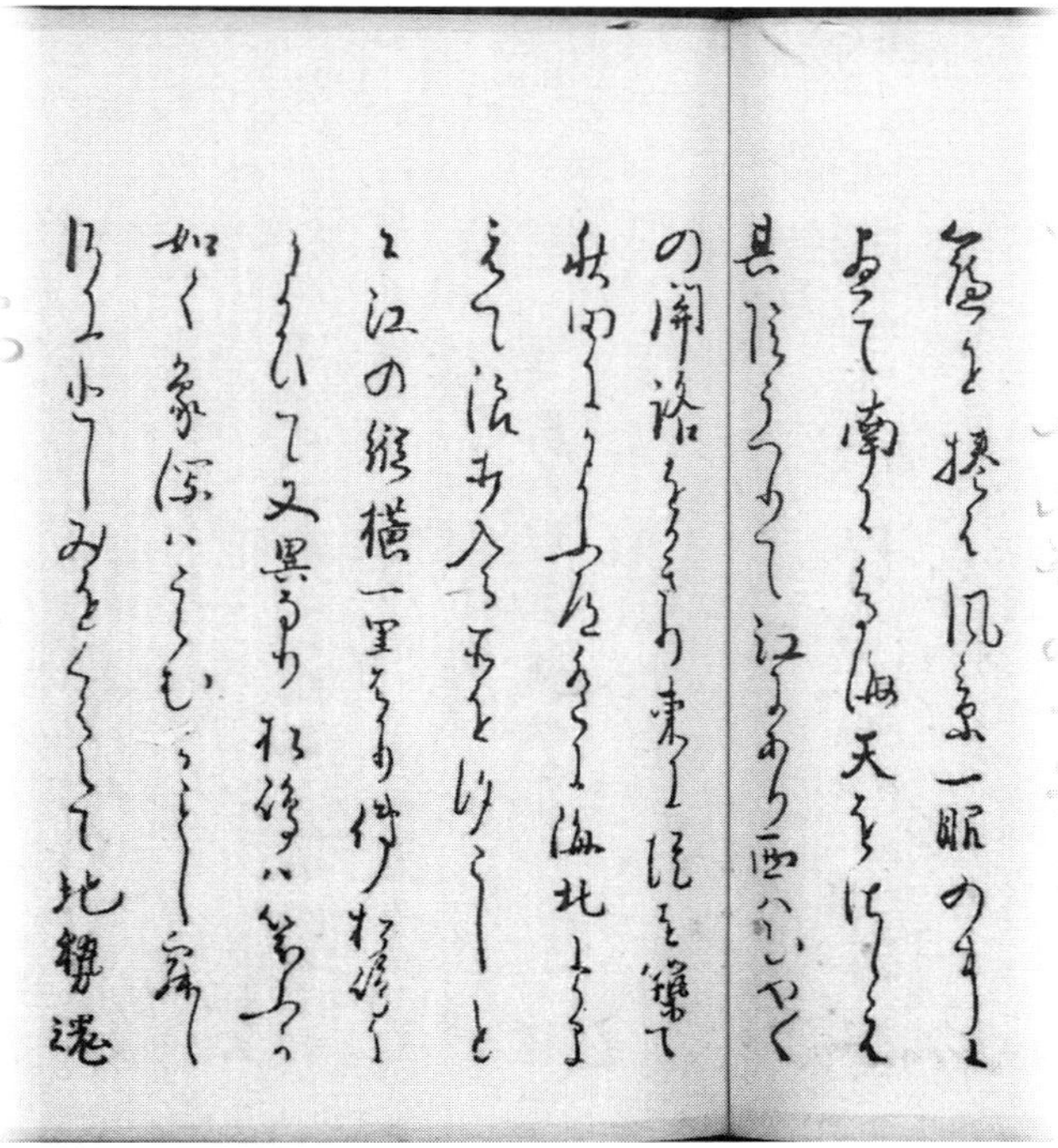

簾《すだれ》を捲《まけ》ば、風景一眼《いちがん》の中に盡《つき》て、南に鳥海天《てん》をさゝえ、其陰《そのかげ》うつりて江《え》にあり。西はむやくの関路《せきぢ》をかぎり、東に堤《つつみ》を築《きづき》て秋田《あきた》にかよふ道遥《はるか》に、海《うみ》北にかまえて浪《なみ》打入《うちいる》所を汐《しほ》こしと云《いふ》。江《え》の縦横《じゆうわう》一里ばかり、俤《おもかげ》松嶋にかよひて又異《またこと》なり。松嶋は笑ふが如《ごと》く、象潟はうらむがごとし。寂しさに悲しみをくはえて、地勢《ちせい》魂《たましひ》

「簾を捲ば」　「簾を捲く」は、垂れ下がった簾を捲いて外の景色を見ることで、詩文で眺望をのべる慣用句。白楽天の「香炉峯の雪は簾をはらって看る」からきており、清少納言も『枕草子』で引用。

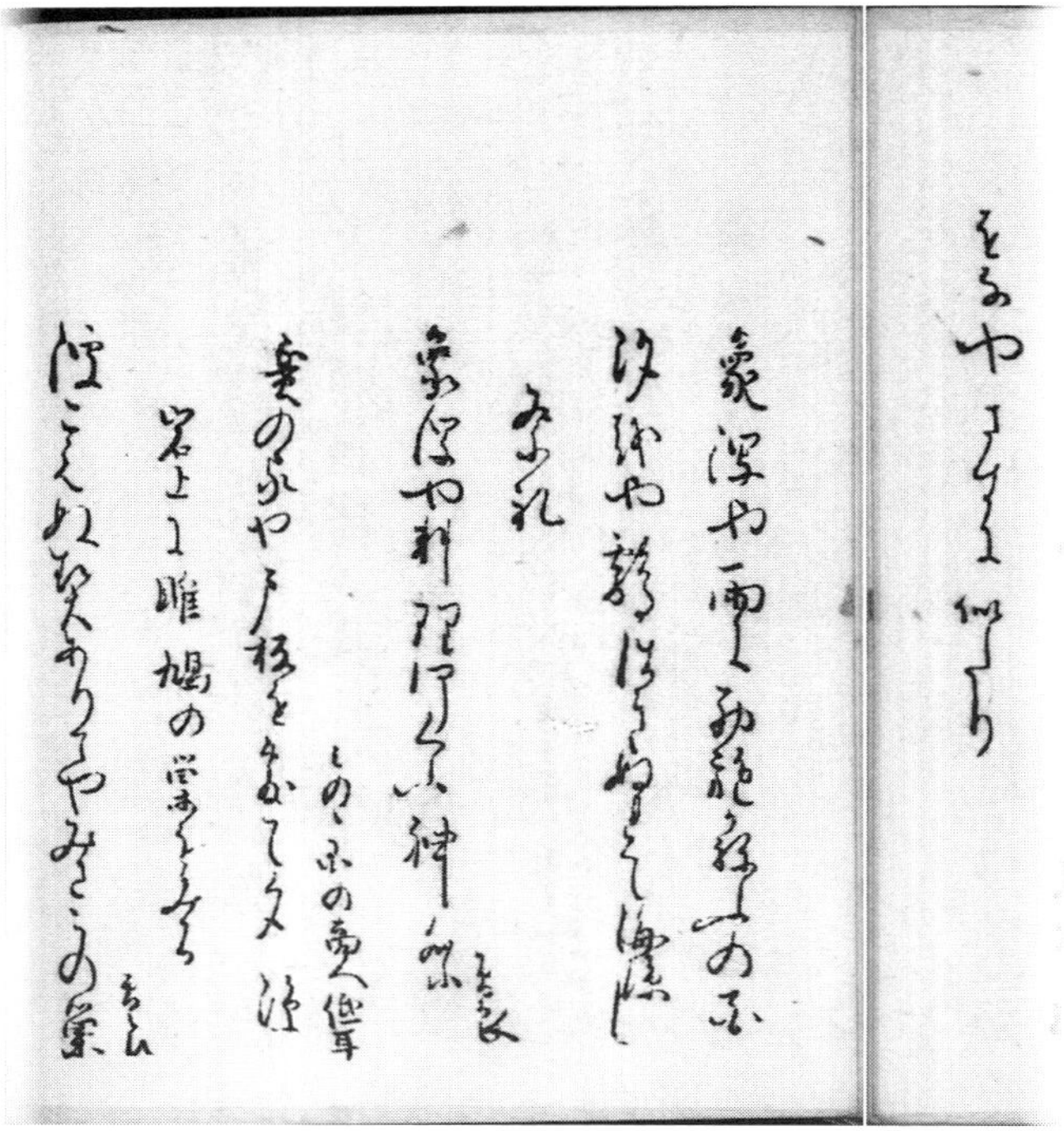

をなやますに似たり。

象潟や雨に西施《せいし》がねぶの花

汐越《しほこし》や鶴はぎぬれて海涼し

祭礼

象潟や料理何《なに》くふ神祭《かみまつり》　　曽良

みのゝ国の商人《あきんど》低耳《ていじ》

蜑《あま》の家《や》や戸板《といた》を敷て夕涼

岩上《がんしやう》に雎鳩《みさご》の巣をみる

波こえぬ契《ちぎり》ありてやみさごの巣　　曽良

「西施」　中国周代の越（えつ）の美女。越が呉に敗れて後、呉王のもとに送られた。呉王夫差（ふさ）は、西施を溺愛し、国を傾けるに至った。美人西施は、自分の運命を嘆き、胸を病み、苦しさに眉をひそめる姿も美しく、「西施のひそみ」として、女性の羨望の的となった。

解　釈

羽黒山を出発して、鶴が岡（山形県鶴岡市）の城下町に行く。ここは庄内藩主酒井公の城下で、その家臣である長山重行という武士の家に迎えられて俳諧の連句一巻を巻いた。羽黒の左吉もここまで送ってきてくれている。ここから舟に乗って酒田の湊に下った。酒田では、淵庵不玉という医師の家を宿とした。彼はこの地方の俳壇の中心人物である。

あつみ山や吹浦かけて夕すゞみ

暑いという意味をもつ温海山《あつみやま》を仰ぎ、背後には、吹く風に縁のある吹浦《ふくうら》がある。掛詞《かけことば》を楽しみながら、このダイナミックな大自然の景観の中で、夕涼みをするのは、誠に心地が良い。

暑き日を海にいれたり最上川

赤々とした夕日が海に沈もうとしている。暑い一日であったが、最上川が、その暑い一日を海に流しいれてしまったのか。夕べになると、河口から涼しい風が吹きあがってくるよ。

北上川や最上川などの河や、日光山や出羽三山などの山々、また松島などの海や、那須野・宮城野など、江山水陸さまざまな美しい風景を限りなく見ながらここまで旅をしてきたが、今また象潟（秋田県にかほ市）の美しさを見極めようと、心を磨ぎすましている。酒田の湊から東北の方へ、山を越え、海辺を伝い、砂を踏んで、その間十里余り、太陽がようやく西に傾いたころに象潟に着いたが、潮風は砂を吹き上げ、景色は雨で朦朧として、鳥海山は隠れて見えない。暗がりの中でなすすべもなく、蘇東坡《そとうば》や策彦《さくげん》の詩を思い起している。その詩に「雨中の風景も想像する楽しみがあり、これも変わった面白さがある」とある。そう思えば、雨の象潟もまんざらでもないが、雨後の晴れた景色はまた格別であろうと期待が膨らむ。漁夫の粗末な狭い小屋に膝を抱えるようにして、雨の晴れるのを待つ。能因の歌にもあるではないか。「世の中はかくても経けり象潟の蜑《あま》の苫屋《とまや》をわが宿にして」（『後拾遺和歌集』）。侘びた蜑の苫屋こそ象潟の風情なのだ。その翌朝、空がよく晴れて朝日が華やかに射すころに、象潟に舟を浮べた。まず能因島に舟を漕ぎ寄せて、能因法師が三年隠れ住んだという跡を訪ね、次に向岸に舟を上がれば、西行が「象潟の桜は波に埋《うず》もれて花の上こぐ蜑の釣り舟」と詠まれたと伝わる桜の老木があり、西行法師の形見を今に残している。水辺に御陵があり、女性でありながら戦装束で朝鮮征伐をしたという、あの神功皇后の御墓だという。寺の名前を干満珠寺という。神功皇后がこの地に行幸なさったとは聞いていないので、ここに墓があるのはどうしたことであろう。この寺の座敷に座って簾を捲き上げると、象潟の風景が一望に見渡されて素晴らしい。南に鳥海山が天に聳《そび》え、その山陰が象潟の江に映っている。西には、むやむやの関に通じる道が途中まで見え、東には堤を築いて秋田に通ずる道が遥かに続いている。北に海が控えており、その波打ち際を汐越しという。入江の広さは縦横一里ばかりで、その様子は松島に似ているようで、また違ったところがある。松島は美人が笑っているように明るく、象潟は美人が憂いているようにに沈んだ感がある。寂しさに悲しみを加えて、北国象潟の様子は、美人が魂を悩ませる面影に似て切ない。

象潟や雨に西施がねぶの花

雨に煙る暗くて閉鎖的な象潟に、今、合歓の花が咲いている。その花は、中国の美人西施の憂いに沈む面影に似て、薄紅色の繊細な花を閉じかけんにしている。切なく美しい伏し目がちな西施の様子は、この雨の象潟を象徴しているようだ。

汐越や鶴はぎぬれて海涼し

日本海の波が象潟に入り込んでいる所、汐越しの浅瀬に鶴が降り立っている。その鶴の細き足が、浅瀬のさざ波に濡れて、いかにも涼しそうだ。目を上げれば、あたりの海もやはり涼やかである。

祭礼

象潟や料理何くふ神祭　曽良

象潟は折から熊野権現の夏祭りの最中だが、この地の人々は祭りの御馳走にどんなめずらしい郷土料理を食べる風習があるのだろうか。

曽良

蜑の家や戸板を敷て夕涼　みの、国の商人低耳

海岸の漁夫の家では、雨戸を縁台代わりに砂浜に敷いて、そこで夕涼みをしている。この地方では、戸板は運搬用に使ったり、敷物にしたり、何にでも利用されるのだ。簡素な暮らしだ。

みの、国の商人低耳

岩上に雎鳩の巣をみる

波こえぬ契ありてやみさごの巣　曽良

仲睦ましい雎鳩の番《つがい》が岩の上に巣をかけているが、古歌「末の松山波越さじ」とあるように、絶対にこの岩は波が越えないという固い約束があって、あのような不安定な海岸の岩の上に大切な巣をかけているのだろうか。確かな固い愛に結ばれているのだ。　曽良

「蘇東坡」　中国北宋の詩人（一〇三六〜一一〇一）。「西湖」の詩句「山色朦朧として雨も又奇也」とある。

「策彦」　室町末期の僧。天龍寺の住職で、一五三八年に中国西湖を訪れた。その時、雨で西湖の美景が見られず、「雨奇晴好の句をそらんじ得て、暗中模索して西湖を知る」とある。芭蕉はこの詩の、一片を引用。この詩は広く知られ、江戸時代に貞徳門の名古屋の俳人清水春流の著書『続つれづれ草』に紹介されている。

一七　越後路《えちごじ》・市振《いちぶり》

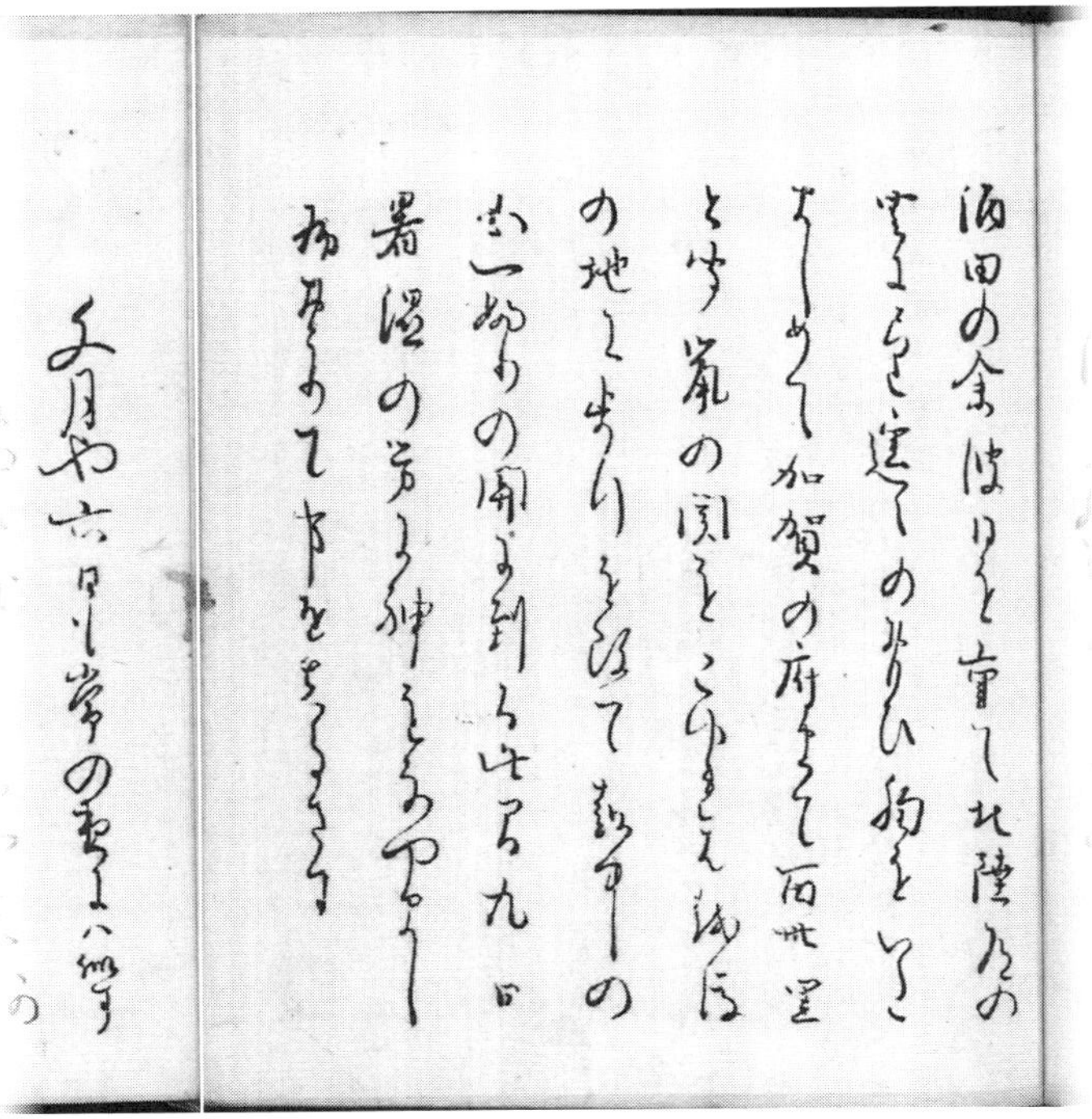
酒田の余波日を重て北陸道の
雲に望遥々のおもひ胸をいた
ましめて加賀の府まて百卅里
と聞鼠の関をこゆれは越後
の地に歩行を改て越中の
国一ふりの関に到る此間九日
暑湿の労に神をなやまし
病おこりて事をしるさす

文月や六日も常の夜には似す

酒田の余波《なごり》日を重《かさね》て、北陸道《ほくろくだう》の雲に望《のぞむ》。遥《えう》々のおもひ胸をいたましめて、加賀《かが》の府《ふ》まで百卅里《ひやくさんじゆうり》と聞《きく》。鼠《ねず》の関《せき》をこゆれば越後《ゑちご》の地に歩行《あゆみ》を改《あらため》て、越中《ゑつちゆう》の国一《いち》ぶりの関に到《いた》る。此間九日《このかんここのか》、暑湿《しよしつ》の労《らう》に神《しん》をなやまし、病《やまひ》おこりて事をしるさず。

文月《ふみつき》や六日《むいか》も常《つね》の夜《よ》には似《に》ず

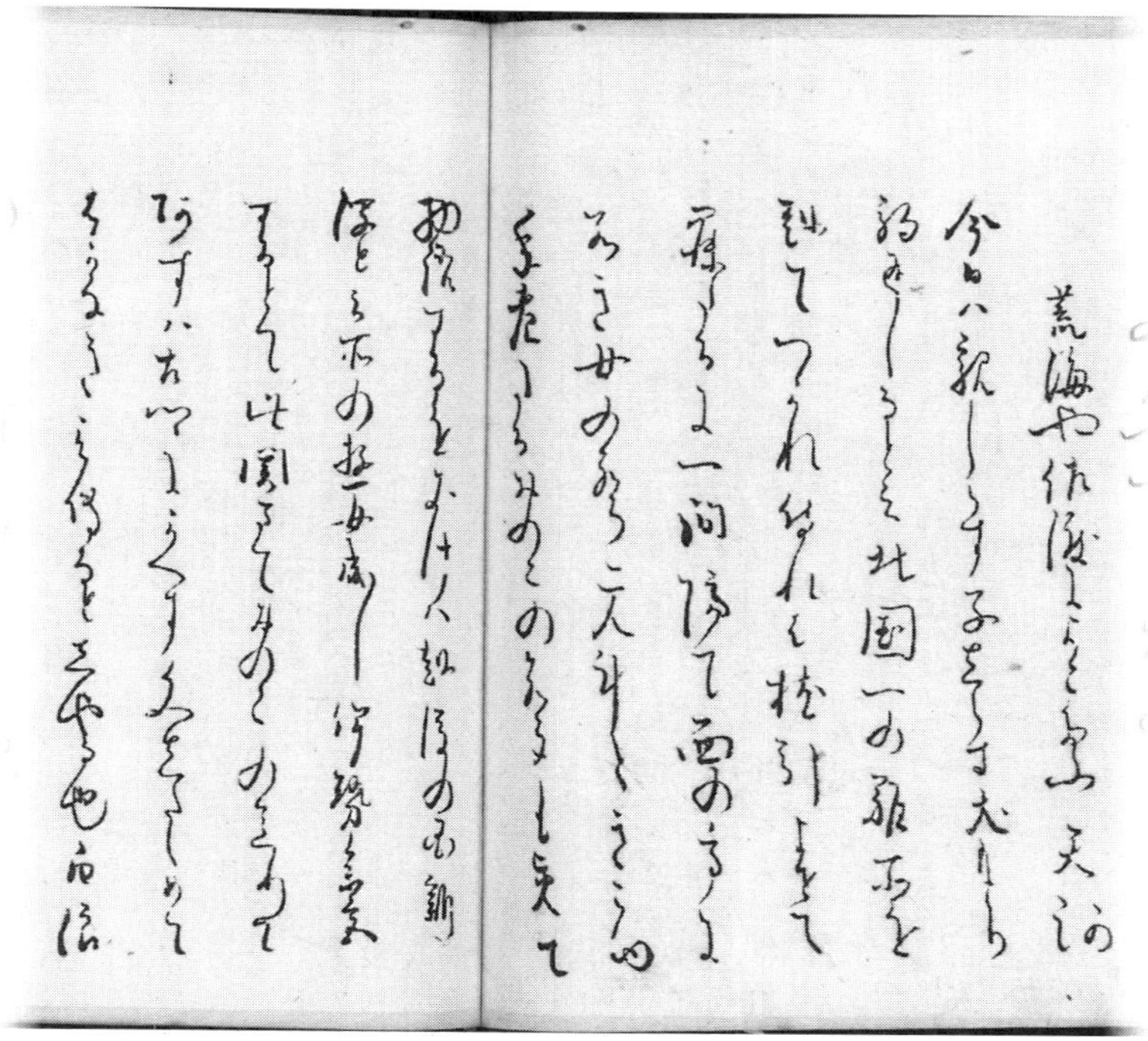

荒海《あらうみ》や佐渡《さど》によこたふ天河《あまのかは》
今日《けふ》は親しらず・子しらず・犬もどり・駒返《こまがへ》しなど云《いふ》北国《ほっこく》一《いち》の難所《なんじょ》を越《こえ》てつかれ侍《はべ》れば、枕《まくら》引《ひき》よせて寐《ね》たるに、一間《ひとま》隔《へだて》て面《おもて》の方《かた》に、若き女の聲、二人《ふたり》斗《ばかり》ときこゆ。年老《おい》たるおのこの聲も交《まじり》て物語《ものがたり》するをきけば、越後《ゑちご》の国新潟と云《いふ》所の遊女《ゆうじょ》成《なり》し、伊勢《いせ》参宮《さんぐう》するとて、此《この》関までおのこの送りて、あすは古郷《ふるさと》にかへす文《ふみ》したゝめて、はかなき言傳《ことづて》などしやる也《なり》。「白浪《しらなみ》

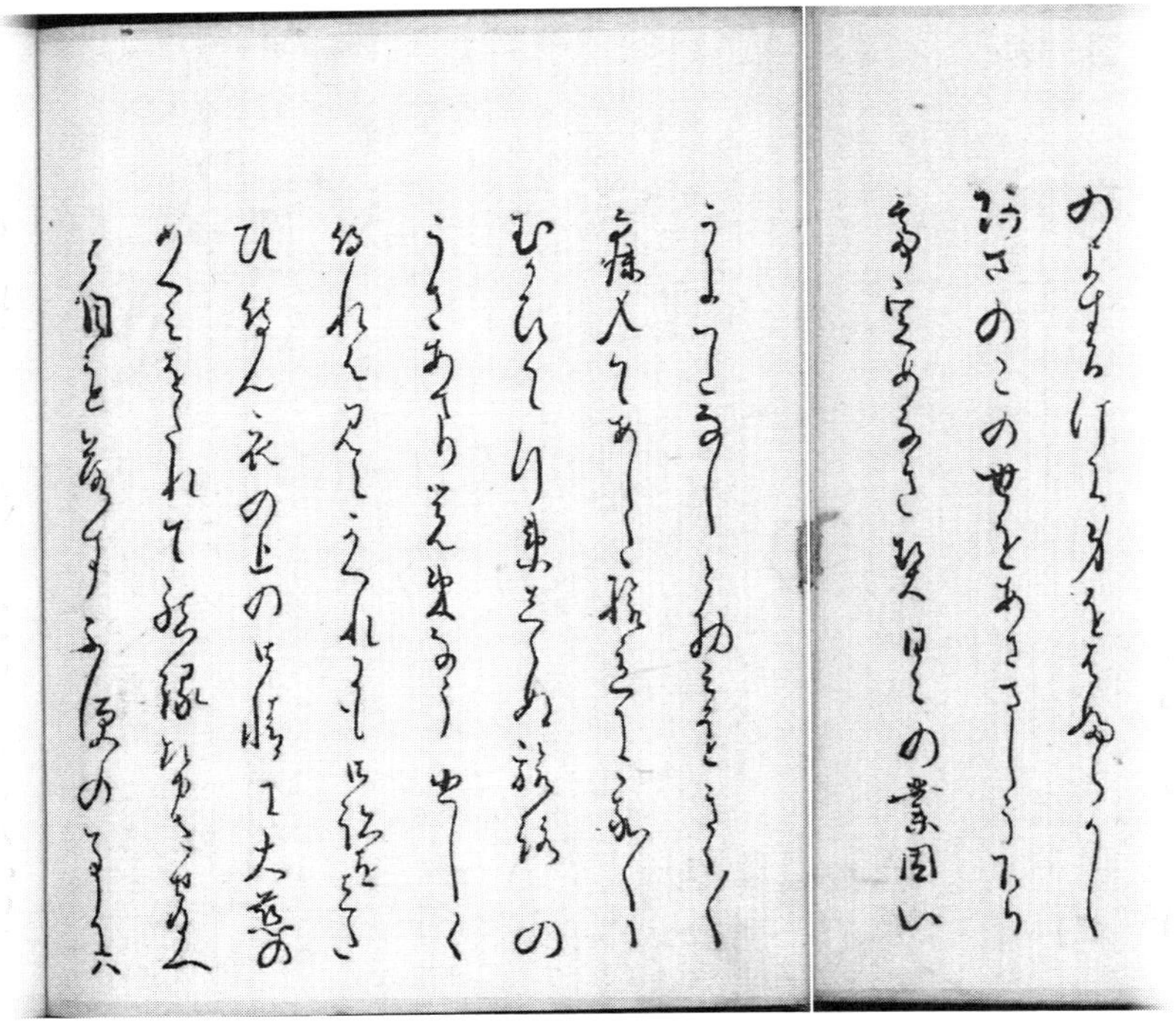

のよする汀《なぎさ》に身をはふらかし、あまのこの世をあさましう下《くだ》りて、定めなき契《ちぎり》、日々《ひび》の業因《ごふいん》、いかにつたなし」と物云《ものいふ》をきくく寐入《ねいり》て、あした旅立《だつ》に、我くにむかひて、「行衛《ゆくゑ》しらぬ旅路《たびぢ》のうさ、あまり覚束《おぼつか》なう悲しく侍れば、見えがくれにも御跡《おんあと》をしたひ侍《はべら》ん。衣の上の御情《おんなさけ》に、大慈《だいじ》のめぐみをたれて結縁《けちえん》せさせ給へ」と泪《なみだ》を落《おと》す。不便《ふびん》の事には

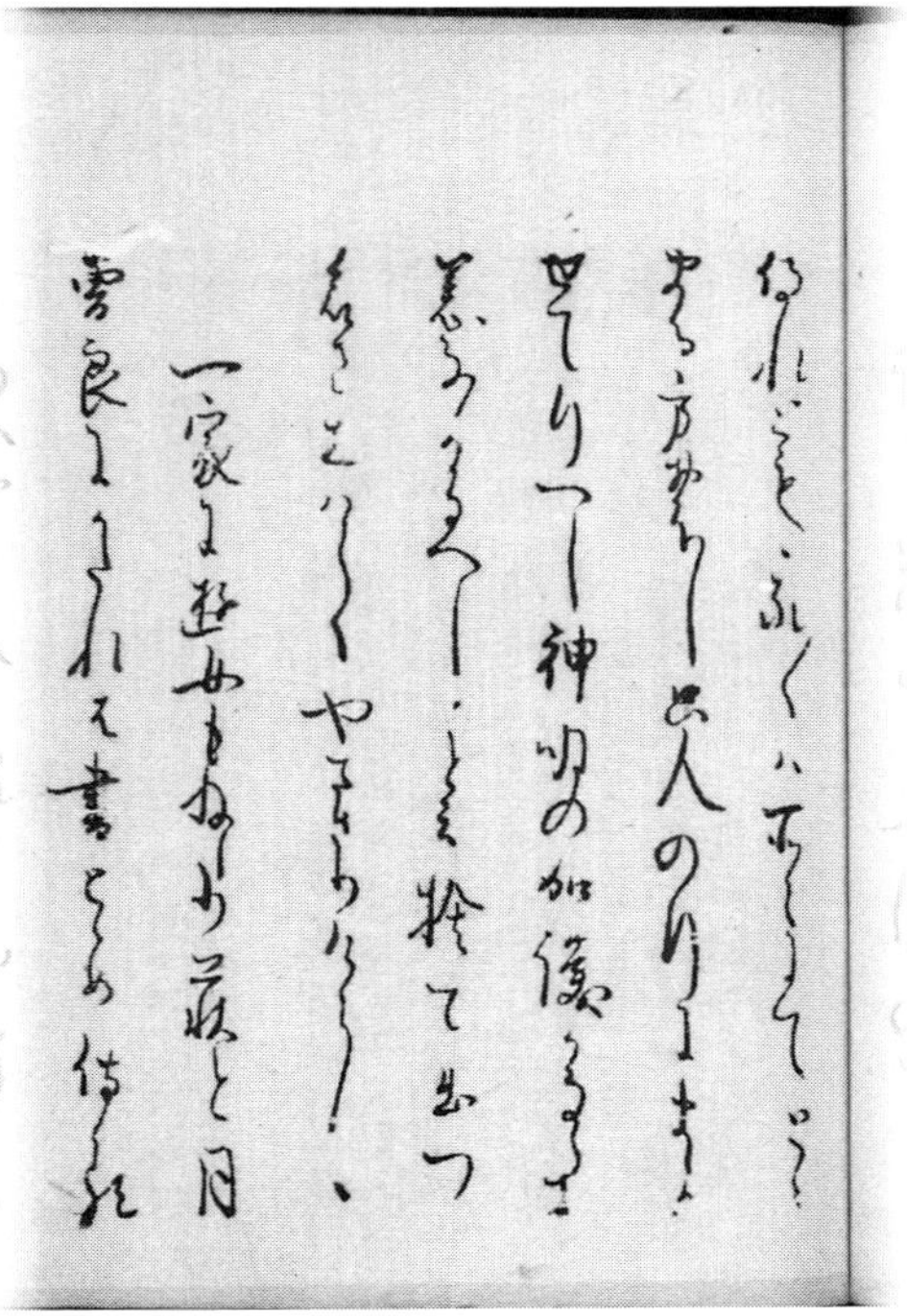

侍れども「我くは所々《ところどころ》にてとゞまる方《かた》おほし。只《ただ》人の行《ゆく》にまかせて行《ゆく》べし。神明《しんめい》の加護《かご》かならず恙《つつが》なかるべし」と云捨《いひすて》て出《いで》つゝ、哀《あはれ》さしばらくやまざりけらし。

一家《ひとつや》に遊女《いうぢよ》もねたり萩《はぎ》と月

曽良にかたれば、書《かき》とゞめ侍る。

解釈

酒田の人々と別れ難くて、滞在の日数を重ねていたが、そろそろ出発しようと、日本海に沿う北陸道の空のかなたを眺めた。これからも、遥々と遠く苦しい道程《みちのり》であろうと、胸が痛み、聞けば加賀の国金沢までは百三十里程もあるという。鼠の関（念珠が関、山形県鶴岡市）を越えると越後の国（新潟）である。新たな気分で歩みを進め、やがて越中の国（富山県）の市振の関（新潟県糸魚川市）に着いた。この間、九日ほどかかったが、暑さと雨による疲労で気分がすぐれず、持病も起ったので、旅の記録を書くことを控えた。

文月や六日も常の夜には似ず

初秋七月、明日は牽牛《けんぎゅう》・織女《しょくじょ》の年に一度の逢瀬の夜と思えば、今夜六日の夜も普段の夜と違って趣深く感じられる。

荒海や佐渡によこたふ天河

眼前の日本海は荒波が立ち、その遥か彼方に佐渡が島がある。黄金の採れる島とはいえ、流人の切ない望郷渦巻く悲しい島でもある。その佐渡が島に向かって、七夕の夜空に天の川が大きく横たわっている。故郷を離れ、荒海の彼方にある人々は、どんな思いで、あの天の川を眺めているのであろうか。せめて今宵だけでも、本土と島の心をつなぐ天の川であってほしいものよ。

今日は、親知らず子知らずという、親も子も見返る暇もないという断崖絶壁の下の波打ち際や、犬や馬も通れずに戻ってしまうという、犬もどり・駒返しなどという北国一番の難所を越えて、疲れはてたので、枕を引き寄せて早々と寝ていたところ、襖一枚隔てた道路側の部屋から、若い女の二人ばかりの声が聞こえてくる。年老いた男の声も交じって、彼女らが話すのを聞いていると、越後新潟の遊女であるらしい。伊勢に参宮するので、この市振の関まで男が遊女を送ってきたが、明日は故郷新潟に男を帰すので、男に持たせる手紙を書いて、簡単な伝言をしているようだ。遊女らが語るに、「私たちは、『白波のよするなぎさに世をすぐるあまの子なれば宿もさだめず』(『和漢朗詠集』)と古歌にあるように、浜辺を転々とする漁師の子のように、住所不定の遊女という浅ましい身の上に落ちぶれ、夜ごとの客と契を交わすという、辛い毎日を送る運命は、前世のどんな悪い因縁によるものなのだろうか」と嘆き語るのを聞きながらも、疲れていたので、眠ってしまった。その朝、宿を立とうとすると、遊女が我々に向かって、「伊勢までの道筋もわからないので、道中があまりにも心細く悲しい。貴方様の後を、目立たぬように、見え隠れしてお供をして参りたい。法衣を着ておいでのお情けで、仏の慈悲を我らにもお恵みくださり、一緒に旅をする縁を結ばせてください」と涙ながらに語る。哀れとは思うが、「我々は所々滞在することが多いので、一緒に行けない。伊勢参りの人は多いので、伊勢の方向に行く人々の跡について行きなさい。伊勢神宮の天照大御神が守ってくださり、必ず無事に着けるだろう」と言い捨てて旅立ったが、かわいそうなことをしたという思いが、暫く収まらずにいた。

一家に遊女もねたり萩と月

偶然にも、世捨て人の我々と遊女とが同じ宿に泊まりあわせた。庭に咲く、いまにもこぼれ落ちそうにはかなげで美しい萩は遊女のようで、清らかな月がその萩を照らしてる。人には、どうにもならない運命というものがあるが、少しでも清らかな月の光で遊女らを照らして心やわらいでほしいものだ。

この句のことを曽良に話したら、曽良が記録に書きつけた。

一八　那古《なご》・金沢《かなざわ》・小松《こまつ》

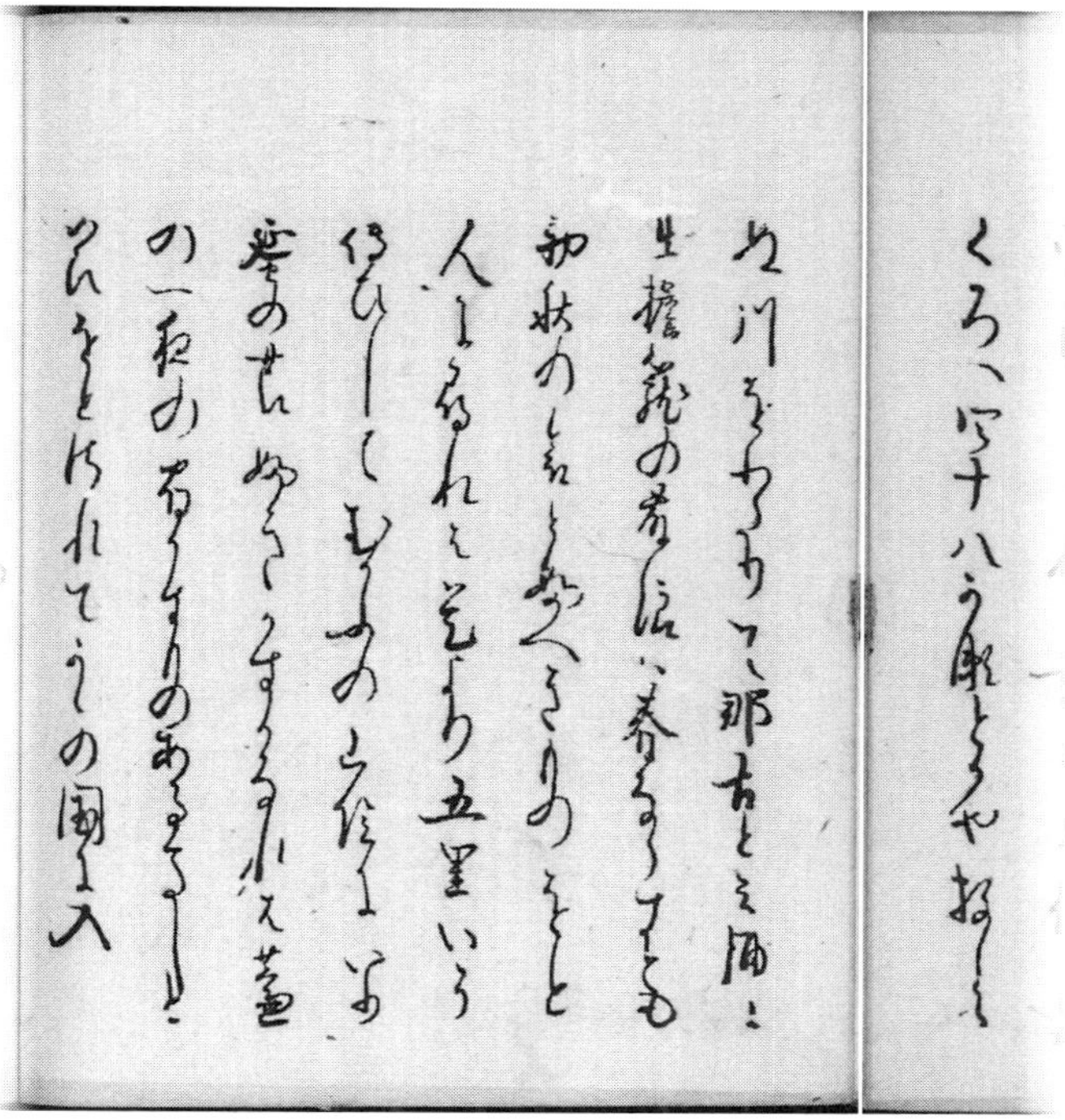

くろべ四十八か瀬とかや、数しらぬ川をわたりて那古《なご》と云《いふ》浦に出《いづ》。擔籠《たご》の藤浪《ふぢなみ》は、春ならずとも、初秋《はつあき》の哀《あはれ》とふべきものをと、人に尋《たづぬ》れば、「是《これ》より五里いそ傳《つた》ひして、むかふの山陰《やまかげ》にいり、蜑《あま》の苫《とま》ぶきかすかなれば、蘆《あし》の一夜《ひとよ》の宿かすものあるまじ」と、いひをどされて、かゞの国に入《いる》。

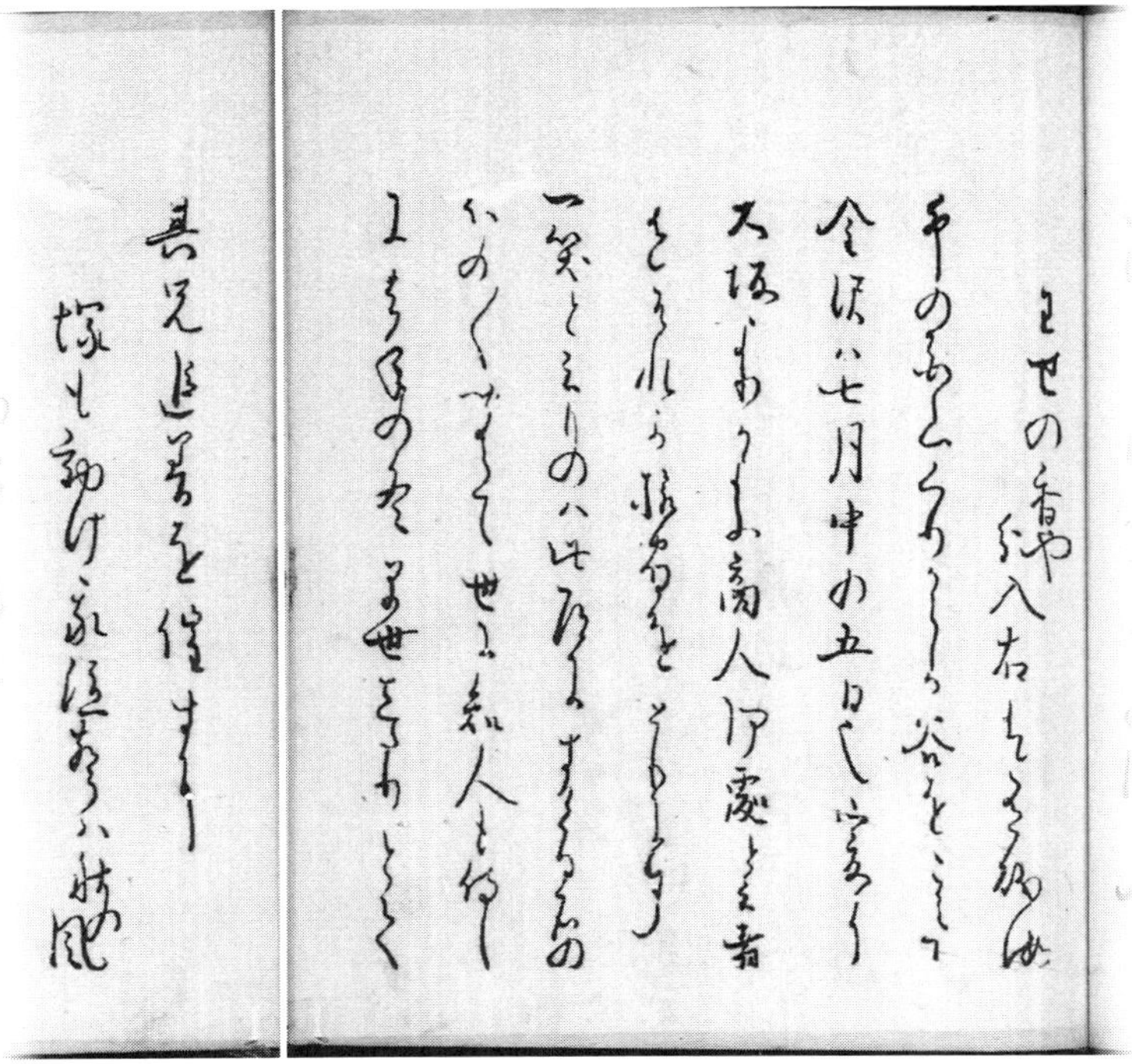

わせの香《か》や

分入《わけいる》右は有磯海《ありそうみ》

卯《う》の花山《はなやま》・くりからが谷をこえて、金沢《かなざは》は七月中《なか》の五日《いつか》也《なり》。爰《ここ》に大坂《おほざか》よりかよふ商人《あきんど》何処《かしょ》と云《いふ》者有《あり》。それが旅宿《りよしゆく》をともにす。一笑《いつせう》と云《いふ》ものは、此《この》道にすける名のほの〲聞《きこ》えて、世に知人《しるひと》も侍《はべり》しに、去年《こぞ》の冬早世《さうせい》したりとて、其《その》兄追善《つゐぜん》を催《もよほ》すに、

塚《つか》も動け我泣聲《わがなくこゑ》は秋の風

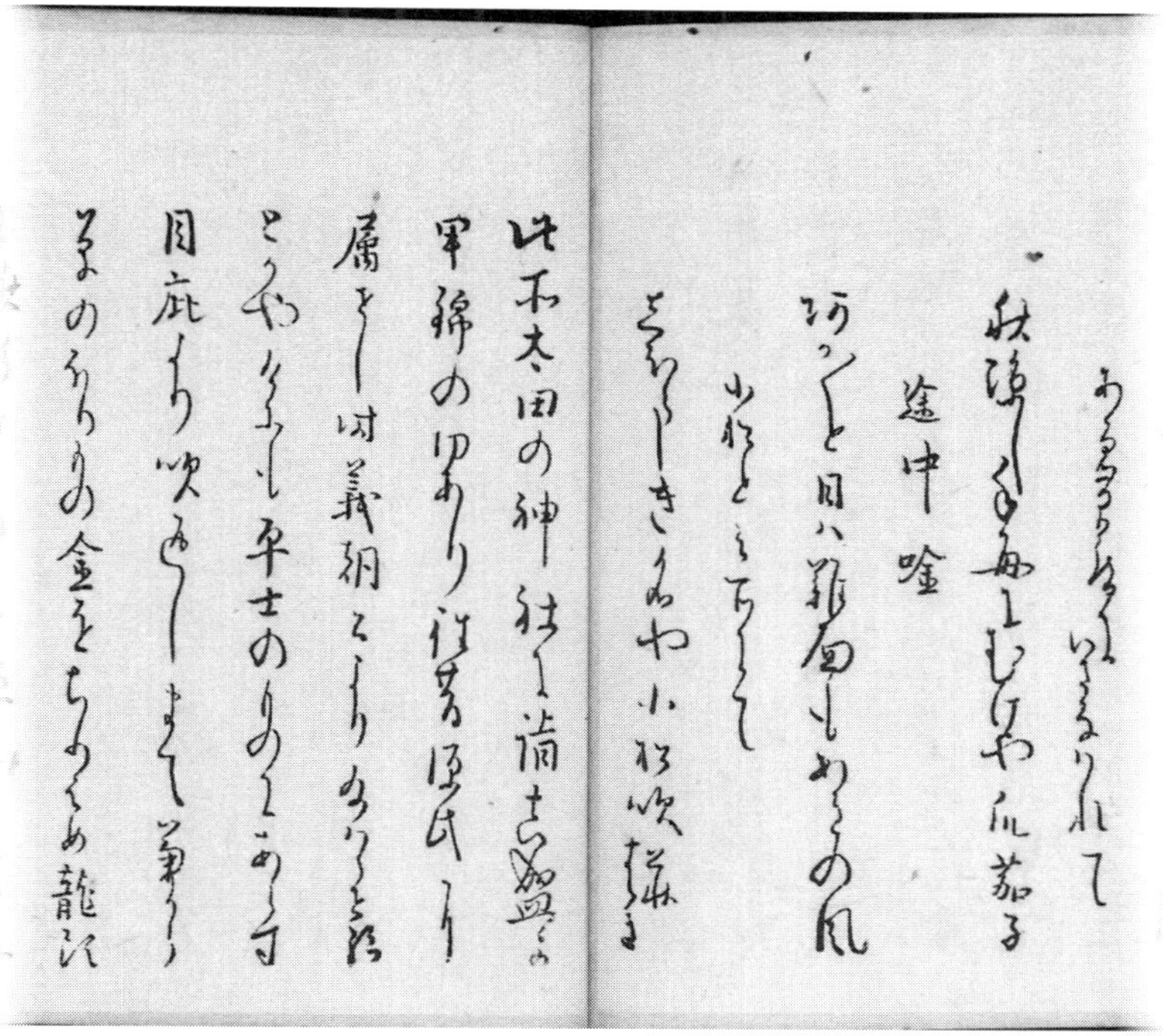

ある草庵《さうあん》にいざなはれて
秋涼し手毎《てごと》にむけや瓜茄子《うりなすび》

途中唫《とちゆうぎん》
あか〱と日は難面《つれなく》もあきの風

小松《こまつ》と云《いふ》所にて
しほらしき名や小松吹萩《ふくはぎ》すゝき

此《この》所太田《ただ》の神社に詣《まうづ》。真盛《さねもり》が甲《かぶと》・錦《にしき》の切《きれ》あり。往昔《そのかみ》源氏《げんじ》に属《しよく》せし時、義朝公《よしともこう》より給《たま》はらせ給《たまふ》とかや。げにも平士《ひらさぶらひ》のものにあらず。目庇《まびさし》より吹返《ふきかへ》しまで、菊《きく》から草《くさ》のほりもの金《こかね》をちりばめ、龍頭《たつがしら》

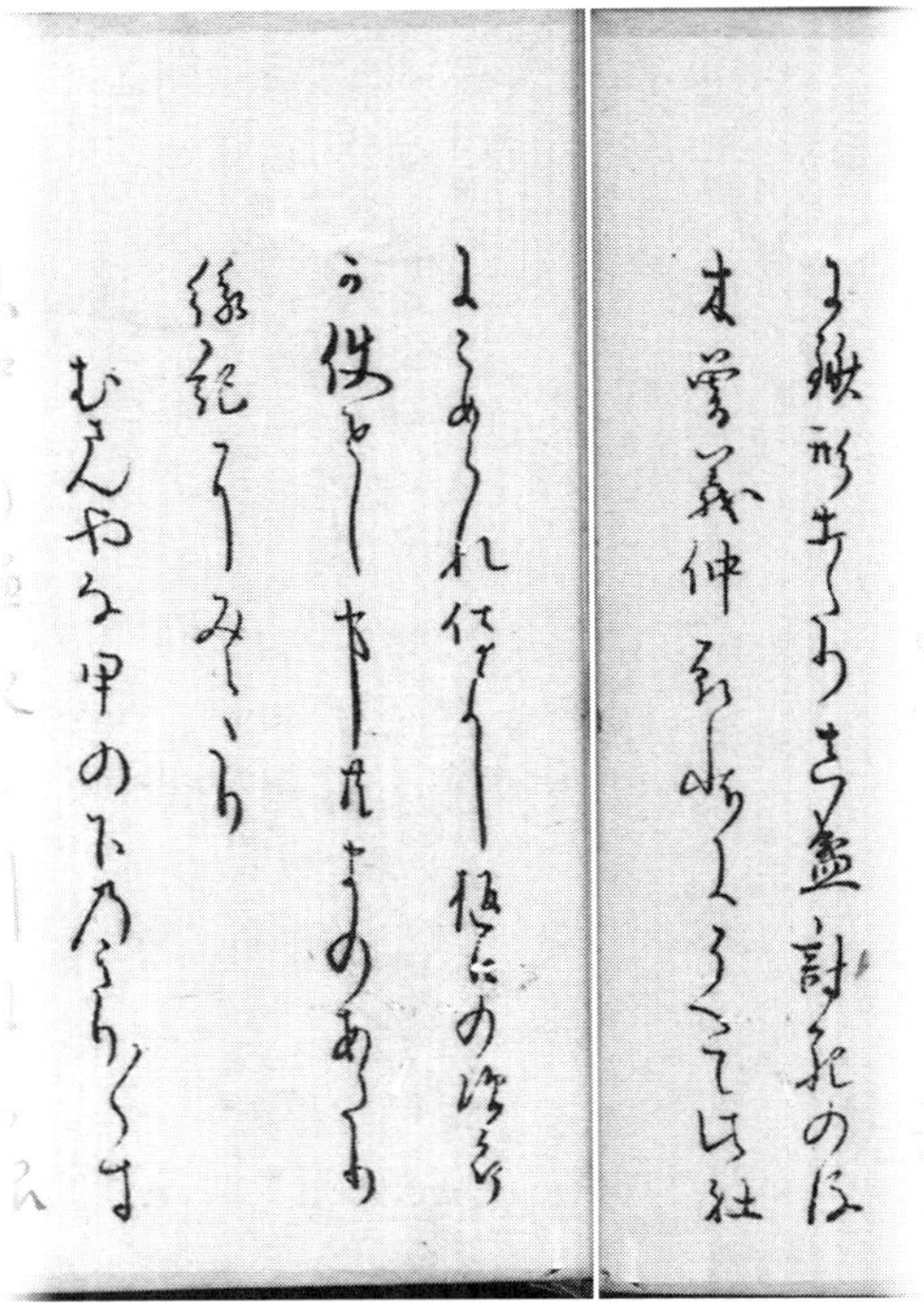

に鍬形《くはがた》打《うつ》たり。真盛討死《うちじに》の後《のち》、木曽《きそ》義仲《よしなか》願状《ぐわんじやう》にそへて、此社《このやしろ》にこめられ侍《はべる》よし、樋口《ひぐち》の次郎《じらう》が使《つかひ》せし事共《ことども》、まのあたり縁記《えんぎ》にみえたり。

むざんやな甲《かぶと》の下《した》のきり〴〵す

解　釈

黒部川の河口は川筋が無数に分岐し、四十八か瀬といわれているが、その名の通り、数知れず多くの川を渡って、那古（富山県新湊市《しんみなとし》）という浦に出た。担籠《たご》（富山県氷見市《ひみし》）は藤の花の名所として知られ、その花房が浪のように揺れる様は、古くから歌に詠まれている。今は花の咲く春ではないが、初秋の風情《ふぜい》も見る価値があるであろうと、土地の人に担籠までの道を尋ねれば、「この那古から五里ほど磯伝いに行き、向こうの山陰に入った所で、漁師の苫ぶきの貧弱な家があるのみで、蘆の生い茂る水辺に一夜の宿を貸す者もいないでしょう」と脅されたので、担籠《たご》に行くのは諦《あきら》めて、直接加賀の国に入った。

わせの香や分入右は有磯海

さすが米所加賀。黄金に輝く豊な早稲の稲穂から香気が漂ってくる。その稲田をかき分けるように進んで加賀の国に入ろうとしている。この黄金に輝く稲穂のはるか右の方に万葉集以来の古い歌枕、有磯海が青く広がっていることであろう。

卯の花山、ここは義経の従兄弟にあたる木曽義仲の陣所があった山で、別名源氏山といわれるが、その卯の花山や、義仲が、角に松明を括りつけた多数の牛を平家陣に放つという奇襲で、平家軍を追い落とした古戦場倶利伽羅峠《くりからとうげ》の谷を越えて、金沢には七月十五日に着いた。この金沢に大阪から通って来る商人の何処という者がおり、俳諧も嗜む知人なので、かれの宿に同宿した。

金沢の一笑という者は、俳諧に熱心で、貞門や談林系の俳書に多く入集もして、その評判も次第に高まり、世間には俳諧仲間も多かった期待の若者であったのに、私の来訪を待てず、残念なことに去年の冬に早世してしまった。そこで一笑の兄が、私の来訪を機に追善の句会を催したので、その時追善句を詠んだ。

塚も動け我泣聲は秋の風

塚よ、私の深い哀悼の心に感じて動いてくれ。大声で泣く私のやり場のない悲しみはこの秋風となって貴方の塚を吹きめぐっているよ。

ある草庵にいざなはれて

秋涼し手毎にむけや瓜茄子

ある草庵に招待されて。　風情のある草庵でのもてなしに、初秋の涼しさが心《ここ》地《ち》よい。打ち解けて、この地で採れた瓜や茄子を皆で皮をむき、料理を手伝ってご馳走になろうではないか。

途中唫

あかくと日は難面もあきの風

金沢から小松への途中の句。　赤々と照りつける太陽は容赦なく残暑は厳しい。しかし、吹いてくる風はどこか爽やかで、ああ秋だな、と感じるのである。

小松と云所にて

しほらしき名や小松吹萩すゝき

小松（石川県小松市）という所で。　小松とは、しおらしい可憐な地名であることよ。その名の通り、眼前には小松が生え、その小松の上を吹く風が、萩や薄をなびかせて、情趣ある秋の景色を醸し出している。

この小松の地にある多太《ただ》神社に詣でた。この寺には、木曽義仲に討たれた斎藤別当実盛《さいとうべっとうさねもり》の兜《かぶと》や、鎧《よろい》の下に着た錦の艶やかな装束の切れ端が収められている。その昔、実盛が源氏に仕えていたころ、義経の父にあたる義朝公から賜ったものだという。なるほど、並の武将のものではなく立派な兜だ。目庇より後ろに反り返ったところまでは、菊唐草《きくからくさ》の彫刻の金《こがね》をちりばめ、龍頭には鍬形《くわがた》の金具が打ち付けてある。実盛は、義朝に仕えていた頃、幼少時の義仲の教育係でもあった。平治の乱のあと、平家に仕えた。実盛討死の後に、義仲はその死を悲しみ、敵ながらも捨て置けずに、祈願の書状を付けて、彼の兜と錦の着物の切れ端を、この神社に奉納した。実盛とは旧知の仲であり、「あなむざんやな、斎藤別当にて候いけるぞや」と彼の首検分をしたという樋口次郎が、奉納の使者として当寺に来た事などが、今、目《ま》の当たりに見るように寺の縁起に書いてある。

むざんやな甲の下のきりぎりす

なんと痛ましいことであろう。実盛は、白髪を染めこの兜を着けて勇敢に戦い、一刻は縁があった義仲軍に討たれてしまった。壮烈なる最後であった。今はその兜の下で、きりぎりす（今のコオロギ）が哀れを誘うように鳴いている。討つ者討たれる者、悲劇だけが残る戦い。きりぎりすのか細い鳴き声は、実盛の嘆きのように聞える。

一九　那谷寺《なたでら》・山中温泉《やまなかおんせん》

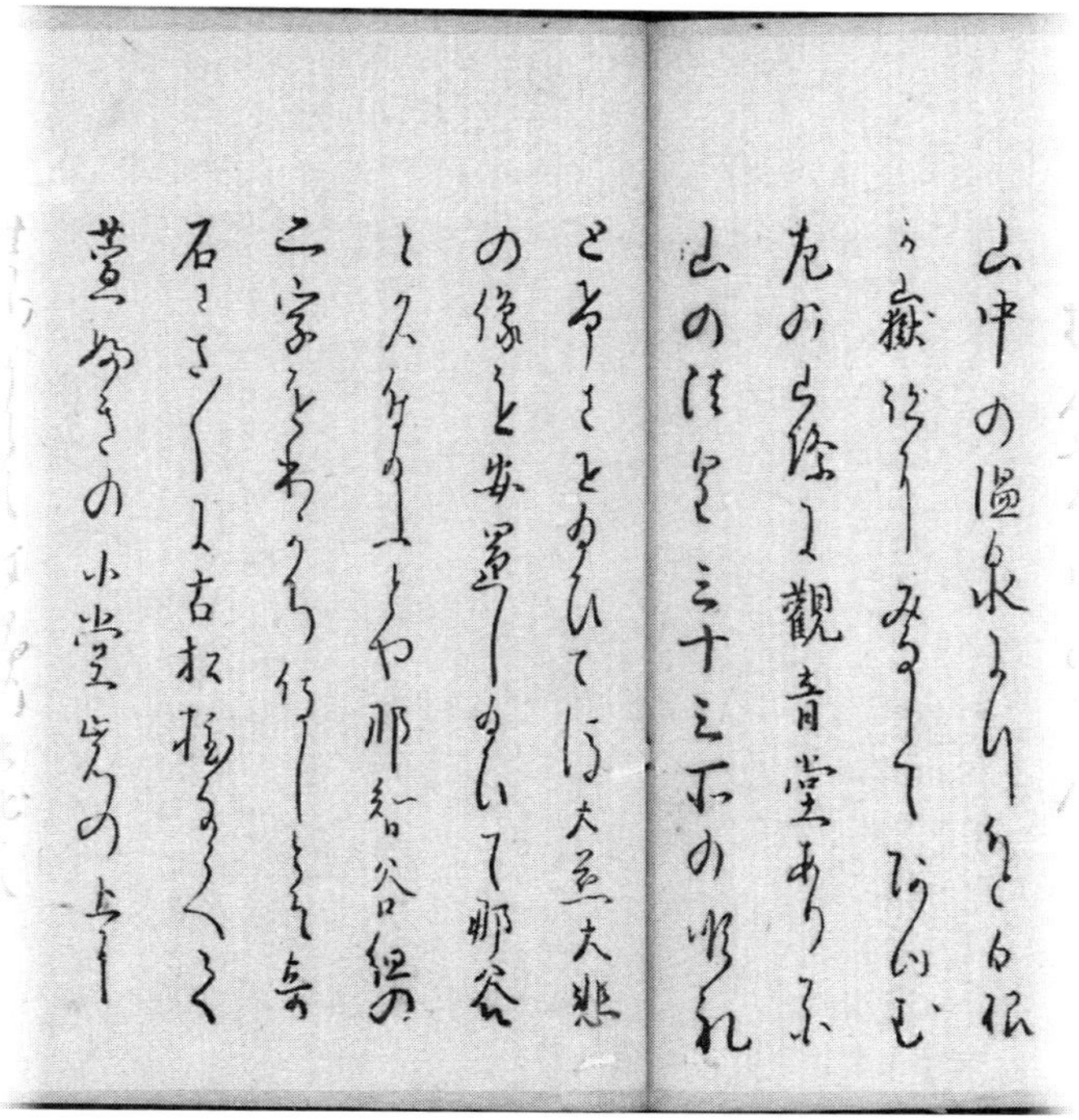

山中《やまなか》の温泉《いでゆ》に行《ゆく》ほど、白根《しらね》が嶽《だけ》跡《あと》にみなしてあゆむ。左の山際《やまぎは》に観音堂《くわんおんだう》あり。花《くわ》山《ざん》の法皇《ほふわう》三十三所の順礼《じゆんれい》とげさせ給《たま》ひて後《のち》、大慈大悲《だいじだいひ》の像を安置《あんぢ》し給ひて、那谷《なた》と名付《なづけ》給ふとや。那智《なち》・谷組《たにぐみ》の二字をわかち侍《はべり》しとぞ。奇《き》石《せき》さま〴〵に、古《こ》松《しよう》植《う》ゑならべて、萱《かや》ぶきの小堂《せうだう》岩《いは》の上に

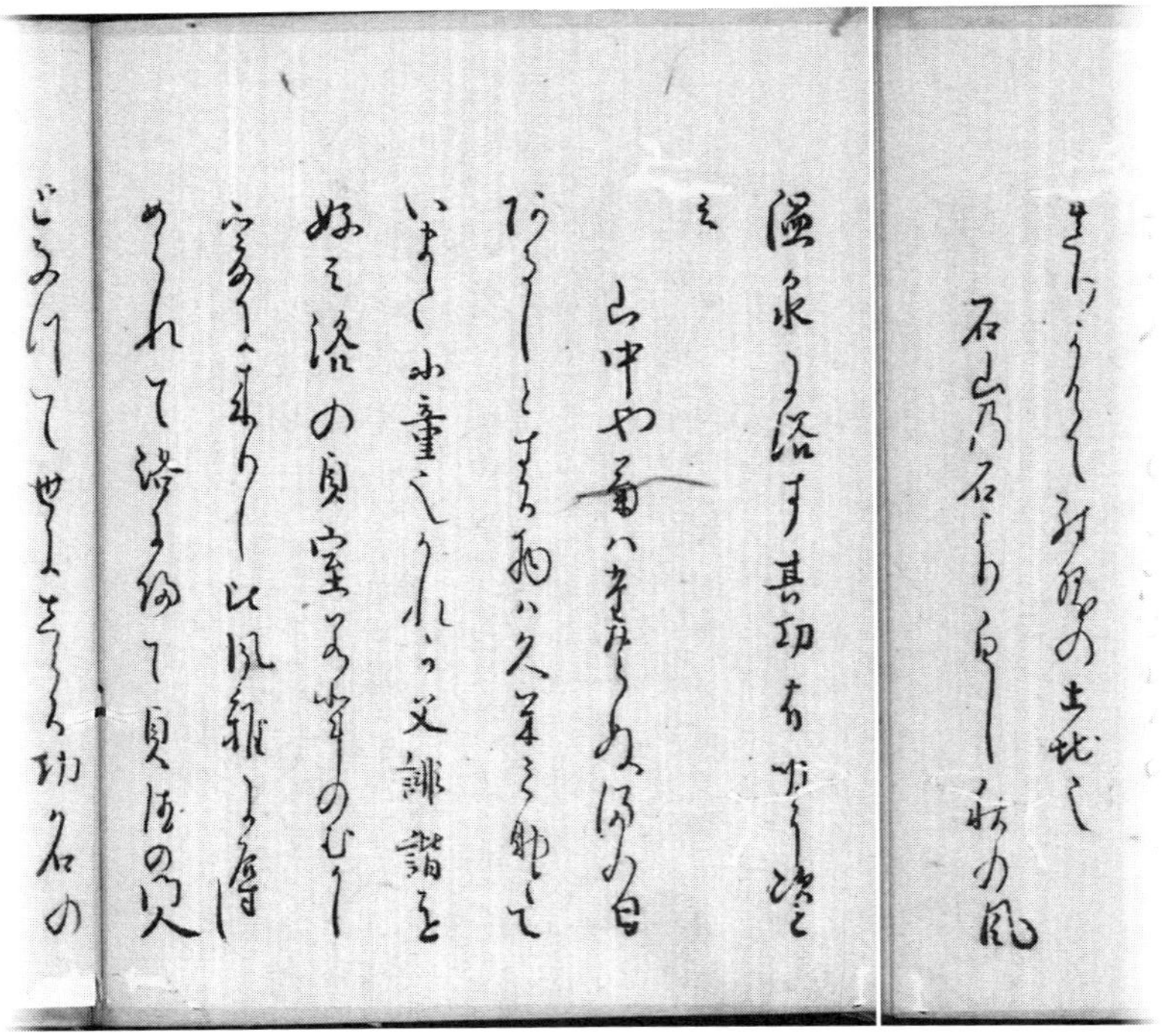

造りかけて、殊勝《しゆしよう》の土地《とち》也《なり》。

石山《いしやま》の石より白し秋の風

温泉《いでゆ》に浴《よく》す。其功有明《ありあけ》に次《つぐ》と云《いふ》。

山中《やまなか》や菊《きく》はたおらぬ湯の匂《にほひ》

あるじとする物《もの》は、久米之助《くめのすけ》とて、いまだ小童《せうどう》也。かれが父誹諧《はいかい》を好《この》み、洛《らく》の貞室《ていしつ》若輩《じやくはい》のむかし爰《ここ》に来《きた》りし比《ころ》、風雅《ふうが》に辱《はづか》しめられて、洛に帰《かへり》て貞徳《ていとく》の門人《もんじん》となつて世にしらる。功名《こうめい》の

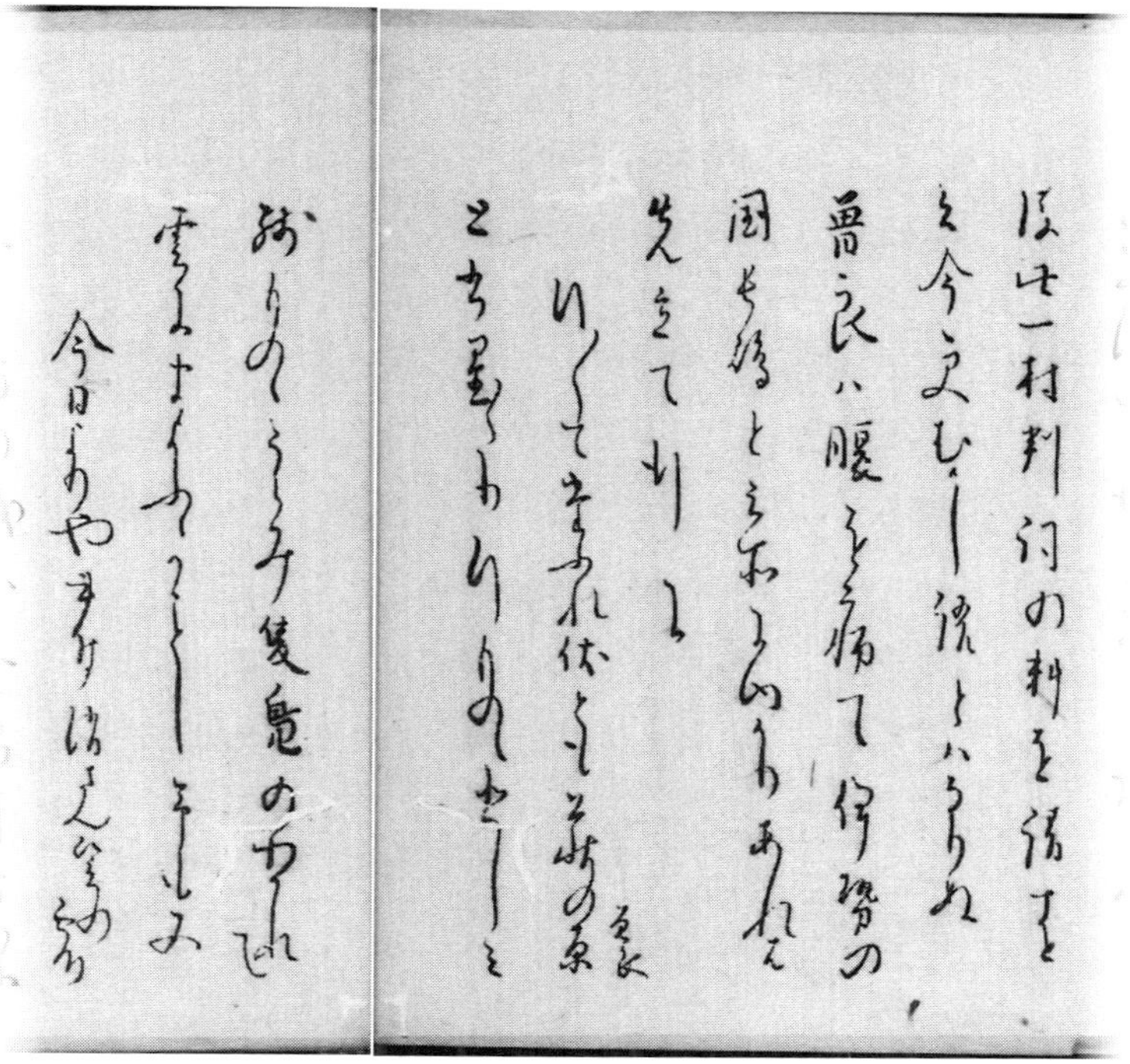

後《のち》、此《この》一村判詞《いつそんはんじ》の料《れう》を請《うけ》ずと
云《いふ》。今更《いまさら》むかし語《がたり》とはなりぬ。
曾良は腹を病《やみ》て、伊勢《いせ》の
国長嶋《ながしま》と云《いふ》所にゆかりあれば、
先立《さきだち》て行《ゆく》に、

行《ゆく》〳〵てたふれ伏《ふす》とも萩《はぎ》の原《はら》　曾良

と書置《かきおき》たり。行《ゆく》ものゝ悲しみ、
残《のこる》ものゝうらみ、隻鳧《せきふ》のわかれて
雲にまよふがごとし。予《よ》も又《また》、

今日《けふ》よりや書付《かきつけ》消さん笠《かさ》の露《つゆ》

解釈

山中温泉（石川県加賀市）に行く途中は、白根ヶ岳（石川県と岐阜県の県境の白山）を後方にながめるような形で歩みを進めた。左手の山際に観音堂（石川県小松市那谷寺）がある。第六十五代花山天皇は、九八四年に十七歳で即位なさり、十九歳で譲位されて、早々仏門に入られ法皇になられた。出家されて、観世音菩薩をまつる三十三か所の寺院の順礼をお果しになった後、この寺に大慈大悲の観音菩薩の像を安置なさって、寺の名を那谷寺と名付けられたという。西国三十三か所第一番札所那智《なち》山青岸渡寺と、最終の札所美濃谷汲《たにぐみ》山華厳寺の寺の名前の頭一字ずつを分かち取って名付けられたという。観音堂のある岩山は珍しい形の岩石が様々な形で重なり、その上に古い松が並び生えており、茅葺《かやぶき》の小さいお堂（大悲閣）が岩の上に、岩壁を利用した形で造りかけてある。とても簡素なお堂で、それがかえって神聖で有難く思われ、神々しくすぐれた土地である。

石山の石より白し秋の風

この那谷寺は様々な奇石が重なる石山で、その石が白く曝されている。この石山の石の白さよりも、今吹き渡る秋風はなお一層に白く感じられ、その透明感のなかに、この寺がとても神聖に思われるのである。

山中温泉に入浴した。この山中温泉の効能は、あの有馬温泉（兵庫県）に次いで高いという。

山中や菊はたおらぬ湯の匂

山中温泉の効能は素晴らしい。中国の伝説にある、菊の露を飲んで八百年の長寿を得たという菊慈童の話はよく知られているが、長寿を得るという菊を手折らなくても、この山中の湯の匂いに包まれていれば、心も体も解きほぐされて、長寿を得られるような気分だ。

宿の主人は久米之助といい、まだ少年である。彼の父親は俳諧を好んでいた。京都の安原貞室《やすはらていしつ》（貞門派の著名俳人）が、まだ未熟な若者であった昔にこの地を訪れた折、京の都から来たというので、俳諧の嗜みもあろうと思われ、久米之助の父に俳諧の席にさそわれたが、俳諧のことは全く不勉強で恥かしい思いをした。そこで、京都に帰って、俳諧の宗匠松永貞徳《まつながていとく》（貞門俳諧の始祖）に入門して道に励み、俳人として世に知られるまでになった。有名人になってからも、俳諧精進のきっかけを与えてくれたこの山中の人々からは、俳諧の指導料を取らなかったという。いまではその美談も昔話になってしまった。

曽良は腹を悪くして、伊勢の国長島（三重県桑名市長島町）に縁者がいるので、足手まといになることを案じて、先ずは一足早くそこへ行くことになった。その時にこの句を詠んだ。

行くてたふれ伏とも萩の原　　曽良

師と別れ、一人で先に旅立っていくが、病の身、行き行きて、途中で行き倒れるかもしれない。でも後悔はない。今、野原には美しい萩の花が咲き乱れているだろうから。　　曽良

この句を書き残して行ってしまった。心を残して先に行く曽良の悲しみ、残された私の残念さ。それはあたかも常に行動を共にしている二羽の鳧《けり》が、別れ別れになり、一羽になって、雲の間《あいだ》を

迷いながら心細く飛んでいるような、今まさにそんな苦しい寂しい気分である。そこで私も、曽良の句に応えて、次の句を詠んだ。

今日よりや書付消さん笠の露

今日からは一人旅。この旅の出発の際、順礼者が仏と共にという心で、「乾坤無住同行二人」と笠に書くのに倣って、曽良と同行二人旅の旅笠にも「同行二人」と書き付けた。しかし、一人になった今、笠に置く秋の露で、又、私の離別の涙で、その書付を消さなければなるまいよ。この旅の苦難、そして喜び、共にわけ合ってきた曽良よ、ここまで来て、別れることになり、なんと口惜しいことか。

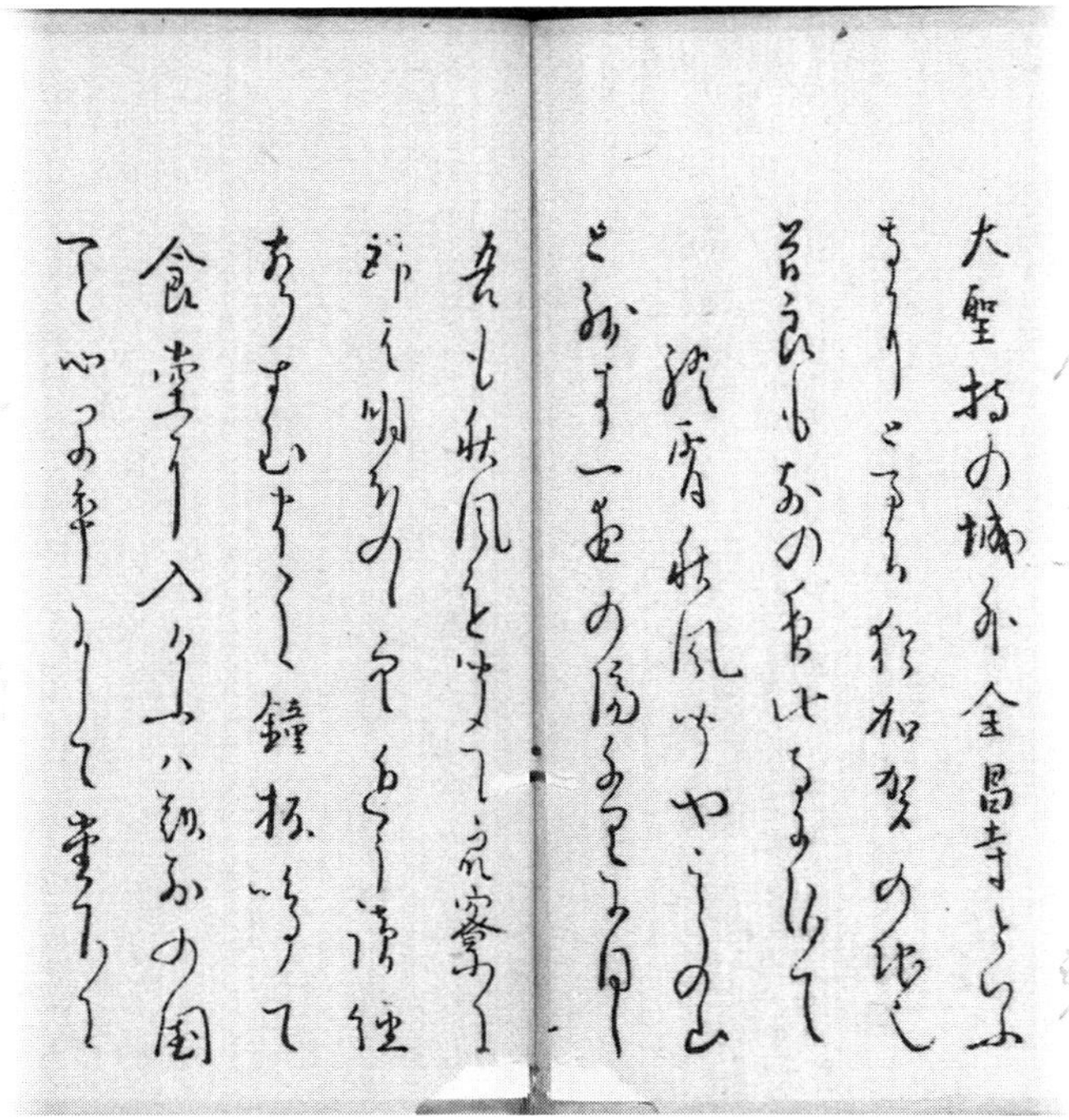

二〇 全昌寺《ぜんしょうじ》・汐越《しおこし》の松・天龍寺《てんりゅうじ》・永平寺《えいへいじ》

大聖持《だいしやうぢ》の城外《じやうぐわい》、全昌寺《ぜんしやうじ》といふ寺にとまる。猶《なほ》加賀《かが》の地也《ちなり》。曽良も前の夜此《この》寺に泊《とまり》て、

終宵《よもすがら》秋風聞《きく》やうらの山

と残す。一夜《いちや》の隔《へだて》、千里《せんり》に同じ。吾《われ》も秋風を聞《きき》て衆寮《しゆれう》に臥《ふせ》ば、明《あけ》ぼのゝ空近う、読経《どきやう》聲すむまゝに、鐘板《しようばん》鳴《なり》て食堂《じきだう》に入《いる》。けふは越前《ゑちぜん》の国へと、心《こころ》早卒《さうそつ》にして堂下《だうか》に

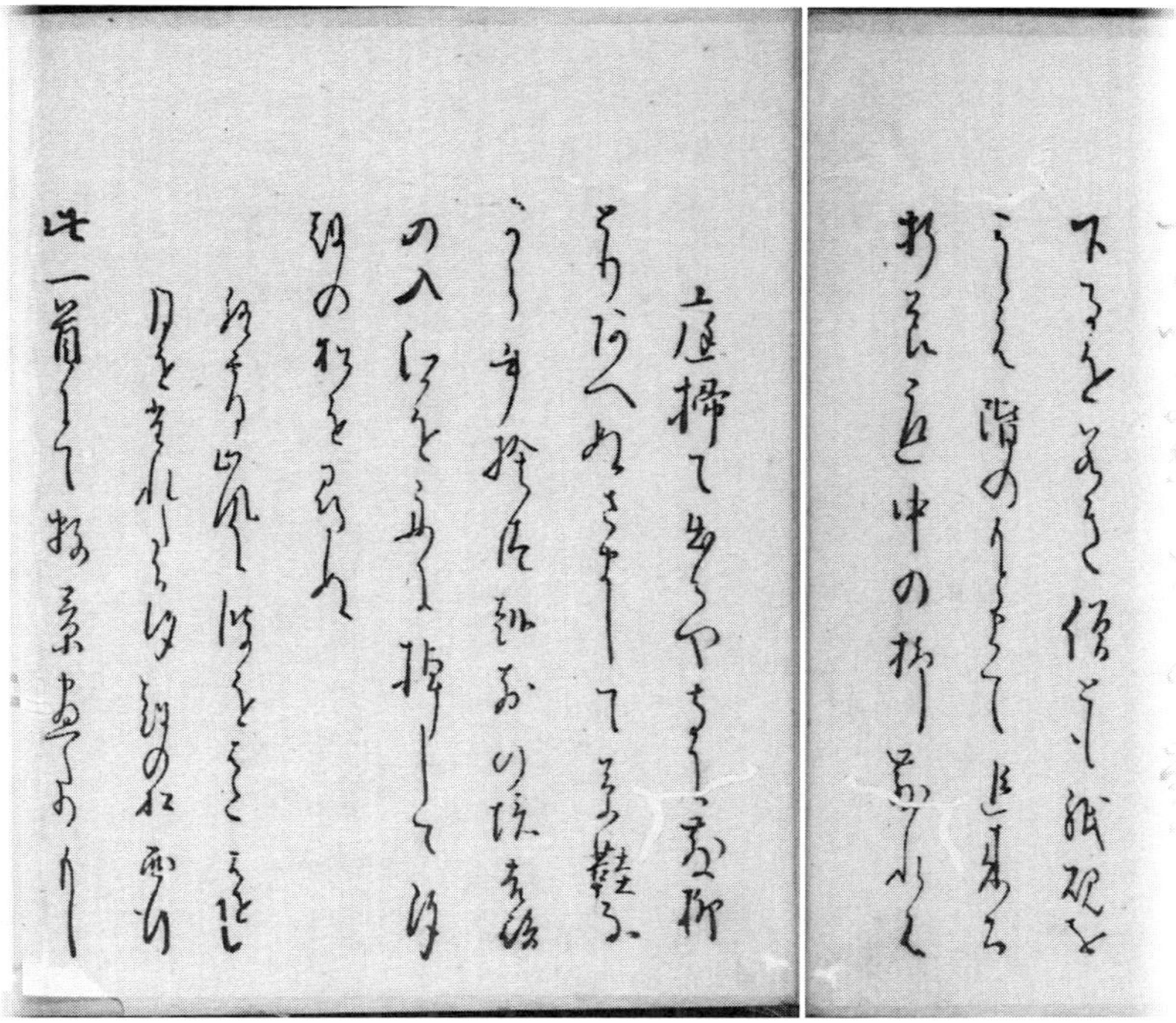

下《くだ》るを、若き僧ども紙《かみ》・硯《すずり》を
かゝえ、階《きざはし》のもとまで追来《おひきた》る。
折節《をりふし》庭《てい》中《ちゆう》の柳《やなぎ》散れば、

庭掃《にわはき》て出《いで》ばや寺に散《ちる》柳

とりあへぬさまして、草鞋《わらぢ》ながら書捨《かきす》つ。越前《ゑちぜん》の境《さかひ》、吉崎《よしさき》の入江《いりえ》を舟に棹《さをさ》して、汐《しほ》越《こし》の松《まつ》を尋ぬ。

終宵嵐《よもすがらあらし》に波をはこばせて
月をたれたる汐越の松　西行《さいぎやう》

此《この》一首にて数景《すけい》尽《つき》たり。もし

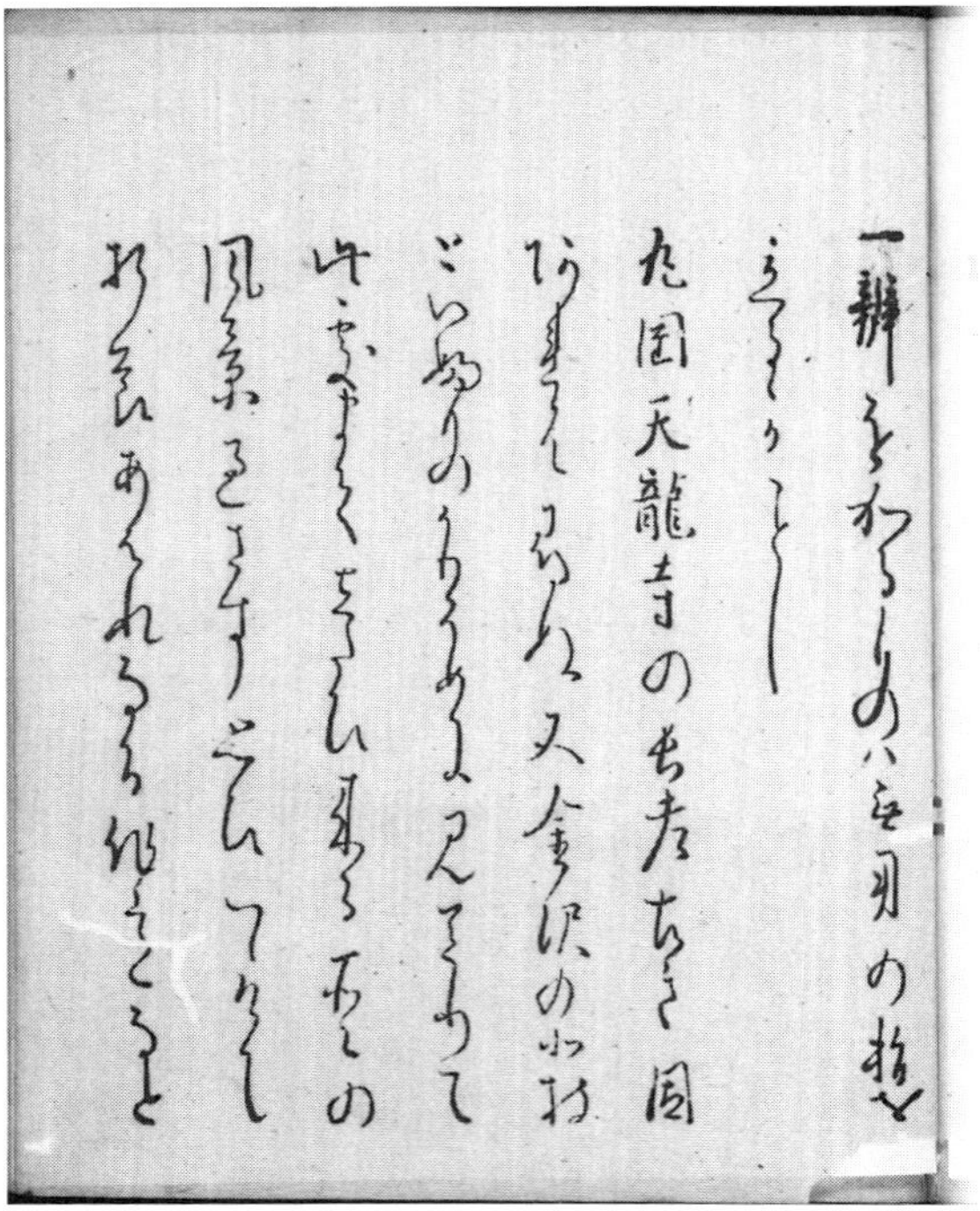

一辨《いちべん》を加《くはふ》るものは、無用《むよう》の指を
立《だつ》るがごとし。
丸岡《まるおか》天龍寺《てんりうじ》の長老《ちやうらう》、古き因《ちなみ》
あれば尋《たず》ぬ。又《また》、金沢の北枝《ほくし》
といふもの、かりそめに見送りて、
此処《このところ》までしたひ来《きた》る。所《ところ》々の
風景過《すぐ》さず思ひつゞけて、
折節《をりふし》あはれなる作意《さくい》など

「北枝」　金沢の俳人。加賀藩御用達の研師。奥の細道の旅の途中の芭蕉に入門。以後加賀蕉門の中心人物として活躍した。山中温泉滞在中、芭蕉から聞いた言説を北枝が書きとめたと伝える『山中問答』は、芭蕉の俳論資料として注目される。

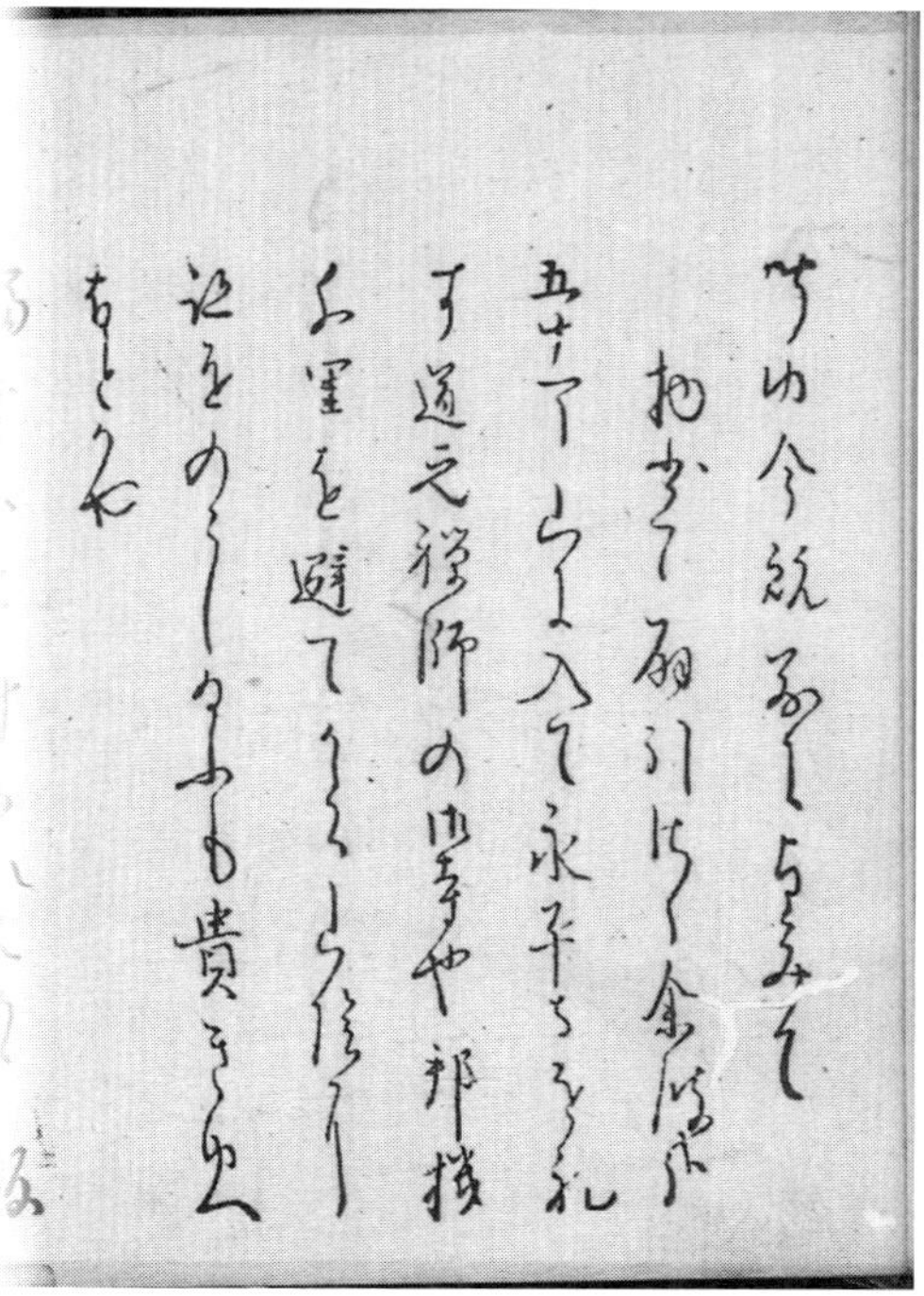

聞《きこ》ゆ。今既《いますでに》別《わかれ》に望《のぞ》みて
物書《がき》て扇《あふぎ》引《ひき》さく余波《なごり》哉《かな》
五十丁《ごじつちやう》山《やま》に入《いり》て永平寺《えいへいじ》を礼《らい》
す。道元禅師《だうげんぜんじ》の御寺《みてら》也《なり》。邦機《はうき》
千里を避《さけ》て、かゝる山陰《やまかげ》に
跡《あと》をのこし給ふも、貴《たふと》きゆへ
有《あり》とかや。

「道元禅師」　日本曹洞宗の開祖。入栄修禅の後、京都深草に興聖寺を開く。越前領主波多野義重の懇請を受けてこの地に永平寺を開いた。

解釈

大聖寺(石川県加賀市大聖寺)という城下町のはずれにある全昌寺という曹洞宗の寺に泊まった。ここはまだ加賀の地である。先立って行った曽良も前夜はこの寺に泊まって、次の句を残していた。

終宵《よもすがら》秋風聞《きく》やうらの山

一晩中、全昌寺の裏山の木立の上を吹く秋風の音を聞きながら、眠れない夜を過ごした。病の身となり、師と別れて一人旅となった身には、秋風はつくづく切なく寂しいものであった。

曽良とは、たった一夜の隔たりなのに、千里も遠く隔たってしまったような寂しい気分である。私も同じ秋風を聞きながら、修行僧の寮舎に臥して、眠れない寂しい一夜を過ごした。夜明けも近い空に、僧たちの朝の読経の声が澄み渡って聞こえているうちに、やがて朝食を知らせる鐘板が鳴ったので、修行僧と一緒に食堂に入った。今日は加賀の国を出て、越前の国(福井県）に入ろうと、心もあわただしく堂を下りると、若き僧たちが紙や硯を抱えて、階段の下まで追いかけてきた。ちょうどその時、寺の庭の柳が秋風に散ったので、

庭掃て出ばや寺に散柳

一宿のお世話になったこの寺を、今出発しようとしているが、折からの庭の柳が散り落ちた。禅家のきまりにそって、せめてこの柳の落葉を掃き清めるなどをして、一宿お礼の気持ちの作務《さむ》をしてからお暇《いとま》したいものであるよ。

急いでいたので、即興の句を、草鞋を履いたままで、読み返して推敲することもせずに書き与えた。

加賀と越前の国境にある吉崎（福井県あわら市）の入江を舟で渡り、景勝地汐越しの松を尋ねた。

終宵《よもすがら》嵐《あらし》に波をはこばせて月をたれたる汐越の松　西行《さいぎやう》

一晩中吹き付ける嵐に波をかぶった汐越しの松は、潮に濡れ、枝を大きく垂れ

ており、その垂れた枝越しに、彼方の海原に沈もうとしている美しい月をのぞくことができる。とても美しい景色だ。

西行

西行が詠まれたこの一首で、汐越しの松の数々の美しさは完璧に表現され尽くされている。もしこれ以上に、一言でもこの西行の歌に詞を加えようものなら、それは五本の指で充分に事足りている人間の指に、さらに一本加えるようなもので、『荘子』の本にあるところの「無用の指」の論の如く、全く無駄なことである。

丸岡（実は松岡）にある天龍寺（福井県吉田郡松岡）の住職は古くからの知り合いなので、尋ねて行った。又金沢の北枝という者が、ほんの少しばかり送ろうと付いてきたが、とうとうこの地まで、私を慕って付いてきた。北枝は、道すがらの風景を見逃さず、句を考え続けて、時折趣のある着想の句を聞かせてくれた。ささやかな、心豊かな交流をしてきた北枝とも、今いよいよ別れの時になって、

物書て扇引さく余波哉

夏の間使い慣れた扇も秋となって手放す時節となった。そして親しんだ貴方と

も別れの時がきてしまった。離別の形見にお互いに句を詠み合って扇に書き付け、その扇を二つに引き裂いてそれぞれに分かち持ってこの度の旅の記念とし、名残を惜しむことにしよう。

道から五十丁ほど山に入って、永平寺（福井県吉田郡）を礼拝した。永平寺は道元禅師（曹洞宗の開祖）が開かれた寺である。都に近い土地を避けて、わざわざこんな山中に寺を残されたのも、仏道修行に対する、道元禅師の尊い配慮があってのことだという。

二一

福井《ふくい》・敦賀《つるが》

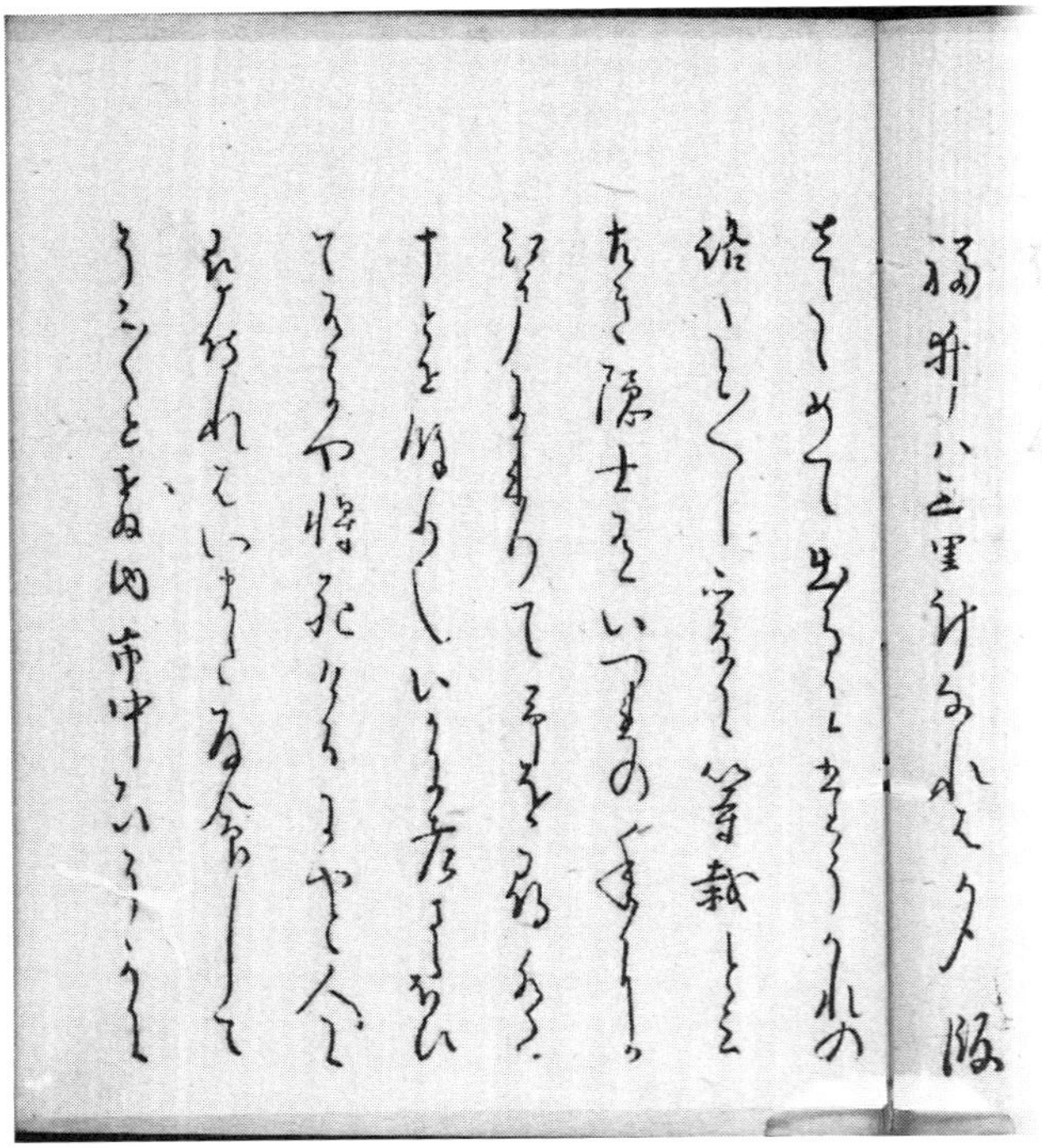

福井《ふくゐ》は三里計《ばかり》なれば、夕飯《ゆふめし》したゝめて出《いづ》るに、たそかれの路《みち》たど〳〵し。爰《ここ》に等栽《とうさい》と云《いふ》古き隠士《いんし》有《あり》。いづれの年にか江戸《えど》に来《きた》りて予《よ》を尋《たづぬ》。遥《はるか》十とせ余《あま》り也《なり》。いかに老《おい》さらぼひて有《ある》にや、将死《はたしに》けるにやと、人に尋《たづね》侍《はべ》れば、いまだ存命《ぞんめい》して、「そこ〳〵」と教ゆ。市中《しちゅう》ひそかに

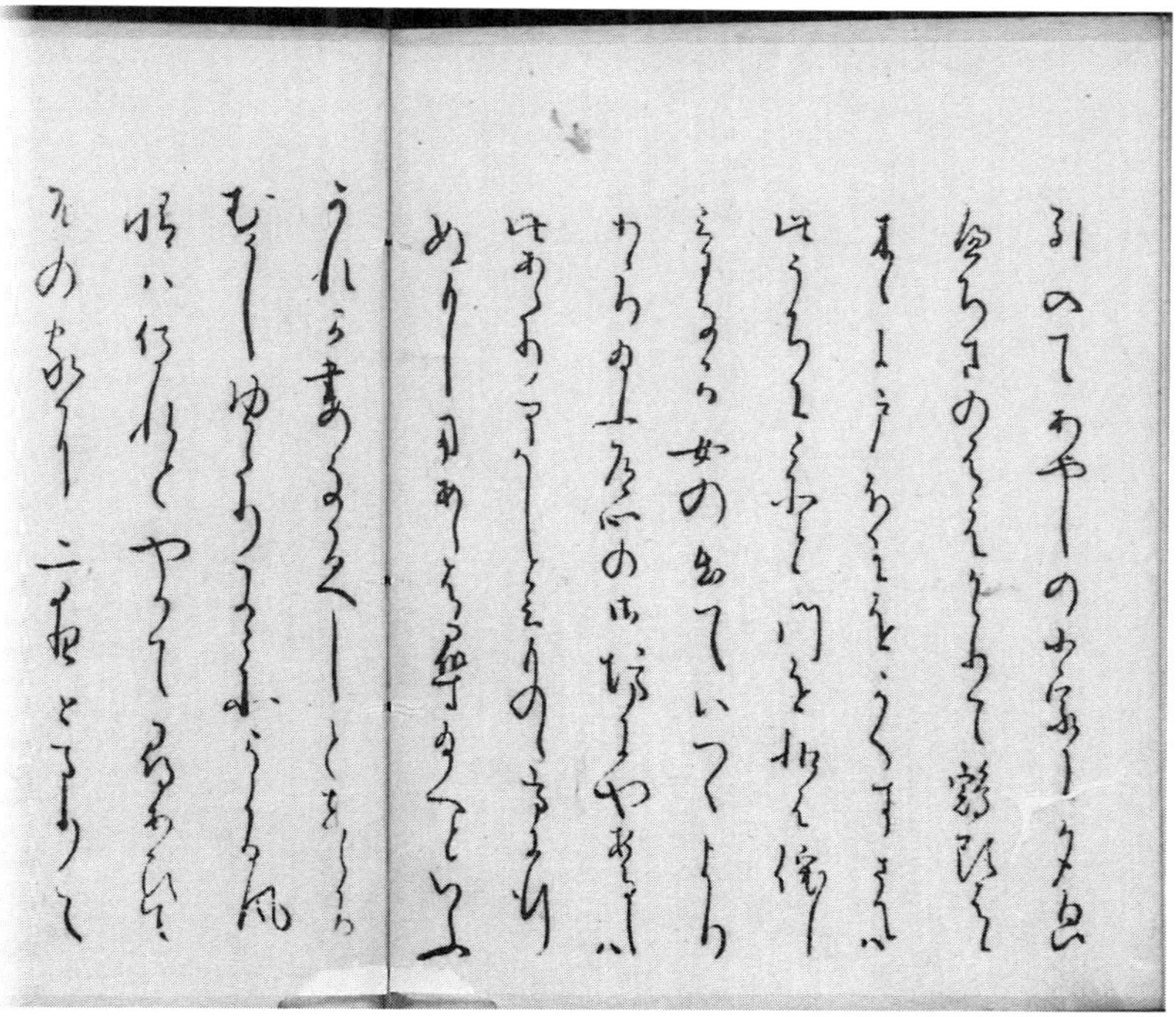

引入《ひきいり》て、あやしの小家《こいへ》に夕㒵《ゆふがほ》・へちまのはえかゝりて、鶏頭《けいとう》・はゝ木ゞに戸《と》ぼそをかくす。さては此《この》うちにこそと、門《かど》を扣《たたけ》ば、侘《わび》しげなる女の出《いで》て、「いづくよりわたり給ふ道心《だうしん》の御坊《ごぼう》にや。あるじは此《この》あたり何がしと云《いふ》もの、方《かた》に行《ゆき》ぬ。もし用あらば尋給《たづねたま》へ」といふ。

かれが妻なるべしとしらる。むかし物がたりにこそかゝる風《ふ》情《ぜい》は侍れと、やがて尋《たづね》あひて、その家に二夜《ふたよ》とまりて、

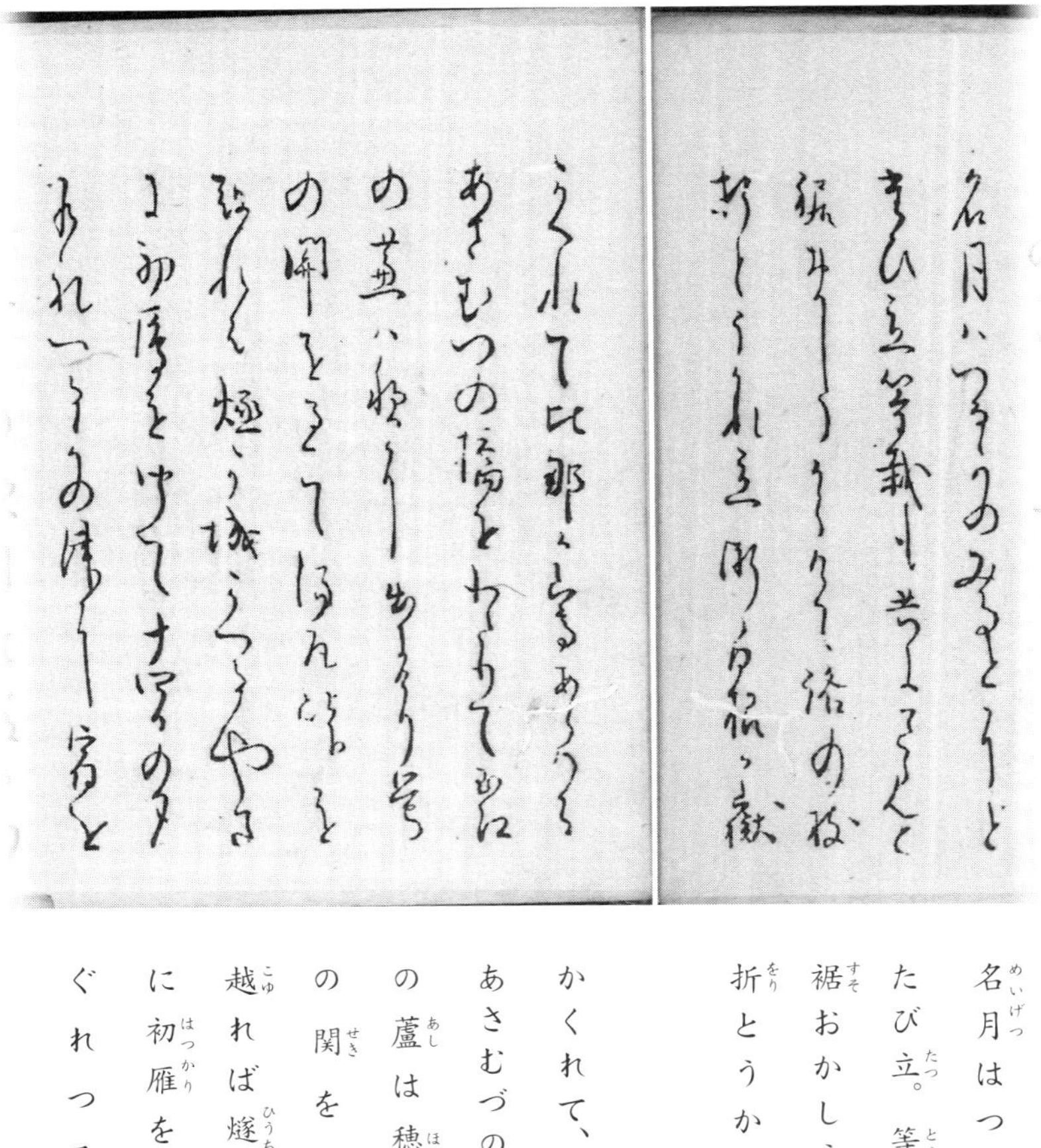

名月《めいげつ》はつるがのみなとにとたび立《たつ》。等栽《とうさい》も共《とも》に送らんと、裾《すそ》おかしうからげて、路《みち》の枝《し》折《をり》とうかれ立《たつ》。漸《やうやう》白根《しらね》が嶽《だけ》

かくれて、比那《ひな》が嵩《だけ》あらはる。あさむづの橋をわたりて、玉江《たまえ》の蘆《あし》は穂《ほ》に出《いで》にけり。鶯《うぐひす》の関《せき》を過《すぎ》て、湯尾《ゆのを》峠《たうげ》を越《こゆ》れば燧《ひうち》が城《じやう》、かへるやまに初雁《はつかり》を聞《きき》て、十四日の夕ぐれつるがの津《つ》に宿を

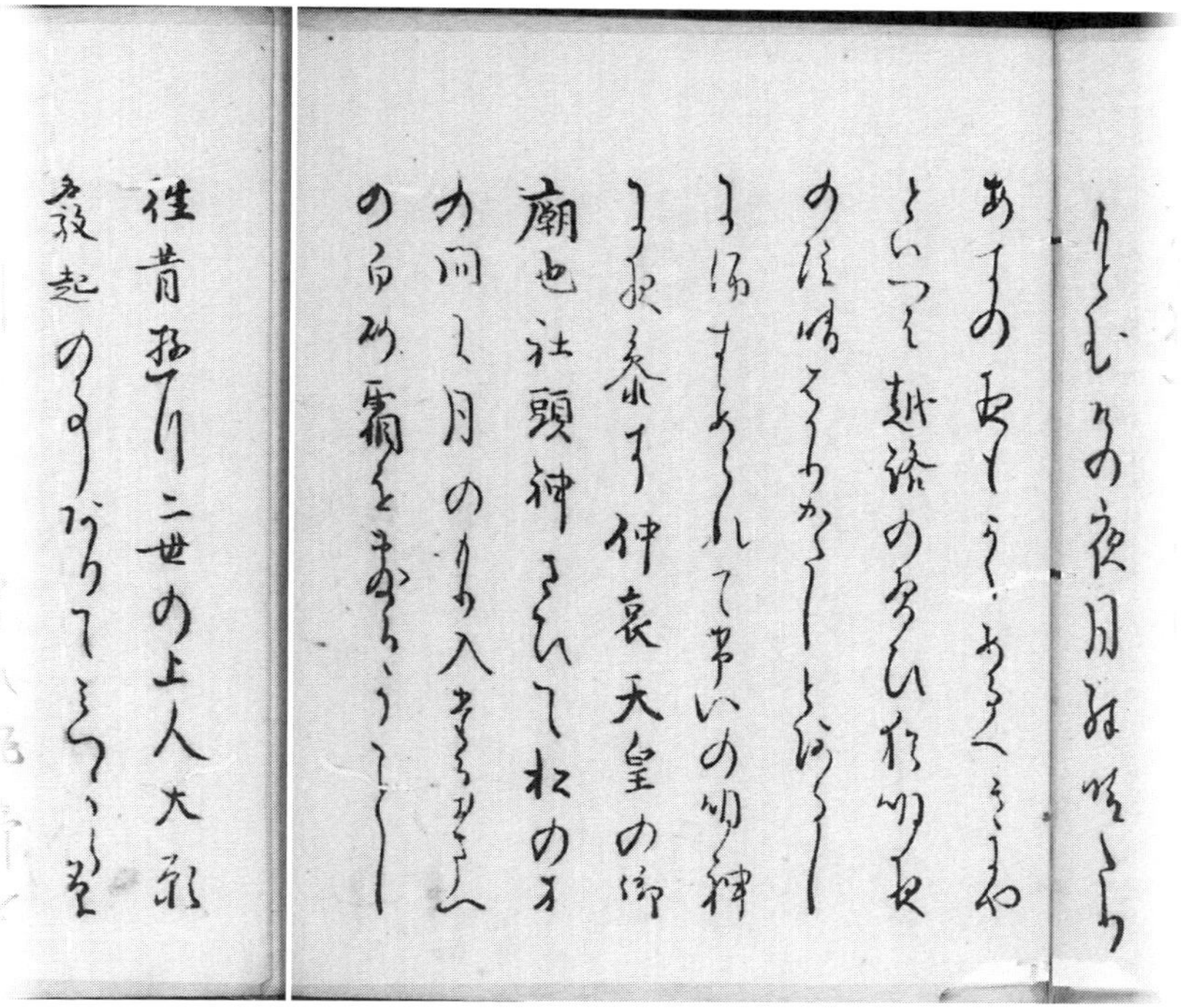

もとむ。その夜《よ》、月《つき》殊《ことに》晴《はれ》たり。「あすの夜《よ》もかくあるべきにや」といへば、「越路《こしぢ》の習ひ、猶《なほ》明夜《めいや》の陰晴《いんせい》はかりがたし」と、あるじに酒すゝめられて、けいの明神《みやうじん》に夜参《やさん》す。仲哀《ちゆうあい》天皇《てんのう》の御《ご》廟《べう》也。社頭《しやとう》神《かん》さびて、松の木《こ》の間《ま》に月のもり入《いり》たる、おまへの白砂《はくさ》霜《しも》を敷《しけ》るがごとし。

「往昔《そのかみ》遊行《ゆぎやう》二世《にせ》の上人《しやうにん》、大願《たいぐわん》発起《はつき》の事《こと》ありて、みづから草

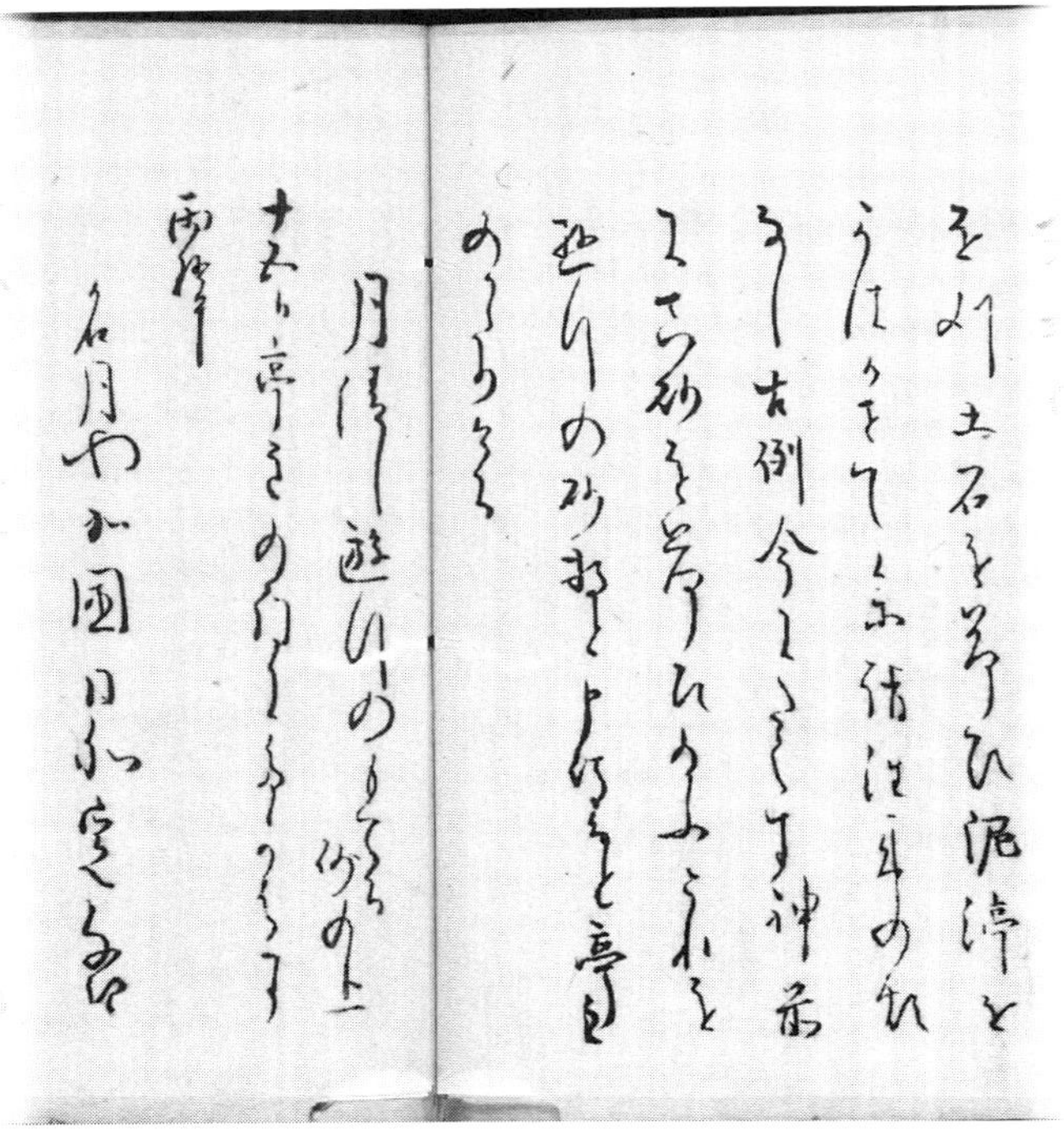

を刈《かり》土《ど》石《せき》を荷《にな》ひ、泥渟《でいてい》をかはかせて、参詣《さんけい》往来《わうらい》の煩《わづらひ》なし。古例《これい》今にたえず、神前《しんぜん》に真砂《まさご》を荷《にな》ひ給ふ。これを遊行《ゆぎやう》の砂持《すなもち》と申《まうし》侍《はべ》る」と亭主《ていしゅ》のかたりける。

月清し遊行のもてる　砂の上

十五日、亭主の詞《ことば》にたがはず雨降《ふる》。

名月や北國《ほくこく》日和《びより》定《さだめ》なき

解釈

福井（福井市）は、永平寺から三里程なので、夕飯を済ませてから出かけたところ、夕暮れ時の道は、足元が確かでなくて、はかどらない。この福井には等栽という古い知り合いの隠士がいる。俗世間から離れてひっそりと暮らしているようだ。いつの年だったか、江戸にやって来て、私を訪ねてきたことがある。はるか十年余りも前のことである。今はどんなに老いぼれているだろうか。それとも、もう死んでしまっているだろうか。人に尋ねたところ、今も健在で、どこそこに住んでいると教えてくれた。行ってみると、町中ではあるが、ひっそりと人目を避けて引き籠ったような、みすぼらしい小家があった。夕顔や糸瓜が蔓をのばして生えかかり、鶏頭や帚木が伸びに伸び、入り口を隠している。隠者らしい住まいだ。この家に違いないと門をたたくと、侘しげな姿の女が出てきて、「どこからおいでの御坊様でしょうか、主人は近所の何某という家に行っています。もし御用があるのなら、そちらを尋ねてください。」と言う。どうやら等栽の妻らしい。昔の物語に、こんな場面があった。そうそう、源氏物語に、夕顔が垣根に咲いた小家を源氏の君が訪れる場面があるではないか。ひなびた小家に不愛想な女も、何だか物語めいて風情があり面白く感じられる。やがて等栽にめぐり会って、彼の家に二晩も泊まり、八月十五夜の名月は、敦賀の港（福井県敦賀市）で鑑賞しようと福井を旅立つ。等栽も、一緒に敦賀まで送ろうと、着物の裾をまくり、おかしな格好に帯にからげて、道案内をしようと浮き浮きしている。道を進むうちに、次第に白根が岳（白山）が隠れて、代わって比那が岳（福井県の日野山）が見えてきた。越中から敦賀に入ってきたのだ。枕草子に「橋は浅むづの橋」とあるあさむづの橋を渡って、歌枕の玉江に来ると、「夏刈の玉江の蘆」などと古歌でよまれた蘆は、穂が出てしまっていた。また歌枕の鶯の関を通り、木曽義仲の陣があった湯尾峠を越すと、義仲の城があった燧ケ城があり、その山つづきの帰山（海路山）では初雁の声を聞き、十四日の夕暮れに敦賀の港に着いて宿をとった。その夜は月がとりわけ晴れて美しかった。宿の主人に、「明日の十五夜も今日のように美しいでしょうか」と問えば、「北陸路の天候は変わりやすいので、明日の十五夜が晴れるか曇るかは解らない」と言いながら、酒を勧める。主人の言葉に従い、明日の天気は解らないので、月の美しい今宵のうちに気比神社に夜参りをした。この神社は仲哀天皇を祭る御廟である。社殿のあたりは神々しく、松の木の間より月光が漏れ、その光を受けて神前の白砂は一面霜を敷いたように白く美しい。「昔、遊行二世の上人が、神や信者を悩ませていた沼の毒龍を収め、参道を整えようとの大願を思い立たれて、自ら草を刈り土石を運んで、ぬかるみや水溜まりの道を乾かし、補修をなさった。それ以来、参詣の往来の煩いも無くなった。この事に倣って、今も代々の遊行上人は神前に砂を担いでお運びになります。これを遊行の砂持と申しています。」と宿の主人が語った。

月清し遊行のもてる砂の上

十四日の月が澄んで清らかである。その月が遊行上人が運ばれた神前の白砂を照らしてなんと神々しいことか。

翌十五日は、やはり宿の主人の言葉に違わず、雨が降った。

名月や北國日和定なき

せっかくの中秋の名月。昨夜とうって変わって雨もよい。なるほど北国の天気は変わりやすいものだ。

二二　色《いろ》の浜・大垣《おおがき》

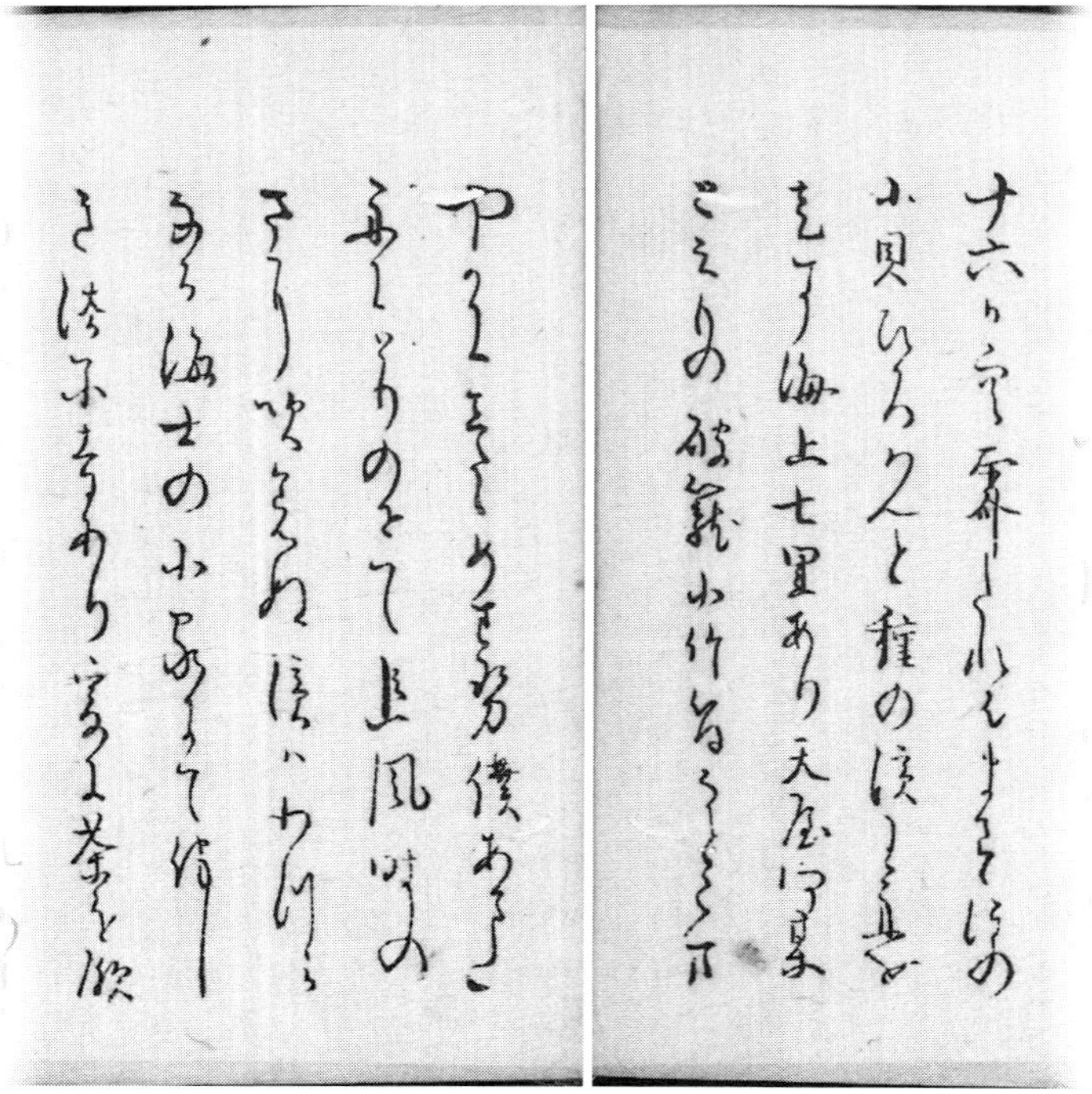

十六日、空霽《はれ》たれば、ますほの小貝《こがひ》ひろはんと、種《いろ》の濱《はま》に舟を走《は》す。海上七里《かいしやうしちり》あり。天屋何某《てんやなにがし》と云《いふ》もの、破籠《わりご》・小竹筒《ささえ》などこまやかにしたゝめさせ、僕《しもべ》あまた舟にとりのせて、追風《おひかぜ》時のまに吹着《ふきつき》ぬ。濱はわづかなる海士《あま》の小家《こいへ》にて、侘《わび》しき法花寺《ほつけでら》あり。爰《ここ》に茶を飲

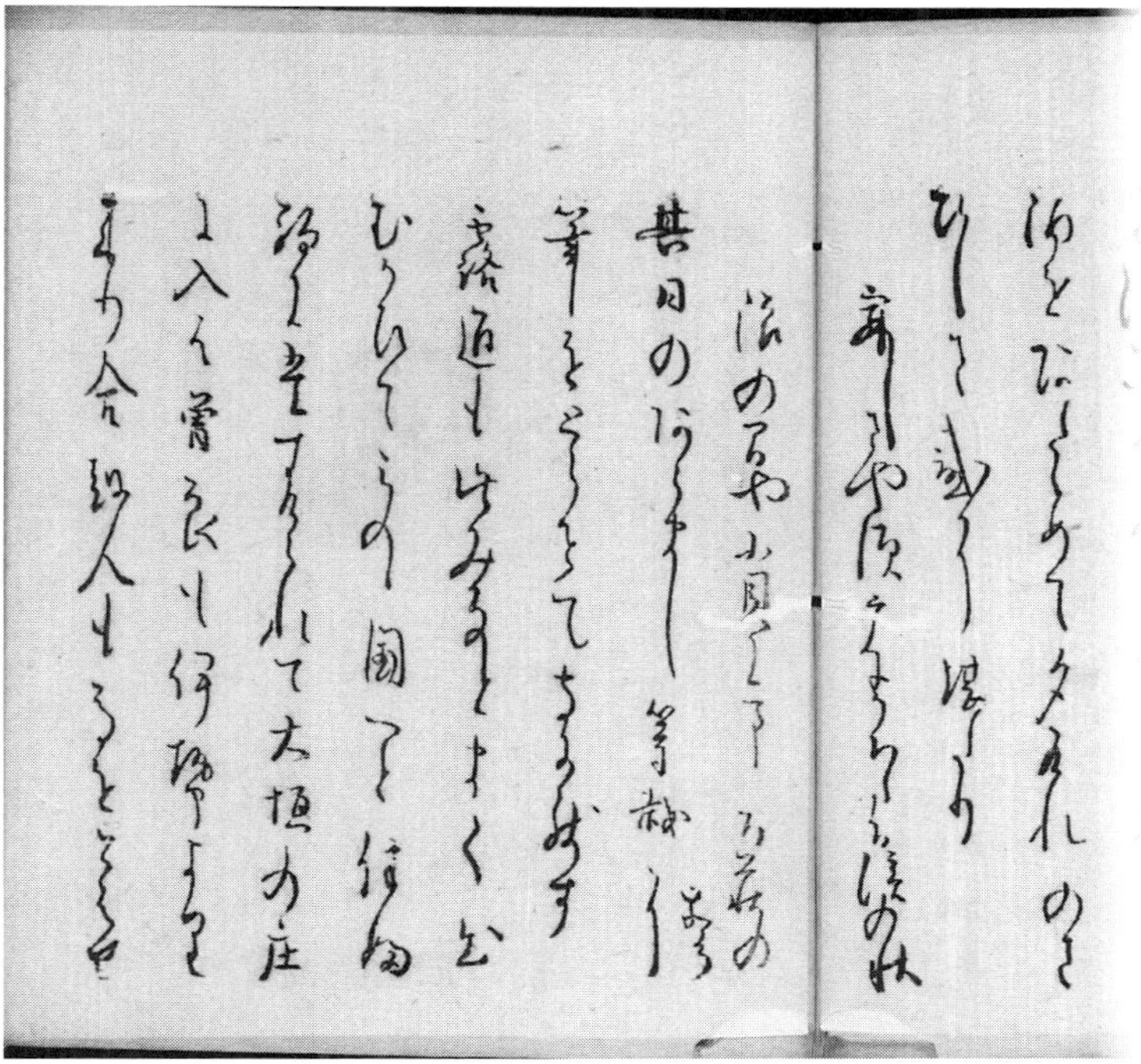

酒をあたゝめて、夕ぐれのさびしさ感に堪《たへ》たり。

寂《さび》しさや須磨《すま》にかちたる濱の秋

浪の間《ま》や小貝にまじる萩《はぎ》の塵《ちり》

其《その》日のあらまし、等栽に筆をとらせて寺に残す。

露通《ろつう》も此《この》みなとまで出《いで》むかひて、みのゝ国へと伴《ともな》ふ。駒《こま》にたすけられて大垣《おほがき》の庄《しやう》に入《いれ》ば、曽良も伊勢《いせ》より来《きた》り合《あひ》、越人《ゑつじん》も馬をとばせ

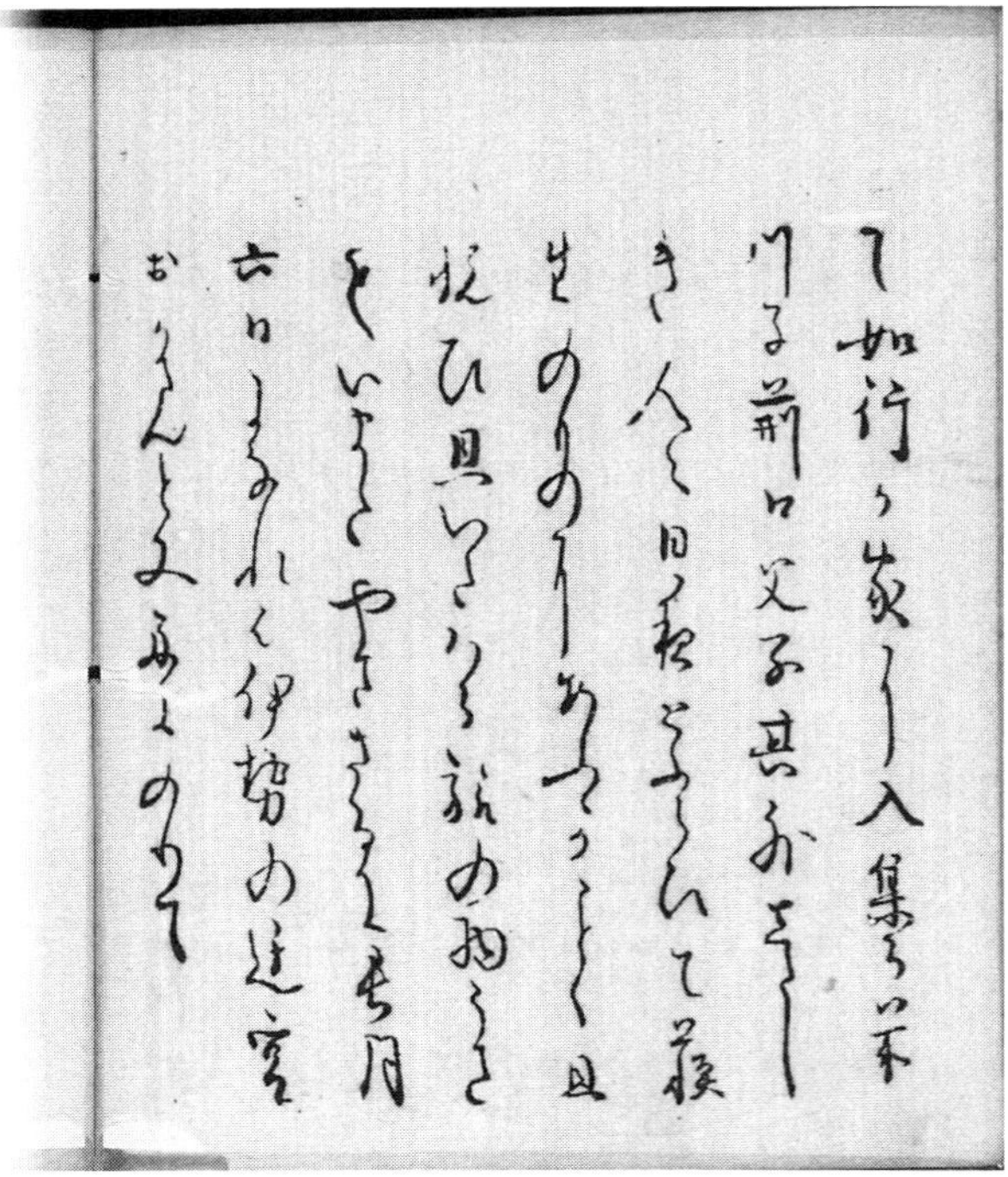

て、如行《じょかう》が家に入《いり》集《あつま》る。前《ぜん》川《せん》子・荊口《けいこう》父子《ふし》、其外《そのほか》したしき人々、日夜《にちや》とぶらひて、蘇《そ》生《せい》のものにあふがごとく、且《かつ》悦《よろこ》び且《かつ》いたはる。旅の物《もの》うさもいまだやまざるに、長月《ながつき》六日になれば、伊勢《いせ》の遷宮《せんぐう》おがまんと、又《また》舟にのりて、

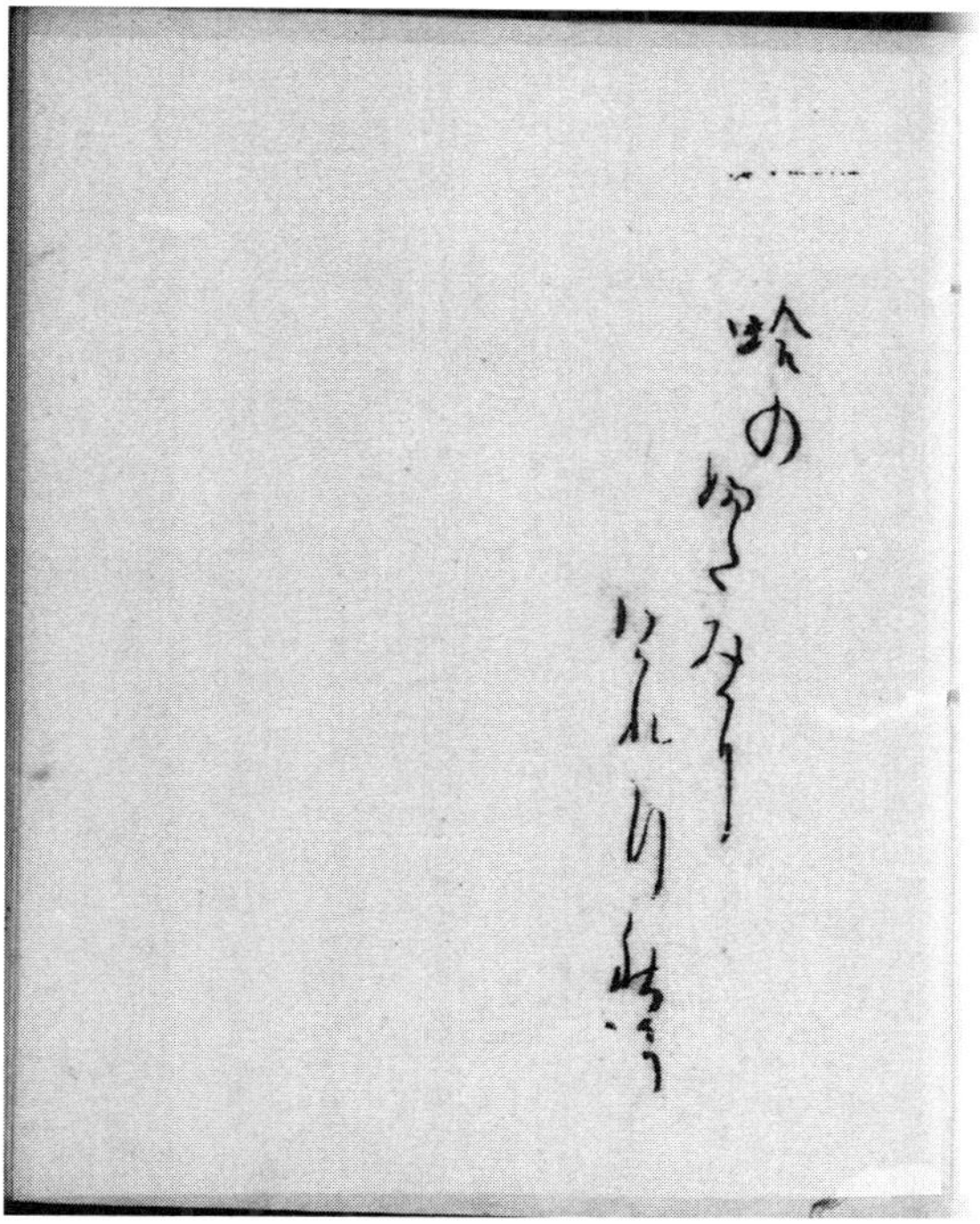

蛤《はまぐり》の
ふたみに
わかれ行《ゆく》秋《あき》ぞ

解釈

　十六日、空が晴れたので、西行法師が「汐染むるますほの小貝ひろふとて色の浜とはいふにやあるらむ」（『山家集』）と詠まれた、色の浜（福井県敦賀市）の名物ますほの小貝を拾おうと思い立ち、色の浜に舟を走らせた。敦賀からは、海上七里ほどある。敦賀の廻船問屋の主人、天屋何がしというものが、内側に仕切りのある破籠《わりご》のしゃれた弁当箱に食事をつめこみ、携帯用の竹筒に酒を入れ、心をこめて飲食を用意させ、召使いも多く舟に乗せて、我らを歓迎して、賑やかに出発した。舟は幸いにも追い風を受け、その風に乗って僅かな時間で吹き着いた。色の浜は、みすぼらしい漁夫の小家があるだけのところで、そこに侘しげな法華の寺（法華宗本隆寺）がある。この寺で茶を飲み、酒を温めて飲んだりして過ごしたが、折からの秋の夕暮れ時の寂しさは、言いようもなく、感極まるほどのものであった。

寂しさや須磨にかちたる濱の秋

秋の夕暮れはなんと寂しいことか。あの須磨の浦の秋の寂しさは、『源氏物語』以来よくいわれているが、今、この眼前の色の浜の鄙びた漁村の秋の夕暮れは、心から侘しく寂しい。伝統的に、耐えがたく寂しいものとされている須磨の夕暮れ以上に、ひしひしと心を打つ情感がある。

浪の間や小貝にまじる萩の塵

穏やかな色の浜、その寄せては返す波の間に、ほんのりと桜色の美しいますほの小貝を探していると、その赤児の小指ほどの小さな小貝にまじって、海辺の萩の散りこぼれた花屑が混じっている。小貝といい、萩の花といい、皆繊細でとても美しい。

その日の遊興のあらましを、同行の等栽に書かせて、記念として寺に残した。

露通、この人は行脚僧で我門人であるが、この露通も敦賀の港まで出迎えに来てくれて、美濃の国（岐阜県）へと同行した。馬に乗せてもらって大垣の町に入ると、曽良も伊勢からやってきて合流し、名古屋の俳人越人も馬を走らせてやってきて、皆、如行の屋敷に集合した。如行は元大垣藩士で、俳諧の弟子でもある。前川子や荊口父子、この人達は大垣藩士でこの地方の実力者であるが、またその他にも親しい人たちが、昼も夜も訪ねてきて、まるであの世から生きて返った人に会うかのように、私が無事に旅から帰ったことを喜び、また旅の疲れを労わってくれる。しかしながら、長旅の疲れもいまだに抜けきってはいないけれど、九月六日になったので、九月十日に行われる伊勢神宮遷宮式を拝もうと、又、舟に乗って、この大垣を旅立つのである。この旅のはじめ、門人たちに見送られて、千住から舟に乗って出発した。今、奥州行脚という命がけの旅を終えたが、又、大垣の門人たちに別れを告げ、再び舟に乗って、新たな旅へと歩みを進めるのだ。私の人生は旅。生きている限り、旅人である。

蛤のふたみにわかれ行秋ぞ

伊勢の名物の蛤、その蛤の蓋と身とが離れがたいように、心から旅の無事を悦び、ねぎらってくれる大垣の友とは別れ難く、後ろ髪をひかれる思いである。しかし、また、今や、伊勢の二見が浦に出かけようとしている。季節はまさに、秋も終わろうとしている。友と別れ行く寂しさに、今、行く秋を惜しむ気持ちが重なって、惜別の思いはとても切ないものである。しかし、この行く秋のなか、私の果てしない人生の旅は、ずっと続くのであるよ。

完

蛤の
ふたみにわかれ
行秋ぞ

芭蕉

旧暦九月六日の揖斐川秋景　松井宏友 撮影

解説

芭蕉の履歴書

「私の中の芭蕉」

その一　涼やかな眼差し――芭蕉の風貌

前章では、『おくのほそ道』をご紹介しましたが、本章では、芭蕉の人となりをかいつまんで解説いたします。俳席のシンボルとして床の間を飾った「俳聖芭蕉」ではなく、俳諧師として世俗に生きることと、詩人としての純粋な心の間で、葛藤と探求を繰り返し、俳諧を通して、人の世の生き方を求め続けた人間芭蕉の一片を自分なりに語ってみたいと思います。

芭蕉の履歴書を開きましょう。今日なら、履歴書でまず眼に留めるのは顔写真ということになるのでしょうか。芭蕉はどんな風貌の人だったのでしょう。芭蕉の最初の紀行文「野ざらし紀行」の伊勢参拝の項に自分を紹介した一文があります。

「腰間《えうかん》に寸鉄《すんてつ》を帯びず、襟《えり》に一嚢《いちのう》を掛けて、手に十八の珠《たま》を携《たづさ》ふ。僧に似て塵《ちり》あり、俗に似て髪なし。われ僧にあらずといへども、浮屠《ふと》の属《ぞく》にたぐへて神前に入《い》ることを許さず」

私の姿は、腰に短刀一つも差さない丸腰で、首に頭陀袋をかけ、手には禅宗で使用する十八個の珠の数珠を携えている。外形はまるで僧侶のようであるが、俗文芸の俳諧師であるので俗塵を帯びている。俗人であるのだが、俗人の象徴である髪は剃りすてているので、僧ではないといっても世間では僧侶の仲間とみなされる。よって、僧侶や尼が神前に入ることが許されない掟《おきて》によって、伊勢神宮では、神前での参拝が出来ず、残念ながら僧尼らが拝礼するための特別な場所から、遠く遥かな本殿を拝すことしか出来ない。中途半端な我が身であることよ、と自己紹介しています。芭蕉像を描くにあたっての三大条件、墨染めの衣、頭陀袋、数珠は、芭蕉自身によるこの一文に由来しているのです。

さて、芭蕉の風貌を芭蕉生前に親交の厚かった門人杉風《さんぷう》や許六《きょりく》らが描いた芭蕉像から、その共通するところを紹介しましょう。まずは痩せ型の体型。面相は面長で、眉は長く、両眼はやや離れ気味で切れ長。鼻筋は通って鼻孔はしっかりはっています。また芭蕉没後に刊行された俳書にもその風貌を紹介したものがあります。『水鶏塚《くいなつか》』（一七三五年刊）には「そのさま、面長に、背高からずひくからず、頬そばだって眉毛ながく、眼中すこやかに、鼻は鈍骨の双柱、耳厚く薄唇にして、痩せがれたる形容とかや」とあり、また『岡崎日記』（一七五八年刊）には十四才の時に芭蕉と対面したという少年の芭蕉の印象が収載されています。それには「やせてうつくしい坊ン様なり。ここの画像の如くに面長なる顔と覚えたり。静かに物いひなど和かなる御人なり。子供心にも心なり安き御人のように覚え侍りたり」とあります。人柄についての記録も残っています。元禄二年九月四日、奥の細道の結びの地大垣において、大垣藩主戸田の一族で、家老職戸田如水に面談した折、如水が日記に芭蕉の第一印象を記録していたのです。如水は下屋敷に芭蕉を招き、忍んで芭蕉と対面したとあります。芭蕉の印象は「心底計り難けれども、浮世を安くみなし、諂《へつら》わず奢《おご》らざる有様なり」とあります。身分の高い武士をして、へつらわずおごらずと言わしめた芭蕉の第一印象は、たとえ乞食の翁の様でありながらも、自然体の穏やかさのなかに、凛とした一筋の気品と自信がほのかに滲みでていたのかもしれません。

さて、これらのことを考え合わせて芭蕉の風貌をまとめてみたいと思います。痩せ型・面長という外見に加え、「眼中すこやか」「静かな物いい」「和やか」「安き御人」「へつらわずおごらず」という記述が心に留まります。皆様はどんな芭蕉を想像しますか。芭蕉は、己に厳しい生き方を強いましたので、多くの方が、厳しい神経質で固苦しい印象を芭蕉に持っておられるようです。しかし記録にある芭蕉は、たいそうさわやかで涼しい眼差しの人であったようです。また、子供心にも、とっつき安い穏やかな優しい印象を与えるうつくしい坊様であり、身分の高い人に対しても、肩に力がはいるわけでもなく、自然体で素直な心情で対することのできた人物であったのだとおもわれます。

「涼やかな眼差し」、芭蕉好きの筆者の贔屓目でしょうか。この涼やかな眼差しをとおして、人間芭蕉の履歴書をご紹介させていただきます。

その二　俳諧師への道

芭蕉は一六四四年に伊賀上野赤坂町に生まれました。父は松尾与左衛門、兄は半左衛門命清《のりきよ》。芭蕉は次男坊で本名は忠右衛門宗房《むねふさ》、他に姉と三人の妹がありました。本家松尾家は柘植七党の一党で、無給の準武士的な待遇の郷士でしたが、分家をして柘植を離れた芭蕉の一家はその資格を失い、農人として、この静かな山国の城下町で生活をしていました。十三歳のときに父親が他界、兄を助けて、十八歳で藩主藤堂家に台所用人として奉公にでたと伝えられています。農民の身分ではありましたが、松尾家は赤坂町界隈では苗字持ちであり、相応の社会的ステイタスを保つ家庭であったようです。俳諧に興味をもったのはこの頃で、藤堂藩当主の御曹司良忠《よしただ》（俳号蟬吟《せんぎん》）に親愛されて、しばしば俳席に同席。高名な京の俳諧宗匠北村季吟《きぎん》の指導を受け、上野俳壇の若手として活躍するまでになりました。季吟監修の俳諧選集『続山井《ぞくやまのい》』（一六六七刊）に、伊賀上野松尾宗房として発句二十八句・付句三句が入集、並でない才能を発揮していました。ところが頼りとする蟬吟が部屋住みのまま二十五歳で早世し、芭蕉の前途に影を落としました。たとえ才能豊かでも農人が武士になることの叶わない時代、考えあぐねた末、情熱をもって取り組んでいた俳諧で身を立てる決心をします。二十九歳の正月、同郷の俳人仲間三十六人に呼びかけ、俳諧発句合わせを企画、自らが判者となって『貝おほひ』と題する一巻を編集しました。当時の流行語や流行の小唄を頻繁に取り入れた作風で、奇抜な面白みに始終した若手作家の気負いが感じられる、少々エロチックな句風のものでした。注目されなければ生きてゆけない文芸の世界は、今も昔も変わらないようです。その年の春、処女作『貝おほひ』を携え、専業俳諧師への夢をいだいて新興の大都会江戸へ向けて、故郷を後にしたのです。

きてもみよ甚《ぢん》べが羽織《はおり》花ごろも（『貝おほひ』）

（甚兵衛殿、甚兵衛羽織で花見にきなさいよ
— 当時の流行歌謡の文句を裁ち入れた趣向）

女夫鹿《めをと》や毛に毛がそろうて毛むつかし（『貝おほひ』）

（夫婦鹿が毛をすりあわせて愛情を交わし毛むつかしいことよ
— 祇園踊口説をふまえたもの）

さて、二十九歳で江戸に出た芭蕉ですが、当初三年間は消息がほとんど解りません。延宝三

年（一六七五）の五月、談林《だんりん》派の最高指導者西山宗因《そういん》が大坂から江戸入りし、その歓迎俳席に「桃青《とうせい》」という俳号で一座したのが、表にでた始めです。三十二歳の芭蕉は、時流に乗った宗因流の斬新な俳諧を展開していきます。この頃より、点者として弟子の作品に点を付けて指導する俳諧宗匠の生活にはいり、次第に門人も増えて、三十七歳の頃には江戸屈指の俳諧宗匠にまで登りつめます。

しかし、数年の苦労の末、やっと手に入れた俳諧宗匠としての名声でしたが、現実の点者生活に疑問と失望が急速に膨らんでいきました。煩雑な江戸市中での縄張り争いや、点料を稼ぐために多数の門人を確保することに奔走する宗匠の低い文学精神。故郷伊賀で夢見ていた文芸作家への道とはかけ離れた現実に、生来の繊細でかつ妥協を許さない鋭敏な芭蕉の心は、点者生活への決裂へと突き進んでゆきます。また彼の疑問と苦しみを救ってくれたのは、中国の思想家『荘子』の哲学でした。その頃、新しい言葉の題材の参考のために、俳人たちは『荘子』の奇想天外な寓話や比喩を句作に引用して、古来の言葉とは違う新しい刺激を取り入れていたのです。悩める芭蕉の感受性は、表現方法を越えて、深い心で『荘子』を愛読し、これからの詩人としての人生の方向を荘子の思想に見出していったのです。

さて、荘子の哲学を端的に述べれば、天地間のすべてのもの、空気や水、草も木も石も動物も、そして人間も、大いなる大宇宙の完全なる大調和の上に成り立っているという思想です。その大調和は、自然の理に従った本質そのもので、人間の小さな知恵や判断を越えた大いなるもので、それを「造化」と表現しています。偏狭な価値観や世俗知で世の中をはかり、その中で右往左往する生き方を離れて、造化にしたがうことが、純粋な人間性が保証される理想世界であるとしています。荘子の哲学を生き方の指針にするということは、まず、点者生活から抜け出し、実利主義から離れた隠者の暮らしに入ることです。中国の偉大な詩人や思想家が、廬山に隠れ住み、大自然に同化した暮らしを選んだように。延宝八年（一六八〇）、芭蕉三十七歳の冬、「このとせの春秋市中に住み侘びて、居を深川のほとりに移す」と自ら書くように、九年間の江戸市中の生活にピリオドをうち、心の求める純粋な詩人としての生活を送るべく、寂しい江戸郊外深川の隅田川のほとりの草庵に隠棲してしまいます。新しい精神世界を展開するために。

櫓声《ろせい》波を打つて腸《はらわた》氷る夜や涙　（「乞食の翁」懐紙）

（寒夜、隅田川の櫓をこぐ水音が聞こえ、その音は孤独な私のはらわたが氷る

ほど冷たく、不覚にも涙がこぼれるよ）

暮々《くれくれ》て餅を木玉《こだま》の侘寝《わびね》哉《かな》　（「乞食の翁」懐紙）

（年が暮れ暮れて、あちこちから餅をつく音が聞こえる。貧しい私は、草庵でその響きを聞きながら侘しく寝るだけであるよ）

その三　乞食《こつじき》の翁《おきな》

延宝八年（一六八〇）芭蕉三十七歳の冬、やっとの思いで手に入れた俳諧の点者としての名声を放棄して、寂しく不便な深川村に居を移し、いわゆる隠棲生活にはいりました。宗匠として弟子たちの作品に点を付けて点料を得るという生活に失望した芭蕉は、「反俗反実利主義」の荘子の思想に強烈に共鳴し、詩人として本当の生き方を求めたのです。無収入の芭蕉を支えたのは、芭蕉の生き方に理解を持った門人たちでした。現実社会を生きることは理不尽なもので、少なからず自分の思いを殺して世の中の流れに添わねば生きられません。門人たちは芭蕉の生き方に自分の夢を託したのです。芭蕉と接している時間は、純粋な詩人の心を呼び戻すことが出来たのでしょう。門人たちは、芭蕉の詩人としての生活を支えるためにあらゆる支援を惜しみませんでした。

我富《とめ》り新年古き米五升《ごしょう》　（柿衞文庫所蔵真蹟短冊）

（私は富んでいます。弟子が私のために持ち寄ってくれた古米が五升。よい新年だなあ）

深川の芭蕉庵の器物は、茶碗十個、菜刀一枚、それに瓢《ひさご》が一個。この瓢は、門人や知友が芭蕉のために米を持ち来て入れておくもので、五升でいっぱいになったといいます。弟子の気持ちに支えられて、貧しいながらも心豊かな新年です。また、弟子の一人が草庵に植えた芭蕉の一株が、夏の間に庭も狭しと見事に繁茂し、草庵の名物となり、人々が庵を「芭蕉庵」と呼びました。それをきっかけに「芭蕉」という俳号を愛用します。ここに詩人「芭蕉」が誕生したのです。「閑素茅舎の芭蕉にかくれて自《みずか》ら乞食の翁と呼ぶ」と芭蕉は自筆懐紙に認めています。「乞食の翁」、弟子の好意に支えられた自分の境涯を「乞食」の意識で受け止めていました。また、その境涯に徹しきろうと強く意識していたようです。この世俗の欲望を拒絶した状態の中から見えてくる光の発見に賭けたのです。現代に生きる私たちも時折この光を感じたくて、禅を体験してみたり、山に登ったり、そう、旅に出たり、簡素な山小屋生活を体験したり、心の片隅に芭蕉と共有する思いをぶらさげているのです。草庵での生活は新しい俳諧の創造を促しました。言語遊戯《げんごゆうぎ》の俳諧を脱して、人生の深淵を覗かせる、いわゆる芭蕉独特の俳諧を生み出しました。

芭蕉野分《のわき》して盥《たらひ》に雨を聞く夜哉

笑うべし泣くべしわが朝顔の凋《しぼ》む時

我がためか鶴食《は》みのこす芹《せり》の飯

芭蕉の句の背後に、侘びた庵の中で、静かに己が心の声に耳を澄ます芭蕉の姿が浮かんできます。また、そこはかと心のつぶやきのようなものが伝わってきます。乞食の翁の境遇は、古《いにしえ》の詩人たち、李白《りはく》や杜甫《とほ》、宗祇《そうぎ》や西行《さいぎょう》など、芭蕉が敬愛した詩人たちの文学精神と結びつき、貧しさを超えて芭蕉の美学へと成長してゆきました。芭蕉は詩人として確かな手ごたえをこの貧しい生活から感じとっていったのです。

「およそ古翁の御句、軽きにも、厚きにも、狂乱なる句にも正実なる句にも、やさしきにも、むさき事にも、投げても転ばしても、御句ごとのさびてしほりの句たるを、日頃年ごろ、有難しとも貴しとも存じくらし候」と芭蕉の弟子去来《きょらい》が手紙に残しています。

草庵の貧寒なる生活は、新しい俳諧の創造を促しました。しかし、天和二年（一六八二）の十二月二十八日に江戸の大火で芭蕉庵類焼という憂き目に巻き込まれ、翌年、芭蕉庵再建のためのカンパを促した「芭蕉庵再建勧進簿《かんじんぼ》」なるものが友人山口素堂《そどう》によって成ました。それには門人や知人五十二名が芭蕉のために小さな資金を出し合った記録が載っています。二匁《もんめ》・五匁という小銭を出し合って芭蕉を助けた健気なカンパの記録です。友人素堂の勧進文には、人々の負担が軽いように、広く多数の友人に助けを求めたもので、貧者たちの暖かい助け合いの志を期待したものです。また芭蕉の境遇を「これを清貧《せいひん》とせんや」と言えば、芭蕉は、「いやいや清貧というようなものではありません。たんに貧しいだけです」と答えたとあります。素堂は語っています。「中国に聖者清貧の人とたたえられた許由《きょゆう》でさえも貧しい庵をもっています。雨や風をふせぐ備えがないことは鳥にも及ばぬ哀れさです。忍びないことだという思いを募ります」と。

五十二人の人々の好意の寄付で、芭蕉庵は再建されました。しかし、芭蕉は庵の安住生活だけでは満足しませんでした。草庵での侘びたくらしのなかで、自らの俳諧文学の方向を確証した芭蕉は、その思想を実践するために、静の思想的生活から、日々新たに繰り広げられる「旅」という新鮮な経験のなかに身を置く、動の生活に進んでいきました。侘ぐらしから漂泊の生活へ。庵を焼け出されるという悲劇も要因になったのかもしれません。安住という執着を脱ぎ捨てて、日々変化する「旅」という新たな環境のなかへ進んでいきます。以後、生涯を終えるまでの十年間は、旅から旅の生活に身をおきます。芭蕉四十一歳の秋「旅の詩人」の誕生です。

その四　旅の詩人 ― 観念句から眼前の句へ

芭蕉野分して盥に雨を聞く夜かな

芭蕉庵での侘びた生活は、芭蕉にとって充実した生活でした。荘子の人生観や人間観に深く共鳴して世俗の価値観を放棄し、李白や杜甫そして西行など、尊敬する古人の文学精神に向き合うなかで、自らに課した貧寒な生活は、新しい俳諧の創造を促し、人生の深淵を覗かせる作風を生み出しました。芭蕉は、自分の俳諧のあるべき姿の手ごたえを確認したのです。そしてその手ごたえを胸に、次の一歩に踏み出す決心をしました。

野ざらしを心に風のしむ身哉

貞享元年（一六八四）四十一歳の秋、芭蕉は初度の文学行脚に旅立ちます。侘びた生活のなかでつかんだ文学的新境地を、旅という日々新たに繰る広げられる新鮮な環境のなかでさらに見つめる決心をしたのです。旅に倒れて野にさらされたしゃれこうべとなることさえも厭わない決心で、芭蕉庵を出発して東海道を上りました。

猿を聞く人捨子に秋の風いかに

富士川のほとりの三才ぐらいの捨子の哀れな泣き声。捨てた父母を恨むのでなく、汝《なんじ》が性《さが》のつたなきを泣けと言い切っています。生活苦に我が子を捨てなければならないという社会的矛盾が引き起こす悲劇。自分の無力さへの限りない悲しみを抱いて、天にその小さな命をゆだねるのです。旅先で聞く猿の鳴声に腸をしぼったという中国の詩人たちよ、眼前にある人間の捨て子の悲しい泣き声をどう受け止めたらいいのか？一見非情に見えますが、むしろ人間の存在そのものが、いかに悲しいものかを逆説的に強調しているのです。現在の社会でも小さな命を犠牲にする戦争が悲しいかな、絶えることがありません。人間社会の一面です。

さらに東海道を上り、小夜中山を経て故郷の伊賀へ。

手にとらば消えん涙ぞあつき秋の霜

八年ぶりの帰郷。昨年亡くなった母の白露のようなはかない形見の白髪を手にいただき、はらはらとどめなく落ちる私の熱い涙で、親不孝な私の涙で消えてしまいそうだ。定型を破った句に、耐え難い激しい感情の高ぶりが溢れています。故郷をあとに、大和・吉野にはいります。

「むかしよりこの山に入りて世を忘れたる人の、おほくは詩にのがれ歌に隠《かく》る。いでや唐土《もろこし》の廬山《ろざん》と言はんも、またむべならずや」

中国の廬山という脱俗の詩境の山を吉野山という日本の風土の上に探ろうとする芭蕉の思いが色濃くでています。芭蕉庵で愛読した漢詩の詩情や高邁な文学精神を、現実の旅の景観のなかで実感しようとしているのです。

露とくとく試みに浮世すすがばや

この句は吉野西行庵の苔清水を詠んだものですが、西行の質素な山居の生活を慕うとともに、中国の高士許由《きょゆう》が、世俗の穢《けが》れを聞いた耳の汚れを川の水で洗ったという逸話にも思いを馳せています。すすぐ浮世の塵などない芭蕉ですが、浮世の塵をすすごうとしているのです。苔の間からとくとくと滴る清水の恩恵にあやかりたくなる句です。吉野から、東海道を戻って美濃・名古屋方面に。その旅では蕉門の種がまかれて新しい地方の弟子ができました。旅の締めくくりは、京から大津へ。

大津に出づる道、山路を越えて
山路来て何やらゆかし菫草《すみれぐさ》

湖水の眺望
辛崎《からさき》の松は花より朧《おぼろ》にて

山路に咲く可憐な菫、理由もなくゆかしいと、菫そのものを詠んでいます。眼前の菫そのものの姿です。そこにはいままで執拗に意識していた荘子の理論も漢詩の詩境も影を消しています。「菫は摘むことを専《もっぱ》らよめり」とした和歌詩歌伝統の本意を離れて、咲いたままの菫を詠みました。『去来抄《きょらいしょう》』に湖春《こしゅん》という和歌の道に詳しい京の俳人が、「菫は山によまず。芭蕉翁、俳諧に巧なりと言へども、歌学なきの過ち也」と評したとあります。芭蕉は菫の本意はもちろん知った上で、新しい写生の句を詠み、今までの和歌でいう本意に縛られた句作りからの脱却を試みたのです。同じように辛崎の松の句も、大津からの春の眺望をそのまま句にしたのです。「予が方寸《ほうすん》（心）の上に分別《ふんべつ》なし」と語っています。旅の当初にみる、今までの思想を旅の情景に重ねあわせて考える人間探求的な句から、自己の心を眼前の風景にとけこませる安らかな句に変わってきました。旅を通して新しい句風をみいだしたのです。観念句から眼前の句へ。日々新しい刺激を与える旅、頼むは我が身ひとつの旅。大自然の営み。このおおきな営みに身を委ねたとき、肩を張った人間探求の観念句を覆い隠すほどの、大自然の生命力に心をうばわれたのでしょう。

夏衣《なつごろも》いまだ虱《しらみ》を取り尽くさず

およそ九ヶ月の旅を終えて深川の庵に戻った芭蕉は、「いまだ虱を取り尽くさず」と旅の余韻をそのまま残して紀行を閉じています。虱という生活臭のある言葉に、本来の人間の暮らしを文芸として表現するという俳諧作者である自分の置かれた座標軸を狂わすことなく、旅の終わりを締めくくっています。雅《みやび》な和歌だけが、文芸とみなされていた当時において、和歌に匹敵する文芸の質を俗語を使った俳諧にみいだそうとした挑戦のはじまりです。この「野ざらし紀行」の旅は、蕉風展開の秘密を解く大きな鍵となる旅と言えます。帰庵の翌春、「古池や蛙飛込む水の音」を発表します。この芭蕉の代表句も、「野ざらし紀行」で掴んだ伝統的本意を越えて眼前の景を詠むという新しい創作の姿勢の上に成り立った句といえます。

よく見れば薺《なづな》花咲く垣根《かきね》かな

名月や池をめぐりて夜もすがら

この旅をきっかけに、以後、「造化《ぞうか》にしたがひ、造化にかへる」、すなわち、大宇宙のおおいなる営みに自分を溶け込ませて、真摯《しんし》な姿勢で対象を詠むという態度は始終変わりませんでした。眼前の小さな命、菫や人知れず咲く薺に、人の世の哀れとおなじ、生命のいじらしさをみいだしていくのです。

その五　「ふる池や」そして『おくのほそ道』

ふる池や蛙《かはづ》飛込水のおと　　はせを

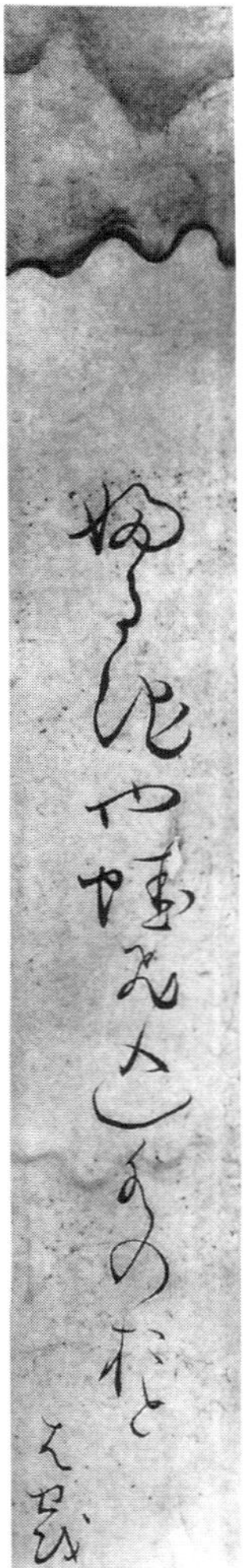

ふる池自筆短冊　柿衞文庫 所蔵

詩人芭蕉の名と共に広く愛唱される芭蕉の代表句。日本を超えて世界を駆け抜けた句ともいえます。この句は、「野ざらし紀行」の旅から帰った翌春、芭蕉庵に門人四十名が集い、「蛙」を題として二十番句合《くあわせ》をなされたときの芭蕉の出句です。句合というのは左組右組のチームに別れて、各チーム一名が「蛙」の句を披露し、連衆全員の意見で優劣の判定をするのです。ちなみに芭蕉の「ふる池や」の句は、門人仙化《せんか》の句と比べられて、左右引き分けとなっております。この句合の内容は『蛙合《かわずあわせ》』として出版されて、世に「ふる池や」の句が喧伝される端緒となりました。

句意をみましょう。人気のない荒れた静かな古池に、「ポチャリ」と蛙の飛び込む水の音が聞こえたよ、ということです。水音が聞こえるほどの静寂。静けさの中に溶け込むように心の静寂さに耳を傾ける隠者芭蕉。かすかな音を表現することで、音のあとの深々とした音無き世界を言外の風情として残しています。古池に蛙が飛び込んだというシンプルな表現には、今までの俳諧文学の特徴とされた言語技巧をさっぱりと捨て去っています。また、古来より、「蛙」は「鳴き声」を詠むものと定義づけられていました。紀貫之《きのつらゆき》が『古今和歌集』の序文に「花に鳴く鶯、水に住む蛙の声を聞けば、生きとし生けるものいづれか歌をよまざりける」と述べています。貫之の一声は絶対的な支配力をもち、平安時代からの永き詩歌文芸の流れのなか、歌人も俳人も「鳴く蛙」を何の疑問も持たずに詠み続けてきました。芭蕉は、この伝統を打ち破り、蛙の生態の実際を捉えて「飛ぶ蛙」を句にしました。新しい句のスタイルです。蕉門の論客各務支考《かがみしこう》は『俳諧十論』において「かくて天和《てんな》の初《はじめ》ならん、武江《ぶこう》の深川に隠棲して古池や蛙飛込む水の音といへる幽玄の一句の自己の眼をひらき、是より俳諧の一道はひろまりけるぞ」

と述べています。この句が蕉風開眼の句であり、この句によって俳句の世界が広がり、和歌連歌の呪縛を破って、俳句に無限の可能性を見出したのです。

元禄二年（一六八九）芭蕉四十六歳の春、「おくのほそ道」の旅に出発します。芭蕉庵も人に譲り、帰る所とて無い、まさしく旅を棲家とした生活です。芸術の停滞を打ち破るための新天地を求め、また未知の歌枕《うたまくら》をこの目で見たいという想いで、百五十五日に及ぶ大旅行を実践したのです。『おくのほそ道』は旅の詩人芭蕉の集大成の書といえます。

さて、芭蕉はこの旅で何を掴んだのでしょう。紙面の都合上語り尽くせませんが、本文の冒頭を読むことで、芭蕉の思いに少しばかり近づいてみましょう。

「月日は百代の過客にして行かふ年もまた旅人なり」

大宇宙を思い描いてください。太陽と月が刻々と動いています。日が昇り沈み、月が出て沈む。また日が昇る。大宇宙は刻々と時を刻み続けて常に変化しています。止まったり後戻りすることはありません。太陽と月は永遠の旅人なのです。また、春夏秋冬の行き交う年も、去っては来て、また去ってゆく旅人です。私たちもその四季を旅して一期一会をくりかえしています。この大自然の本質は刻々と変化する旅なのです。

「舟のうへに生涯をうかべ、馬の口とらへて老をむかふるものは日々旅にして旅を栖とす」

舟上で働いて一生を送る船頭や、馬をひいて老年を迎える馬子は、毎日の生活が旅のようなものです。芭蕉が心ひかれた生活者は、当時の身分制度の中で、下層階級の労働者であった船頭と馬子でした。人間相互の間に価値の差などはないという荘子の思想に心酔していた芭蕉の眼には、雲の流れや風の音と調和をとりながら生きる素朴な彼らの暮らしが自然にかなった生き方と映ったのです。

「古人も多く旅に死せるあり」

今を生きる船頭や馬子から、時代を遡って、旅に生涯をかけた昔の人たちにも思いを馳せます。

古人も多く旅に亡くなっているではないか。旅の途中になくなることは、元来よくあることなのだ。

「予もいづれの年よりか片雲の風に誘われて漂泊の思いやまず」

大宇宙も時間も旅人、船頭や馬子は旅を暮らしとして一生を終えます。先人の文学者、李白・杜甫・そして西行、また名も無い古人、多くが人生を旅として、旅に命を落としています。宇宙と時間という大スケールで始まった『おくのほそ道』、ここで初めて芭蕉自身に焦点が絞られます。私もいつの頃からか、あのちぎれ雲が風にさそわれて流れていくように、漂泊の旅にさすらいたいという思いが、湧き上がって募るばかりです。

この冒頭文には、芭蕉の人生観が示されています。旅こそ人生。万物はすべて変化し、生まれては死に流転しています。日々の変化の中で、その時を懸命に生きなければならない旅が、生きるという本質を目の当りに示していると、芭蕉は考えています。「予も」、いいかえれば芭蕉自身も、大宇宙の根本原理に従って、最も純粋な生き方、いわゆる旅人として生涯を終えたいと信念を述べています。『おくのほそ道』は単なる旅の記録ではなく、芭蕉の人生哲学の書なのです。

私たちも時折旅に身を置き、束の間の心の安定を探っています。人間の求めた栄誉や繁栄も、時代とともに夏草の地に変わってしまうものです。実利主義を離れた芭蕉の簡素な生き方や著書『おくのほそ道』は、現代を生きる私たちにも「人間として生きる本質」を語りかけているように思えます。今私たちは軌道修正を考えなければならない時をむかえたのではないでしょうか。とはいえ、己の力無さに溜息が出るばかりですが、自然と調和を保ち、納得して「生きる」ということを真摯に考えてみたいと思っている今日この頃です。

『おくのほそ道』旅程図

（　）は曽良随行日記による到着日

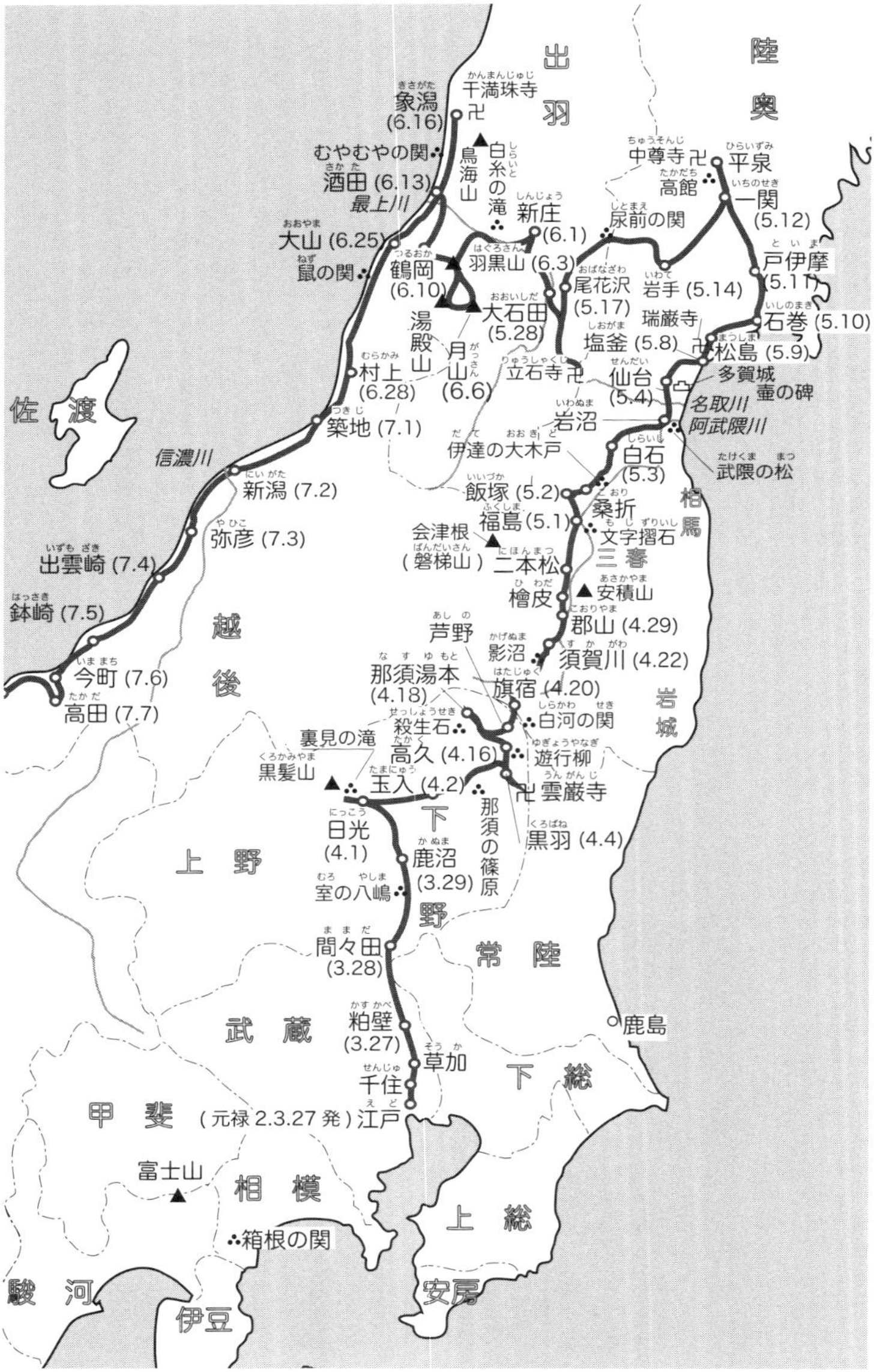

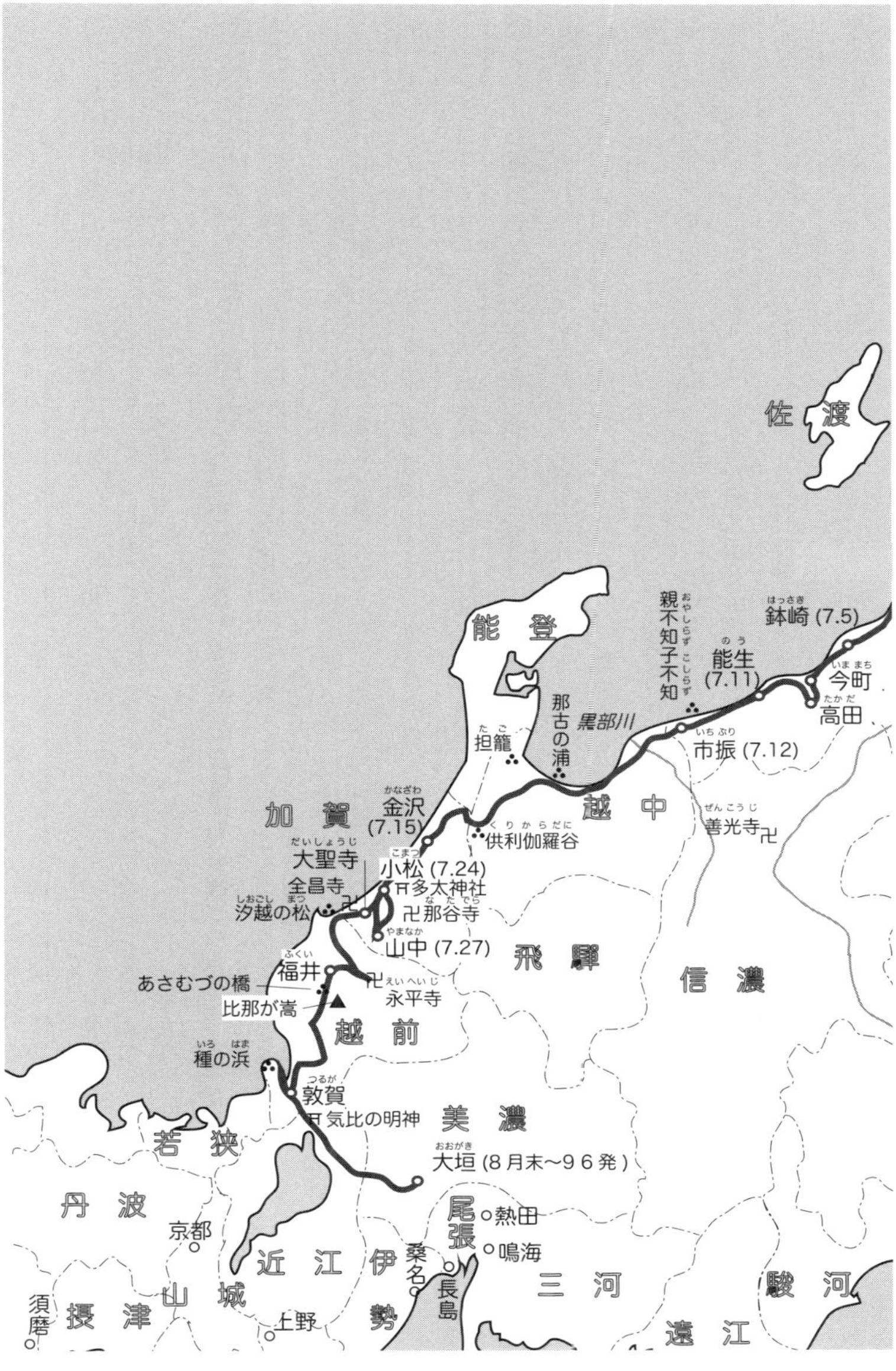

佐渡
能登
親不知子不知《おやしらずこしらず》
鉢崎《はっさき》 (7.5)
能生《のう》 (7.11)
今町《いままち》
高田《たかだ》
那古の浦
黒部川
担籠《たご》
市振《いちぶり》 (7.12)
加賀
金沢《かなざわ》 (7.15)
越中
供利伽羅谷《くりからだに》
善光寺《ぜんこうじ》
大聖寺《だいしょうじ》
小松《こまつ》 (7.24)
全昌寺
多太神社
汐越《しおこし》の松《まつ》
那谷寺《なたでら》
山中《やまなか》 (7.27)
飛驒
福井《ふくい》
あさむづの橋
永平寺《えいへいじ》
信濃
比那が嵩
越前
種《いろ》の浜《はま》
敦賀《つるが》
気比の明神
美濃
若狭
大垣《おおがき》 (8月末〜9 6発)
丹波
尾張
熱田
京都
鳴海
近江
伊勢
桑名
長島
三河
駿河
須磨
摂津
山城
上野
遠江

芭蕉略年譜

西暦	年号	年齢	事歴
一六四四	寛永二十一年	一歳	伊賀の国、上野赤坂町に出生。幼名金作、長じて忠右衛門宗房《むねふさ》。
一六六二	寛文二年	十九歳	このころ、藤堂新七郎の嗣子、良忠(俳号蟬吟《せんぎん》)に出仕。良忠の格別の愛顧を受け、俳諧をたしなむ。
一六六六	寛文六年	二十三歳	良忠(蟬吟)没。
一六七二	寛文十二年	二十九歳	処女撰集『貝おほひ』を編し、伊賀上野の菅原社に奉納。春、江戸に下向。
一六七五	延宝三年	三十二歳	『貝おほひ』はこのころ出版か。このころより俳号桃青を用う。
一六七八	延宝六年	三十五歳	この春(または前年)俳諧宗匠として立つ。
一六八〇	延宝八年	三十七歳	桃青一派の存在を示した『桃青門弟独吟廿《とうせいもんていどくぎんにじっ》歌仙《かせん》』を出版。冬、郊外の深川の庵に隠栖《いんせい》する。
一六八一	延宝九年 天和元年	三十八歳	春、門人李下から芭蕉の株を贈られる。七月二十五日付け木因宛の書簡に「ばせを」と署名。このころ仏頂和尚より禅を学ぶ。
一六八二	天和二年	三十九歳	『武蔵曲』に芭蕉号初出。十二月二十八日、大火にて芭蕉庵類焼、秋元藩家老高山麋塒《びじ》を頼り甲斐の谷村に疎開。
一六八三	天和三年	四十歳	五月、江戸に帰り、船町に仮居か。六月二十日、母没す。冬、第二次芭蕉庵に入る。

一六八四	貞享元年	四十一歳	八月、「野ざらし紀行」の旅に出立。千里を伴い、東海道を上る。九月、帰郷し、亡母の霊を弔う。十一月、『冬の日』の五歌仙興行。郷里で越年。
一六八五	貞享二年	四十二歳	奈良・大津を行脚し、名古屋から木曽路、甲州路を経て四月末江戸帰着。
一六八六	貞享三年	四十三歳	春、芭蕉庵で「ふる池や」その他、蛙の句合があり、三月に『蛙合』出版。
一六八七	貞享四年	四十四歳	八月、月見を兼ねて鹿島神宮参詣に曽良・宗波を伴ってでかける。十月二十五日、江戸を出発し、「笈の小文」の旅に出る。鳴海・熱田・名古屋を経て、十二月末伊賀へ着く。
一六八八	元禄元年	四十五歳	二月四日、伊勢参宮。二月十八日、亡父三十三回忌法要のため伊賀に帰る。三月十九日、万菊丸(杜国)を伴い、吉野の花見に行き、高野山参詣。和歌浦・奈良・大坂を経て、四月二十日、須磨・明石へ。四月二十三日、京に入り、六月、大津より岐阜を経て、尾張へ。八月越人を同道して「更科紀行」、八月末に江戸帰庵。
一六八九	元禄二年	四十六歳	芭蕉庵を人に譲り、三月二十七日、曽良を伴って「おくのほそ道」の旅に出発。日光・松島・平泉・出羽三山・象潟・北陸をめぐり、八月中旬ごろ大垣に着く。九月六日、伊勢の遷宮を拝すべく大垣を発つ。(以上おくのほそ道の旅)九月下旬伊賀へ帰る。十一月末、離郷。奈良祭礼を見物し大津、京へ。膳所にて越年。
一六九〇	元禄三年	四十七歳	正月初、伊賀に帰る。三月中旬膳所に赴き、四月初幻住庵に入る。六月上旬から十八日まで京に在る。この頃より去来・凡兆と『猿蓑』の撰にかかる。六月十九日から七月二十三日まで在幻住庵、「幻住庵記」成る。七月末より膳所義仲寺内の庵・大津に滞在。九月末、一時伊賀へ帰る。十二月には

			京に在る。大津乙州新宅にて越年。
一六九一	元禄四年	四十八歳	一月上旬、大津より伊賀に帰る。三月末、大津へ。四月十八日より五月五日まで京落柿舎滞在。『嵯峨日記』を書く。八月十五日、義仲寺無名庵月見の会。九月二十八日、無名庵を出立し江戸へ、十月二十九日、江戸着。橘町に仮居。
一六九二	元禄五年	四十九歳	五月中旬、第三次芭蕉庵に入る。
一六九四	元禄七年	五十一歳	四月『おくのほそ道』を柏木素龍が清書、芭蕉自筆の題簽《だいせん》を付け、所持本とした。五月十一日、江戸出立し二十八日伊賀上野着。閏五月十七日、大津に出て乙州亭に入る。二十二日嵯峨落柿舎で歌仙興行。七月中旬より九月八日まで伊賀上野滞在。九月八日、大坂にむかう。十日、晩より悪寒頭痛に悩む。二十九日夜、下痢を催し、容態悪化。十月五日、病床を南御堂前の貸座敷に移し、芭蕉危篤の知らせを各地の門人に急報する。十月十日、死期を悟った芭蕉は、兄半左衛門宛に遺書をしたため、他三通の遺言を支考に口述筆記させる。十月十二日、午後四時ごろ死去。遺言より遺骸を舟に乗せ、淀川をわたり膳所義仲寺に収める。十月十四日、夜半零時、義仲寺境内に埋葬。

『おくのほそ道』発句索引

『おくのほそ道』所載の発句を五十音に配列し、原文・解釈の頁数を付す。
作者名のないものは芭蕉。

あとがき

本書は俳句雑誌「草樹」三〇号（平成二十二年十一月）より三四号（平成二十三年七月）に「芭蕉の履歴書─私の中の芭蕉」と題して連載したもの、五一号（平成二十六年五月）より八〇号（平成三十一年三月）まで、「私の中の芭蕉─心で読むおくのほそ道」と題して連載したものに、若干加筆したものです。俳誌「草樹」に連載の機会を与えて下さった宇多喜代子代表、および編集に係わってくださった杉浦圭祐氏はじめ、草樹会員の皆様に深く謝意するものです。

又、原本の掲載をご許可くださった愛知県立大学長久手キャンバス図書館・資料写真掲載の許可を下さった公益財団法人柿衞文庫・天理大学付属天理図書館に感謝の意を表します。

出版に当たり、出版社大盛堂書房の松井恭子氏には一方ならぬご尽力をいただきました。ご協力いただきました方々、関係各館に深く御礼申し上げます。

二〇一九年三月

瀬川照子

瀬川　照子

1950年3月　岐阜県大垣市生まれ

岐阜県立大垣北高等学校卒

京都橘女子大学国文学科卒　　教授岡田利兵衛先生に師事

公益財団法人柿衞文庫　元学芸員

現代俳句協会会員

草樹会員

佛教大学生涯学習センター・NHK文化センター・
　毎日文化センター講師

戸田　勝久（意匠）

1954年神戸市生まれ

関西学院大学卒・嵯峨美術短期大学ビジュアルデザイン科卒

京阪神や東京などの画廊で毎年個展で作品発表

2014年にパリにて個展

画集に『詩人の休日』『旅の空』ほか　随筆集『書物の旅』など

心で読む『おくのほそ道』

二〇一九年三月十日　第一版第一刷発行

著者　瀬川照子
意匠　戸田勝久

発行人　松井宏友
発行所　株式会社　大盛堂書房
〒657-0805　兵庫県神戸市灘区青谷町四丁目四-十三
http://www.taiseido-shobo.co.jp/
電話　078-861-3436　Fax　078-861-3437
振替　01120-5-14660
印刷・製本　モリモト印刷株式会社

©2019　瀬川照子
©2019　Katsuhisa Toda　(Printed in Japan)
本書の一部または全部についての無断複写(コピー)は著作権法上での例外を除き禁じられています。
お問い合わせは編集部宛メールまたは郵送でお願いします。
落丁・乱丁本はお取り替え致します。

ISBN978-4-88463-123-9